김 보 현

2011년 문예지《자음과모음》신인문학상에 단편소설「고니」가
당선되며 작품 활동을 시작했다. 2013년 『올-빼미 소년』으로,
2015년 『팽: 내가 죽어 누워 있을 때』로 '대한민국 스토리 공모대전'
에서 우수상을 받았다. 2017년 장편소설 『누군가 이름을
부른다면』을 출간했다.

가장 나쁜 일

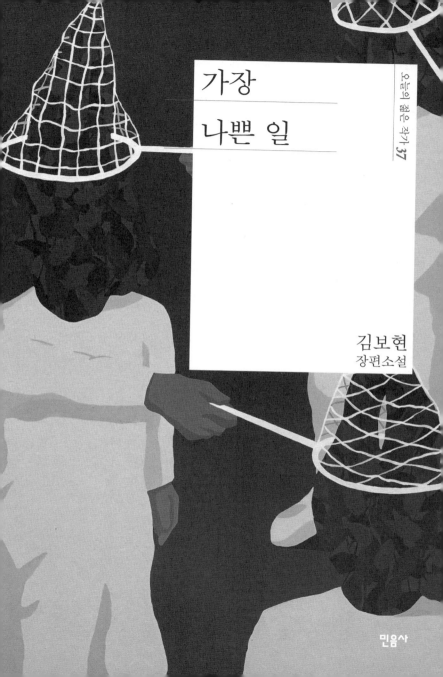

가장
나쁜 일

오늘의 젊은 작가 37

김보현
장편소설

민음사

프롤로그

2018년 3월 12일

달도 없이 어두운 밤이다. 오후부터 부슬부슬 내리던 비는 자정을 넘어서며 진눈깨비로 바뀌었다. 성급하게 꽃망울을 터뜨린 나무들은 맨몸으로 차가운 눈을 맞아야 했다. 여자는 마포대교 위를 걷고 있었다. 옷깃을 여미고 손을 비비며 부지런히 걷던 여자가 다리 중간에 서서 뒤를 돌아봤다.

남자가 뒤따라오고 있었다.

여자는 차가운 난간을 움켜잡고 서서 강을 내려다봤다. 여자가 멈추자 남자도 더 다가오지 않고 멈춰 섰다. 여자는 남자를 향해 손을 흔들어 보였다. 남자가 화답을 위해 호주머니에서 손을 조금 뺐을 때, 여자가 난간 위로 올라갔다.

남자가 신음 같은 탄성을 터트리며 주춤주춤 여자 쪽으로 다가서다 멈춰 섰다. 여자는 두 손으로 난간을 잡은 채 출발선 앞에 선 달리기 주자처럼 몸을 웅크렸다가 발돋움을 하며 강 아래로 뛰어내렸다. 순식간에 벌어진 일이었다. 남자는 여자를 삼킨 강을 내려다보다 주위를 둘러봤다.

아무도, 아무것도 없었다.

절망과 두려움이 섞인 깊은 한숨이 남자의 마른 입술에서 새어나왔다. 잠시 망설이던 남자는 외투를 벗어 던지고 강으로 뛰어들었다.

고요한 수면 위로 진눈깨비가 깃털처럼 흩날렸다.

어두운 강에 드문드문 밝혀진 가로등 불빛이 커다란 짐승의 몸에 꽂은 칼처럼 반사됐다.

강은 온몸을 떨며 울면서 죽어 가는 것처럼 보였다.

잠시 뒤, 남자가 홀로 강 밖으로 걸어 나왔다.

남자의 젖은 몸에서 증기가 모락모락 피어났다.

그는 어둠 속에 몸을 숨긴 채 숨죽여 울었다.

(3년 뒤)

　라오는 때로 남자를 생각했다. 시꺼먼 강을 등지고 서서 몸을 떨며 울던 남자. 흠뻑 젖은 채 맨발로 걸어가던 그의 뒷모습. 남자는 몸에서 피어나는 증기를 오라처럼 휘감고 멀어져 갔다. 라오는 그날 밤, 남자가 다리 난간에 벗어 놓은 외투를 주웠다. 초봄과 늦가을에 입을 수 있는 무채색 간절기 외투였다. 외투 안에는 까만 가죽 지갑이 들어 있었다. '김성훈'이라는 이름이 적힌 신분증과 가족사진, 신용카드 몇 장, 현금 4만 7000원. 라오는 남자의 외투를 입고 다리를 건너가 포장마차에서 국수를 사 먹었다.

겨울이 끝나 갈 때, 그리고 다시 겨울이 올 때 라오는 옷 가방에서 남자의 외투를 꺼냈다. 단속을 피해 공장을 옮겨 다니며 쉬지 않고 일했지만 여름옷도 겨울옷도 아닌 간절기 외투를 살 여유 같은 건 끝내 생기지 않았다. 남자의 외투를 입고 거리를 걸을 때 라오는 이따금 남자가 어떻게 살고 있을지 생각했다. 가족사진 속의 아름다운 아내와 어린아이에 대해서도. 하지만 먼저 강물에 뛰어들어 끝내 나오지 못한 여자에 대해서는 아무것도 생각할 수가 없었다. 라오는 사후 세계나 내세를 믿지 않았다. 그가 이미 죽어 버린 여자에 대해 상상할 수 있는 것은 기껏해야 사체의 부패 정도였고, 어떻게 생각해도 그건, 별로 유쾌한 일이 아니었다.

꾼(cún)이 다가와 라오의 손등에 몸을 부볐다. 3년 전, 그가 일하던 토목 공장 뒷마당에서 잔반을 얻어먹던 잿빛 털 뭉치를 공장 사람들은 "강아지"라고 불렀다. 한국에 도착한 지 한 달도 채 되지 않은 라오에게는 발음하기 어려운 이름이었다. 시간이 지난 뒤 라오는 자신이 붙여 준 베트남어 이름 "꾼"과 한국어 "강아지"가 같은 의미라는 것을 알게 됐다.

꾼에게는 이제 새 주인이 필요했다. 라오는 표지만 낡은 성경책 속에서 구겨진 종이 한 장을 꺼냈다. 그는 아직도 불법 체류자였지만 이제 한글을 읽었고, 자신의 생각을 한국어로 전달할 수도 있었다.

목격자를 찾습니다.
2018년 3월 12일~3월 14일 사이
마포대교 인근에서 물에 빠진 여자를 목격하신 분은 연락바랍니다.

라오는 종이에 적힌 번호로 전화를 걸었다. 젊은 남자가 전화를 받았다. 라오는 아직 목격자를 찾는지 물었다. 남자는 조금 놀란 것 같았다. 라오가 가지고 있는 전단은 3년 전에 뿌려진 것이었다. 어째서 3년 동안 침묵하고 있었는지를 추궁한다면 라오에게도 사정이 있었다.

밀입국, 브로커, 사기, 임금 체불…….

발음하기 어려운 몇 개의 단어가 떠올랐다가 사라졌다. 라오는 설명하기를 포기했다. 무슨 말을 해도 핑계처럼 들릴 것이 분명했다. 그는 얼마 전 평활근육종 3기 판정을 받았다. 봉사 단체에서 만나 무료로 검사를 해 준 의사는 종양이 곧 뇌에도 전이될 것이라고 했다.

"머지않아 인지 기능 상실, 언어 기능 장애, 판단력 저하…….
쉽게 말해서 치매 증세가 나타날 거예요. 제 말 무슨 뜻인지 이해하시겠어요?"

의료보험 혜택을 받을 수 없는 라오는 치료를 포기했다.

라오는 전화를 받은 남자에게 차분하게 자신이 아는 것을 모두 이야기했다. 그는 이제 곧 사지가 굳고 바보가 되어 죽게 될 것이다. 두려웠다. 평범하게, 아니 그보다 모자라고 미련하게 살아왔다고 생각해 왔는데 마음에 걸리는 일들이 많았다. 짊어지고 가야 할 죗값을 조금이라도 덜기 위해 라오는 최선을 다해 그날, 자신이 본 것을 묘사했다.

그러다 문득 라오는 깨달았다. 그는 사후 세계도 내세도 믿지 않았다. 이것은 속죄가 아니었다. 그는 자신의 불행과 무관하게 반짝반짝 빛나는 이 도시를 증오하고 있었다. 라오는 이 전화가 세상에 혼란을 가져오기를, 누군가의 가슴을 무참히 찢어 놓기를 바라고 있었다. 라오는 꾼을 품에 안았다. 꾼은 지난 3년간, 라오가 열 군데가 넘는 공장을 옮겨 다니는 내내 그와 함께 있어 준 유일한 친구였다.

"혹시 아파트 살아?"

라오가 물었다. 남자는 대답을 하지 않았다.

"아니, 어차피 상관있지 않아요."

꾼은 처음 발견됐을 때부터 짖지 못했다. 성대 수술까지 한 강아지를 누군가 버린 것이다.

"내일, 문자 보내는 주소로 와. 전해 줄 것이 있습니다."

"……당신을 어떻게 믿지?"

남자가 물었다. 라오는 곧 죽을 것이다. 그는 남자에게 자신이 알고 있는 모든 것을 말했다. 믿을지 말지는 남자가 결정할 문제였다.

1부

1

(한 달 뒤)

정희는 정장을 입고 앉아 면접 순서를 기다리고 있다. 그녀는 며칠 전 문자 한 통을 받았다. 헤드헌터가 보낸 채용 안내 메시지였다. 오래전 채용 포털 사이트에 올려놓은 이력서를 열람해 연락했다는 인사말과 함께 한 회사의 채용 공고가 링크되어 있었다. 수능 모의고사 문제집을 만드는 회사였다.

정희는 짧은 고민 끝에 지원서를 냈고, 이틀 뒤 면접을 보러 오라는 연락을 받았다. 인사 팀에서 전화로 정희의 메일 주소를 확인한 뒤 면접 일정표를 보내 줬다. 면접 장소는 광화문과 종로 사이에 있는 본사 건물이었다. 메일에는 아침 9시부터

30분에 세 명씩, 중간에 쉬는 시간을 제외하고 총 6시간, 12팀, 36명의 접수 번호가 정리된 파일이 첨부되어 있었다. 정희는 오후 5시 30분까지 가야 하는 마지막 조, 마지막 서류 합격자였다.

앞사람들의 면접이 길어지며 시간이 조금씩 뒤로 밀리고 있었다. 안내 직원이 중간중간 면접 대기실로 들어와 양해를 구하며 사과했다. 다음 면접 일정 때문에 순서를 바꾸거나 전화로 약속을 미루는 사람들 속에서 정희는 차분히 기다렸다.

순서를 기다리는 동안 정희는 창밖에 시선을 둔 채 이런저런 가능성들을 가늠해 봤다. 이 회사에서 야근을 하고, 동료를 사귀고, 월급날을 기다리는 상상. 정기예금이나 보험에 가입할 수 있을까. 신용카드도 다시 발급받을 수 있겠지. 그렇게 시시하고 애틋한 일상이 하루, 하루 누적되고…….

"이정희 씨."

한가로운 백일몽에 빠져 있을 때 드디어 그녀가 호명되었다.

정희는 인사 팀 직원의 안내에 따라 대기실에서 면접장까지 널찍한 복도를 따라 걸었다. 햇볕이 잘 드는 통창 반대쪽으로 직원들의 사무실이 보였다. 모두가 칸막이 안에 몸을 수그리고 열심히 일하고 있었다. 면접장은 복도 끝에 있는 회의실이었다.

정희는 문을 열고 들어섰다. 방 중앙에 면접관의 책상과 지원자가 앉을 의자가 놓여 있었고, 나머지 책상과 의자는 모두 한쪽 벽면으로 치워져 있었다. 면접관은 정희와 비슷한 또래의 여자 혼자였다. 체구가 작았지만 오랜 시간 꿋꿋하게 자기 일을 해 온 사람 특유의 단단한 자신감이 느껴지는 인상이었다. 정희는 초면의 여자에게 잠시 부러움과 질투를 느꼈다.

"일은 왜 쉬셨나요?"

정희가 자리에 앉자 면접관이 물었다. 정희는 대학 졸업 후 5년 정도 중고생 수험 참고서를 만드는 회사에서 일했던 경력이 있었고, 일했던 시간만큼의 공백이 있었다. 자기소개서에서 그녀는 그 부분에 대해 별다른 언급을 하지 않았다.

"결혼 때문인가요?"

면접관이 다시 물었다. 그것이 일반적인 경우였다. 젊은 여성에게 5년은 결혼을 하고, 아이를 갖고, 아이를 유치원에 맡겨도 될 만큼 육아에 힘쓰다 재취업을 준비하기에 적당한 시간이었다. 대충 그렇게 둘러대도 되지 않았을까, 하는 생각을 했을 땐 이미 손수건에 코까지 풀며 울고 있었다.

정희는 1092일 전, 46개월 12일을 산 아들, 경준을 잃었다. 아이는 2년 넘게 병원에 있다 세상을 떠났다. 출산 한 달 전까지도 열심히 다녔던 회사는 아이가 입원하면서 그만뒀다. 면접관은 눈시울을 붉히며 안타까워했지만 정희가 인사를 하고 나올 땐 시선을 피했다. 집에 있는 동안 잊고 있었다. 어두운 사람을 반기는 조직은 없다. 불행한 사람은 조심스럽고 부담스러운 존재일 뿐이다. 아무 일도 없었던 것처럼 숨겼어야 했다. 작위적으로 보일지라도 밝게 웃었어야 했다. 나중에 알려질지언정 나서서 눈물까지 보이며 털어놓아서는 안 되는 일이었다. '나는 무탈하고 무고하며 건강하고 씩씩해서 무슨 일이든 잘 해낼 수 있습니다. 어떤 일이든 감당할 수 있으며 누구와도 잘 지낼 수 있는 원만한 사람입니다.' 회사가 듣고 싶었던 메시지는 그런 고백이었을 것이다. 그것이 허세나 허풍일지라도.

사원 두 명이 복도 반대편 끝에 있는 에스컬레이터 앞에서 교통비 2만 원이 든 봉투와 도시락을 건네줬다. 면접 일정이 모두 끝나면 합격이든 불합격이든 통보해 준다고 했다. 정희는 회사 밖으로 걸어 나와 광화문 광장의 벤치에 앉았다. 울어서인지 마음이 허해서인지 배가 고팠다. 반투명 일회용 도시락 용기에는 크루아상 샌드위치가 들어 있었다. 정희는 매연이 가득한 광화문 한복판에 앉아 물도 없이 꾸역꾸역 샌드위치를 모두 먹어 치웠다. 쓰레기통에 빈 용기를 버리고 시계를 보니 6시가 조금 넘어 있었다.

정희는 소화도 시킬 겸 종로까지 걷기로 했다. 남편 성훈이 다니는 회사가 거기 있었다. 성훈은 대체로 6시 30분에서

6시 40분 사이에 퇴근했다. 그는 대학 졸업 후부터 지금까지 한 회사에서 근속하고 있었다. 스프링클러, 인조 잔디 관리 장비, 오폐수 처리 시설 따위를 만드는 중소기업이었다. 공무원도 아닌데 야근이 거의 없고 사원 복지도 잘 되어 있는 편이었지만 월급이 적었다. 모든 것이 좋을 수는 없으니까. 성훈과 정희는 그렇게 생각했다. 아이가 아프기 전까지의 일이다. 그렇게 큰돈이 필요하기 전까지.

퇴근 시간의 종로 거리는 말 그대로 인산인해였다. 오랜만에 입은 정장 치마는 헐거웠고, 힐은 불편하기 짝이 없었지만 인파에 섞여 걷는 동안 정희는 평범한 직장인이 된 것 같은 착각에 빠졌다. 따로 연락하지 않고 회사 앞에서 성훈을 기다려 보기로 한 건 그 달콤한 착각 때문이었다.

깜짝 놀라겠지?

연애할 때나 하던 짓이었다. 말하고 나면 더 긴장될 것 같아서 구직을 했다는 것도, 면접을 본다는 이야기도 하지 않았다. 성훈은 그녀에게 계속 쉬라는 말만 했다. 좀 더 쉬어야 한다고. 그래야 할 필요가 있다고.

하지만 언제까지나 그럴 수는 없는 일이다.

성훈의 회사 앞 횡단보도에서 신호를 기다리고 있을 때였다. 헐렁한 크로스 백을 맨 성훈이 동료들과 함께 걸어 나오고 있었다. 정희는 성훈을 향해 손을 흔들었다.

"여보!"

성훈은 동료들과 인사를 나누고 헤어졌다. 정희는 가방에 손을 넣어 휴대폰을 찾으며 다시 성훈을 불렀다. 성훈은 듣지 못한 것 같았다. 이 시간에 정희가 회사 근처에 나타나리라고는 상상도 하지 못했을 거였다. 동료들과 헤어진 성훈은 홀로 명동 쪽으로 걷기 시작했다. *어딜 가는 거지?* 정희는 휴대폰을 꺼냈다. 전화벨이 울리고 있었다. 070으로 시작되는 낯선 번호였다. 벌써 결과를 통지하는 걸까? 면접이 끝난 지 한 시간도 채 되지 않았는데? 그럴 리 없다고 생각하면서도 통화 버튼을 누르는 정희의 가슴은 혹시, 하는 기대감으로 두근거렸다.

"여보세요?"

"리정희 씨 되십니까?"

정희는 "네." 하고 대답하며 눈으로 성훈을 쫓았다.

"내가 아주머니 남편을 데리고 있습니다."

여자는 북한 사투리를 쓰고 있었다. 그래, 연변 사람이다. 보이스 피싱. 정희는 하마터면 웃음을 터뜨릴 뻔했다. 그녀의 남편은 저기, 종로의 이른 밤거리를 걷고 있었으니까.

"아주머니가 이쪽으로 좀 와야갔습니다."

마침내 신호가 바뀌었다. 정희는 뛰기 시작했다. 전화를 끊어야 했다. 성훈이 헐렁한 크로스 백을 달랑거리며 성큼성큼 멀어져 가고 있었다.

"아주머니, 듣고 있습니까?"

"저기요."

정희는 한 소리 하려다 그냥 전화를 끊기로 했다. 그때였다. 전화기 너머에서 낮게 음악 소리가 들려왔다. *한 치 두 치 세 치 네 치 뿌꾸빠 뿌꾸빵* 아이가 좋아하던 노래였다. 아이가 죽고 난 뒤에도 바뀌지 않고 있는 정희의 벨 소리. 정희는 자기도 모르게 숨을 멈췄다. 심장이 터질 것 같았다. 잘못 들은 걸까? 정희는 귀에 대고 있는 전화기를 두 손으로 감쌌다.

"아주머니."

여자가 다시 입을 열었다.

"당신 누구야."

정희는 굳은 표정으로 멈춰 섰다.

"지금,"

픽, 하는 소리와 함께 전화가 끊어졌다. *지금?* 정희는 곧바로 재발신 버튼을 눌렀다. 수신이 불가능한 번호라는 안내 메시지가 흘러나왔다. 심장이 계속 두근거렸다. 정희는 고개를 들고 성훈을 찾았다. 그새 더 불어난 인파에 가려져 성훈이 보이지 않았다. 정희는 성훈에게 전화를 걸었다. 성훈은 통화 중이었다. 혹시 성훈에게도 이상한 전화가 걸려 온 것은 아닐까? 정희는 이상한 기적을 느끼고 고개를 돌렸다. 성훈이 사람들을 밀치며 이쪽으로 오고 있었다. 정희는 반가운 마음에 "여보!" 하고 부르며 손을 뻗었다.

성훈은 정희를 지나치더니 차도로 내려갔다. 그는 한 손에 전화기를 든 채 뭔가에 홀린 것처럼 정면을 응시하고 있었다. 정희는 성훈이 바라보고 있는 쪽을 봤다. 아이보리 리넨 재킷을 입은 아담한 여자가 성훈을 향해 손을 흔들고 있었다. 성훈은 무단횡단으로 여자에게 뛰어갔다. 여자가 손을 뻗어 성훈의 어깨를 만지는 순간, 정희는 자기도 모르게 뒤돌아섰다.

신호가 바뀌자 사람들이 횡단보도를 건너기 시작했다. 사람들이 정희의 몸을 치고 지나갔다. 정희는 인파에 떠밀리며 정신없이 휘청거렸다.

"삐비비빅. 삐비비빅."

초록불이 깜빡이며 신호 변경 음이 울렸다. 정희는 고개를 돌렸다.

성훈과 여자는 사라지고 없었다.

*

"죽었네요."

수의사 김주연은 장갑을 벗으며 남자를 힐끗 쳐다봤다. 죽은 개를 안고 온 남자가 굳어진 얼굴로 주연을 봤다가 다시

개를 봤다. *몰랐을 리가 없잖아.* 개는 사후경직까지 진행된 상태였다. 믿을 수 없거나 믿고 싶지 않은 것이겠지.

주연은 지난달, 할머니에게서 '아프지 말개 동물병원'을 물려받았다. 썰렁한 말장난 같은 이름의 이 동물병원은 정부가 탈북자들에게 정착금과 함께 지급하는 임대 아파트 상가에 위치해 있었다. 가족과 고향을 떠나온 탈북자들은 개를 많이 키웠다. 마당이 없는 아파트에서 개를 키우는 것이 익숙하지 않은 입주민 대부분은 병원의 단골손님이 됐다.

"오래 키우셨나 봐요."

남자가 고개를 살짝 움직였다. 그렇다는 것인지 아니라는 것인지 애매한 제스처였다. 북한말 억양을 숨기기 위해서인지 남자는 꼭 필요한 말만, 정중한 어조로 나긋나긋 말했다. 더운 날에도 긴팔을 입고 있는 건 흉터 때문인 듯했다. 남자의 손등과 팔목에 불에 녹았던 듯 울퉁불퉁하게 운 흉터가 있었다. 목 아랫부분에도 언뜻언뜻 흉터가 비치는 것으로 짐작건대 손등에서 시작된 흉터가 가슴까지 이어진 것 같았다.

주연은 흉터가 휘감고 있을 남자의 벗은 몸을 상상하다 얼굴을 붉혔다. 큰 키에 탄탄한 몸. 자세가 곧고 몸의 선이 아름다운 남자였다. 운동선수일까? 아니면 군인? 주연의 시선을 의식한 듯 남자가 주연을 쳐다봤다. 두상이 드러날 정도로 짧게 자른 헤어스타일에 큼직한 이목구비. 그런데도 표정이 읽히지 않는 묘한 얼굴을 가진 남자였다.

"좋은 곳으로 갔을 거예요."

주연은 어색하게 웃어 보였다. 남자는 대답 없이 자신의 죽은 개를 내려다봤다.

좋은 곳.

기왕이면 그게 좋겠다고, 철식은 생각했다. 자신의 신념과 상관없이 그랬으면 좋겠다고. 철식은 눈 밑에 눈곱이 잔뜩 달라붙은 개의 배 아래에 손을 넣어 보았다. 싸늘했다. 수의사는 개의 시체 위에 헝겊을 덮으며 계속 떠들었다. 덕분에 철식은 비로소 한 달 전 떠안은 개의 상태에 대해 알게 됐다.

씻겨도 씻겨도 냄새가 났던 건 귀에 염증이 있어서였다. 개는 열네 살에서 열다섯 살. 인간으로 치면 백 살 안팎의 노인이라고 했다. 사료를 잘 먹지 못했던 것은 이빨이 빠지고 잇몸까지 약해졌기 때문이었다. 짖지 못하는 개는 아픔을 호소하지도 못했다. 좀 더 똑똑한 주인을 만났다면 얼마간 더 살 수 있었을지도 몰랐다. 적어도 덜 배고프게 죽을 수는 있었겠지.

"저 이거……."

철식은 벽에 붙은 상조 회사 광고 포스터를 가리켰다.

"아, 소개해 드릴까요?"

철식의 얼굴을 멍하니 바라보던 주연이 책꽂이에서 카탈로

그를 꺼냈다. 철식은 주연이 내미는 카탈로그를 한 장, 한 장,
넘겨 보았다. 픽업 비용 40킬로미터 이내 4만 원, 무게 5킬로
그램 미만 화장비용 20만 원. 사람처럼 염습을 하고 수의를
입혀 관에 넣는 것도 가능했고, 관도 종류에 따라 비용이 다
르게 책정되어 있었다. 철식은 가장 기본적인 것들을 선택했
다. 그래도 30만 원이 훌쩍 넘었다. 철식의 고향에서는 개가
죽으면 잡아먹거나 땅에 묻었다. 돈이 없으면 살 수도, 죽을
수도 없는 이상한 나라. 그 이상한 나라에 자꾸 자신만 혼자
남겨지는 기분이 들었다.

수의사가 상조 회사에 전화를 걸어 줬다. 철식은 수의사에
게 돈을 지불했다.

"뼛가루는 적당한 데 뿌려 주면 좋겠습니다."

"그렇게 전달할게요. 아, 개 이름이 뭐라고 했죠?"

수의사가 철식이 보는 앞에서 5만 원권 여섯 장을 확인하
며 물었다. 철식은 책상에 있는 연필꽂이에서 펜을 꺼내 들었
다. 그리고 메모지에 자신은 한 번도 불러 보지 않은 개의 이
름을 적었다.

'꾼'

어쨌거나 개가 죽어 한 가지 걱정을 덜었다. 철식은 이제
부터 한 남자를 찾아가 필요하다면 죽일 생각이었고, 아무도
모르게 죽이는 것이 불가능하다면 기꺼이 그 대가를 치를 각

오가 돼 있었다.

*

"하아, 하아, 하아……."

정희는 신호등 아래 쭈그리고 앉았다. 누군가 흉통을 쥐고 흔들어 대는 것 같았다. 몇 달 만에 과호흡 증세가 나타났다. 정희는 가슴에 오른손을 얹고 크게 소리를 내며 심호흡했다. 불안한 마음에 왼손은 계속 종아리를 더듬고 허벅지를 때렸다. 그녀는 지난해, 우울증과 신경쇠약, 외상 후 스트레스 장애에 시달리다 항우울제, 신경안정제, 수면제를 닥치는 대로 삼키고 자살을 시도했고, 그 후유증으로 두 달 가까이 하반신이 마비되어 걷지 못했다.

정희는 초점 없이 멍한 얼굴로 자신을 지나쳐 다른 여자에게 달려가던 성훈의 모습을 떠올렸다. 그러자 간신히 안정을 찾아 가던 호흡이 다시 흐트러졌다.

냉정하게 생각해.

정희는 주먹을 꼭 쥔 채 스스로를 다그쳤다. 별일이 아닐 수도 있었다. 그래, 말도 안 되는 억측이나 속 좁은 오해일 가능성이 더 높았다. 성훈을 바라보는 여자의 눈에는 사랑도 설렘도 하다못해 욕정도 없었다. 하지만 그렇지 않다면? 이건 생각보다 흔한 일이었다. 영화나 드라마에서 수도 없이 봐 온 일이 아닌가.

정희의 신경을 잡아당기는 문제가 또 하나 있었다. 여자가 묘하게 낯이 익었다. 그 눈과 코, 그리고 미소를 지을 때 눈 밑에 봉긋 솟아오르는 광대까지……. 기분 나쁜 기시감이 들었다. *어디서 만난 적이 있나?* 정희는 가슴을 무릎에 댄 채 바닥을 보는 자세로 구역질을 할 듯 입을 크게 벌렸다. 그리고 온 힘을 다해 호흡하며 여자의 얼굴을 천천히 곱씹어 되뇌었다. 애써 잊어버린 끔찍한 기억 같기도 했고, 닥쳐올 불행의 전조처럼 느껴지기도 했다.

"하아, 하아, 하아……."

그렇게 생각하자 호흡이 다시 거칠어졌다.

일단, 멈춰.

정희는 숨을 한번 크게 내쉰 뒤 스스로에게 명령했다. 숨도 제대로 쉬지 못하면서 무슨 생각을 한다는 거야? 정희는 성훈과 여자에 대한 생각을 멈춘 채 날숨에 집중하며 속으로 100부터 7씩 뺄셈을 하기 시작했다.

'100, 93, 86, 79, 72…….'

의사가 알려 준 긴급 처방이었다. 단순하지만 집중해야 할 수 있는 일.

'65, 58, 51…….'

이마에 땀이 송글송글 맺혔다.

"괜찮으세요?"

교복을 입은 여학생이 걱정스러운 표정으로 정희를 향해 몸을 기울인 채 물었다.

"도와 드릴까요?"

"……택시."

"네?"

"택시 좀 잡아 주세요."

정희는 간신히 울음을 참고, 있는 힘을 다해 또박또박 말했다.

2

여자는 깨진 병들을 모아 천에 싸 가지고 다녔다. 여자의 시꺼먼 손에는 덕지덕지 딱지가 앉아 있었다. 여자가 누구인지, 어디에서 왔는지, 도대체 왜 그런 이상한 수집을 하는지, 정확히 아는 사람은 하나도 없었다. 이름을 물으면 초점 없는 눈으로 "이선영"이라고 대답했지만 그것이 그녀의 진짜 이름인지 역시 확인할 수 없었다. 그녀는 먼저 시비를 걸거나 위협을 하진 않았지만 누구든 일정 거리 이상 가까이 다가가면 눈을 번뜩이며 천 보따리 속으로 손을 집어넣었다.

하루 종일 사나운 얼굴로 거리를 싸돌아다니던 여자의 발걸음이 해 질 무렵 지하철역으로 향했다.

과일 장수를 기다리기 위해서다.

며칠 전부터 까만 점퍼를 입은 남자가 지하철 출구 앞에서 과일을 팔았다. 그는 해가 기울기 시작하는 오후에 나타나 일대를 떠돌다가 7시 30분이 되면 출구 앞에 종이 상자를 펼치고 가방에서 과일을 꺼내 아무렇게나 쌓아 놓았다. 하나같이 상품성이 떨어지는 시든 과일이었다. 새까맣게 병든 바나나, 속이 곪았을 것 같은 참외, 껍질이 쪼글쪼글 말라붙은 사과 같은 것들. 이따금 좌판을 힐끗거리는 사람들이 있었지만 아무도 가격을 물어 오지 않았다. 그런데도. 과일 장수는 하루도 빠짐없이 왔다. 그는 대체로 한두 시간 내에 돌아갔지만 가끔씩은 자정이 지나서까지 장사를 하기도 했다.

과일 장수의 얼굴엔 표정이 없었지만 여자는 알 수 있었다. 뭔가를 기다리는 얼굴이었다. 군인처럼 짧게 자른 머리, 멀끔한 얼굴, 목과 팔에 화상 자국이 있는 과일 장수는 오래전 그녀가 사랑했던 남자를 닮았다. 약속의 증표만을 남기고 사라져 버린 남자. 그녀가 과일 장수를 기다리는 것은 그가 옛사랑을 닮았기 때문만은 아니었다. 과일 장수는 장사를 마치고 돌아가면서 개중 성한 과일을 골라 상자에 두고 갔다. 그가 돌아가면 여자는 상자 안에서 과일을 꺼내 잘 버려진 유리 조각으로 과일을 잘라 먹었다.

오늘 과일 장수는 시든 과일과 함께 커다란 수박을 가져왔다. 그는 수박을 사람들 눈에 띄지 않게 가방 뒤에 숨겨 놓았다. 여자는 그와 사선으로 마주 보고 앉아 기다렸다. 과일 장수는 팔짱을 끼고 서서 지하철 출구를 바라보고 있었다. 평소와 마찬가지로 얼굴엔 표정이 없었다.

마침내 과일 장수가 허리를 숙이고 종이 상자를 덮었다. 여자는 다급히 보따리를 뒤졌다. 수박을 자를 만한 유리 조각을 찾기 위해서였다. 적당한 것이 잡히지 않았다. 급하게 보따리를 뒤지던 여자는 결국 손을 다쳤다.

과일 장수는 피를 흘리며 서 있는 여자를 쳐다봤다. 그는 미간을 살짝 찌푸렸지만 여자에게 다가오지는 않았다. 여자와 눈이 마주치자 과일 장수는 고개를 돌려 다시 출구 쪽을 봤다. 헐렁한 크로스 백을 둘러맨 남자 하나가 이쪽으로 걸어오고 있었다. 과일 장수는 남자를 향해 성큼성큼 걸어가 그를 와락 끌어안았다.

"김성훈 씨."

이름이 불린 남자는 칼에 찔리기라도 한 것처럼 얼굴이 하얗게 질린 채 그대로 굳었다.

"당신, 내가 누군지 아는군요?"

과일 장수가 남자에게 말했다. 남자는 대답이 없었다. 여자는 두 사람이 서로 몸을 밀착한 채 비틀비틀 걸어가는 모습을 봤다. 남자는 과일 장수를 반가워하지 않는 것 같았지만 그것은 여자가 잘못 생각한 것인지도 몰랐다. 여자는 과일 장수가 서 있던 자리로 갔다. 그녀는 잘생긴 과일 장수가 드디어 기다리던 사람을 만났고, 그래서 이제 다시는 오지 않을 것임을 알았다.

그는 시든 과일과 함께 수박을 버리고 갔다. 커다란 수박에는 접이식 칼이 꽂혀 있었다. 잘 벼려진 칼은 물론 병따개, 십자드라이버, 가위, 손톱 줄, 볼펜, 라이트 따위가 달린 스위스제 맥가이버 칼이었다. 여자는 수박에 꽂힌 칼을 접어 호주머니에 넣었다. 그리고 수박을 안은 채 과일 장수와 남자가 서로 얼싸안고 걸어가는 모습을 쳐다봤다.

가로등이 꺼진 골목 끝에서 크로스 백을 맨 남자의 몸이 줄이 끊어진 인형처럼 풀썩 고꾸라졌다. 여자는 자기도 모르게 숨을 멈췄다. 과일 장수는 잠시 남자를 차갑게 내려다보더니 한 손으로 남자의 목을 잡아 일으켜 세웠다. 마치 짐승을 다루는 것처럼.

그때, 두 사람 앞에 택시가 섰다. 택시에서 내린 아가씨가 놀란 얼굴로 두 사람을 쳐다봤다.

"무슨 술을 이렇게 마셨어요."

과일 장수가 궁시렁거리며 크로스 백을 둘러맨 남자를 등에 업었다. 남자는 깃털처럼 가볍게 과일 장수의 등에 업혔다. 택시에서 내린 여자는 두 사람을 지나쳐 불빛이 밝혀진 편의점 쪽으로 걸어갔다. 과일 장수는 남자를 업은 채 짙은 어둠 속으로 성큼성큼 걸어 들어갔다. 아무도 그들을 눈여겨보지 않았다. 술에 취해 몸을 가누지 못하는 남자들은 도심의 흔한 풍경이니까.

여자도 그들을 등지고 걷기 시작했다. 그녀는 이제 이쪽으로는 다시 오지 않을 생각이었다. 오지 않는 사람을 기다리느라 인생을 허비하는 것은 인생에 딱 한 번이면 족했다.

*

정희는 비명을 지르며 눈을 떴다. 그녀는 현관 앞에 신발도 벗지 못한 채 누워 있었다. 온 집 안이 컴컴했다. 정희는 핸드백에서 휴대폰을 꺼내 시계를 봤다.

오후 11시 44분. 부재중 전화 1통. 문자 6개.

광고와 스팸 문자가 4개. 나머지 두 개의 문자와 전화 한 통이 성훈에게서 온 것이었다.

— 전화했었네? 무슨 일 있어?
— 전화 왜 안 받아? 어디 아파? 나 지금 집에 가고 있어.

정희는 거실의 불을 켜고 소파에 앉았다. 머리가 멍하고 목 뒤가 뻐근했다. 지난 몇 시간 동안의 일들이 모두 꿈처럼 아득하게 느껴졌다. 하지만 자신을 지나쳐 길 건너 여자에게 가던 성훈의 모습이 섬광처럼 지나가며 모든 감각이 생생하게 돌아왔다. 착각이 아니었다. 성훈은 어떤 여자와 함께 사라졌고, 여태 돌아오지 않았다. 정희는 문자를 다시 봤다. 무슨 일 있냐고? 그가 이렇게 뻔뻔한 사람이었던가? 성훈이 전화를 했다가 문자를 보낸 시각은 오후 10시 01분. 02분. 05분. 집으로 온다는 메시지를 보낸 지 한 시간도 더 지나 있었다. 대체 어디서 출발을 했기에 여태 오지 않는 거지? 정희는 성훈에게 전화를 걸어 봤다. 그는 전화를 받지 않았다. 정희는 소파에 웅크리고 누웠다. 눈을 감자 성훈을 향해 손을 흔들던 여자의 얼굴이 떠올랐다.

그래, 여자.

불쾌한 잔상처럼 남아 있는 여자의 모습을 떠올리자 다시 정체를 알 수 없는 두려움이 정희를 관통하고 지나갔다. 분명히 만난 적이 있는 여자였다.

대체 언제, 어디에서?

정희는 머릿속에 카테고리를 만들고 아는 사람들을 하나씩 정리해 넣었다. 친구들은 결혼하고 아이를 낳으면서 대부분 연락이 끊어졌다. 직장 사람들과는 아이가 입원하면서 제대로 인사도 나누지 못하고 헤어졌다. 아파트 부녀회나 주민회 활동은커녕 옆집에 누가 사는지도 몰랐다.

본의 아니게 정희는 점점 침울해졌다. 그녀는 35년 평생, 종교를 가져 본 적도 없었고, 이렇다 할 취미도 없었다. 아이의 병원에서 스쳐 지나갔던 환자나 간병인들 중 하나일지도 몰랐다. 애초에 성훈의 인맥일 가능성도 있었다. 어느 쪽도 특별히 확신이 가는 쪽은 없었다.

정희는 망연히 일어서서 거실을 서성거리다 성훈이 주로 생활하는 작은 방의 문을 열고 들어갔다. 책상과 책장, 그리고 한 켠에 개켜져 있는 면 이불 위엔 성훈이 벗어 놓은 낡은 추리닝이 있었다.

정희는 성훈의 책상에 앉았다. 책상은 깨끗했고, 책장에는 소설과 경영학 관련 책들이 몇 권 꽂혀 있었다. 그녀는 방 안을 살펴봤다. 하지만 뭐가 이상한 것인지 알아챌 수도 없을 만큼 낯설었다. 들어와서는 안 되는 곳에 들어온 것 같은 기분을 애써 외면하며 그녀는 책상 서랍을 열어 보고 책장의 책들을 몇 권 뽑아 봤다.

아이가 죽은 뒤, 정희와 성훈은 유학생 홈 메이트처럼 생활하고 있었다. 화장실과 주방은 함께 썼지만 잠은 따로 잤다. 정희는 안방에서, 성훈은 서재나 거실에서. 밥이나 요리를 해 놓기도 했지만 함께 식사하는 일은 거의 없었다. 각자 생활 패턴에 맞춰 끼니를 때웠고 필요한 물건들은 서로 눈치껏 사다 채워 놓았다.

아이를 보내고 집에 돌아온 직후엔 더 좋지 않았다. 함께 슬퍼할 사람이 있다는 위로는 짧았다. 슬픔이 너무나 컸기 때문이다. 경준은 두 사람의 모든 것이었다. 이제 그들에게 남은 것은 아이를 죽이고도 꾸역꾸역 살아가야 하는 굴욕적인 삶이었다. 배가 고프면 밥을 먹고, 졸리면 잠을 자고, 추우면 옷을 꿰어 입는 일상이 누구에게도 들키고 싶지 않은 치부처럼 느껴졌다.

정희는 가끔씩 성훈을 원수처럼 쳐다봤다. 그녀의 눈에 남편은 때로 아이를 죽이고도 멀쩡하게 살아가는 인면수심의 살인마로 보였다. 성훈에게 정희도 그랬을 것이다. 그럼에도 이혼을 하지 않은 건 굳이 상황을 변화시킬 필요를 느끼지 못해서였다. 시간은 흘렀지만 상황은 조금도 나아지지 않았다. 슬픔은 사라질 기미를 보이지 않았고, 오히려 점점 더 드세게 두 사람의 삶을 틀어쥐었다. 변한 것이 있다면 그런 채로 살아갈 수 있게 되었다는 것이다. 슬픔과 상실감 역시 아이가 남긴 흔적이었다. 정희는 차마 다시 행복해지고 싶다거나 아이를 잃은 고통에서 벗어나고 싶다는 욕망을 가질 수가 없었다.

성훈 역시 그랬다고 생각했다. 모든 것이 정희 혼자만의 생각이었던 것일까? 매일 출근을 하고, 사람들을 만나 아무렇지 않은 것처럼 살아 내야 했던 성훈의 생각은 달랐던 걸까? 아직 인생이 끝난 것이 아니고 뭔가가 더 남았으며 그러니까, 이제 그만 다른 삶을 살고 싶다고, 기회를 엿보고 있다가 여자를 만났고……. 거기까지 생각하자 마음이 착 가라앉았다. 정희는 성훈과 모든 것을 털어놓고 이야기하고 싶었다. 그녀는 다시 성훈에게 전화를 걸어 보았다. 성훈은 여전히 전화를 받지 않았다. 자정이 넘어 있었다. 지금 당장 정희가 할 수 있는 것은 성훈을 기다리는 것뿐이었다.

'기다리는 것밖에 할 수 없을 때는…….'

소파에 쓰러지듯 누워 눈을 감으면서 정희는 생각했다.

'기다리는 수밖에 없다.'

3

'눈에는 눈, 이에는 이.'

철식은 성훈을 업고 컴컴한 공사장 안으로 걸어 들어가며 기도문처럼 되뇌었다. 아내가 좋아하던 말이었다. 성경에 그런 말이 나온다고 했다. 처음에 철식은 그게 성적인 말인 줄 알았다. 서로 눈을 맞추고, 입을 맞추고…….

"머리에 온통 그 생각밖에 없습니까?"

"믿음, 소망, 사랑, 그중에 제일은 사랑이라 하디 않았니."

"그런 말도 할 줄 압니까."

아내는 피식 웃으며 물었다. 철식은 대꾸할 말을 찾지 못하고 아내를 봤다. 사람은 때로 자기를 뛰어넘는다. 뭔가에 빠졌을 때다. 완전히 다른 사람이 되기도 한다. 그런 말도 하고 저런 말도 할 수 있는 사람이 되는 것이다. 아내는 그걸 몰랐다. 그런 생각을 하면, 철식은 아직도 가슴 안쪽에서 뭔가가 무너져 내리는 것 같았다.

임금 체불로 공사가 중단된 공사장 인근에는 빛 한 점 없었다. 철식은 인부들이 사용하던 임대 컨테이너의 문을 열고 들어서 정신을 잃은 성훈을 내려놓았다.

"김성훈 씨."

철식은 대답이 없는 성훈의 손목을 낚아채 팔뚝 한가운데를 꾹 눌렀다. 완맥혈. 한의사들이 흔히 진맥할 때 짚는 자리로 급소 중 하나였다. 성훈은 목울대를 껄떡거리더니 비명을 토했다.

"성록혜. 내 아내의 이름입니다. 내 아내가 누군지 알죠?"

성훈은 금방이라도 울음을 터뜨릴 것 같은 얼굴로 딸꾹질을 하기 시작했다.

성록혜. 3년 전 죽은 철식의 아내는 태어나자마자 부모님과 함께 조선 인민경비대 791＊부대, 속칭 1＊ 관리소, 남한 사람들이 수용소라 부르는 곳으로 이주했다. 그녀에겐 바깥세상에 대한 기억이 전혀 없었다. 관리소에서는 성인 몫의 노동을 해야 하는 16세 이상과 이하를 가를 뿐, 노인이나 약자, 여성이라고 특별히 대우하거나 배려하지 않았다. 록혜는 아는 사람을 만나도 고개 숙여 인사하지 말라고 배웠다. 모두가 죄인이기 때문이라는 게, 보위원들의 설명이었다.

"어렸을 때 옆집 살던 오마니*가 강냉이 한 주먹을 도둑질했다고 돌에 맞아 죽었습니다."

그것이 그녀가 처음 목격한 죽음이었다. 보위원들은 여자를 기둥에 묶고 수용소 주민 모두에게 여자를 때리라고 지시했다. 록혜도 그 여자를 향해 돌을 던졌다. 그런 일이 비일비재했다. 사소한 거짓말 때문에 차가운 바닥에 몇 시간이고 무릎을 꿇고 벌을 받다 동상에 걸리기도 했고, 보위원의 기분을 상하게 했다는 이유로 독방에 갇혀 굶어 죽는 사람도 있었다.

수용소 안에서 주민들은 먹을 것과 폭력으로 통제됐다. 단지 배고픔 때문에 탈출을 감행한 록혜는 밖에 나와서야 비로소 그런 과거를 견딜 수 없어 했다.

록혜가 수치심으로 괴로워할 때마다 철식은 말했다. 그저 살아야 했던 것이다. 쥐를 잡아 뼈까지 씹어 먹고 죽은 사람의 옷을 벗겨 입으면서라도 목숨을 부지해야 했을 뿐이다. 그걸 비난하거나 비웃을 수 있는 사람은 없다. 결국은 누구나 먹고사는 것에 연연하며 노예처럼 살다 죽는다. 정도의 차이

---

* 나이 든 여자.

가 있을 뿐이다.

"이제 저쪽 일은 다 잊으라. 안고 있어 봐야 너만 괴로운 일 아니니."

말은 그렇게 했지만 철식도 자주 악몽을 꿨다. 조국과 당을 배신한 죄인이라고 손가락질을 받으며 처형장으로 끌려가거나 어두운 수용소 독방에서 깨어나는 꿈이었다. 자다가 움찔움찔 깨어 일어나면 부부는 말없이 서로의 몸을 다독여 줬다. 철식은 아직도 그 손길을 느꼈고, 그것이 자신이 만들어 낸 환상이라는 것을 알면서도 모르는 척 가만히 누워 있었다. 돌아누우면 아내가 있을 것만 같이 생생했지만 전생의 기억처럼 아득하기도 했다. 현실과 악몽 사이의 틈에 끼어 깨어 있을 수도, 잠을 이룰 수도 없는 날들이었다. 끔찍한 악몽에서 내동댕이쳐진 어떤 밤에, 철식은 문득 록혜가 교회에 들고 다니던 성경을 찾아봤다.

그러나 그 여자가 다른 상처를 입었으면 생명은 생명으로,
눈은 눈으로, 이는 이로, 손은 손으로, 발은 발로,
화상은 화상으로, 상처는 상처로, 타박상은 타박상으로 갚아라. ─「출애굽기」 21: 23-25

누구에게 어디를 맞았는지 그 울분을 잊지 않으면서도 정

확하게 맞은 데만 때려 징벌하는 것. 록혜는 그것이 "문명"이라고 했다.

야만적이지 않은 것, 인간다운 것, 문명.

록혜는 자주 그런 구분을 했다. 철식과 록혜가 남한에서 배워야 하는 것은 남한의 말과 물가, 외래어뿐만이 아니었다. 노약자석, 임산부 배려석, 경로 우대, 어린이 보호구역, 청소년 출입 금지, 장애인 전용 주차 공간, 레이디 퍼스트……

"단꺼번에* 되겠니. 누가 고아대는** 것도 아닌데 천천히 하라."

시큰둥했던 철식과 달리 록혜는 조바심을 내며 열심히 배웠다. 하루라도 더 빨리, 이 땅에 제대로 뿌리를 내리고 "인간답게" 살기 위해서.

철식은 성실한 군인이자 당원이었던 자신이 어째서 하루아침에 관리소의 수감 대상이 되었는지 알지 못했다. 관리소를 새로 지으면서 수감 대상이 필요해서라고도 했고, 어린 수령이 정권을 잡는 과정에서 이렇게 저렇게 노선이 나뉘면서 자기도 모르는 사이 선 밖에 이름이 적힌 탓이라고도 했지만 어느 쪽도 명확한 대답이 되지 못했다.

---

* 한꺼번에.
** 혼내는.

하지만 관리소에서 록혜를 만난 뒤 그는 더 이상 그런 것이 궁금하지 않았다. 그리고 3년 전, 아내가 한강에 빠져 죽으면서, 아무것도 질문할 필요가 없었던 그의 삶도 끝장났다.

그러니까, 철식이 원하는 것은 단순히 성훈을 죽이는 것이 아니었다. 그건 가장 쉬운 일이었다. 철식은 **모든 것**을 알아야 했다. 그날 밤 록혜가 겪은 일의 처음부터 끝까지. 그리고 그 일에 관여된 사람들은 누구라도 그만큼의 쳇값을 치러야 했다.

철식은 성훈의 머리통을 세게 갈긴 뒤, 모로 쓰러진 성훈의 귓구멍 바깥쪽 뼈를 힘껏 눌렀다. 성훈의 몸이 철식의 손끝에서 바들바들 떨렸다. 철식의 몸에서 아드레날린이 솟구쳤다. 심장이 빠르게 뛰며 온몸이 뜨거워졌다. 그가 한때 '손맛'이라고 표현했던 감각이었다. 성훈은 비명 한 번 제대로 지르지 못했다. 눈알의 모세혈관이 다 터져 피눈물이라도 흘릴 듯 붉어진 눈으로 철식을 바라보던 성훈은 눈을 질끈 감았다 떴다. 그는 새빨간 눈으로 철식을 쏘아보다 뭔가를 결심한 얼굴로 혀를 깨물었다. 철식은 성훈의 측두골 관골돌기*를 때렸다. 성훈의 턱에서 하악골이 아래로 뚝 떨어졌다. 턱이 빠진 것이다.

---

* 광대뼈 눈환의 바깥쪽 아래 돌기된 부분.

"허튼 생각은 하지 않는 것이 좋습니다."

철식은 성훈의 입에 두꺼운 천을 물렸다. 천은 성훈의 피와 침으로 금세 축축하게 젖었다. 철식은 주먹으로 성훈의 머리를 후려갈겼다. 성훈은 바닥에 곤두박질치며 그대로 정신을 잃었다. 철식은 두 손으로 성훈의 얼굴을 감싸 쥐었다. 딱, 하는 소리와 함께 성훈의 상악골과 하악골이 맞춰졌다. 성훈의 두 뺨에서 열기가 느껴졌다. 철식은 성훈의 머리통을 흔들었다.

"이제부터 단 한순간도 정신을 놓아서는 안 됩니다."

철식은 차분하게 말했다. 성훈은 온전한 정신으로 이 참혹한 고통을 하나도 남김없이 느껴야 했다. 성훈이 눈물을 흘리며 깨어났다. 성훈이 숨을 쉴 때마다 비린내와 단내가 섞인 불쾌한 냄새가 뿜어져 나왔다. 이제 그는 눈물을 그치게 될 것이다. 입에 재갈이 물린 상태에서는 우는 것조차 쉽지 않을 테니까.

"이제부터 몇 가지를 묻겠습니다. 어쿠럭* 쓰지 말고 신중하게 대답하세요. 그렇지 않으면 나도 당신 아내를 죽일 겁니다."

아내를 언급하자 성훈이 철식을 매섭게 노려봤다. 검붉게 부어오른 성훈의 눈 밑을 바라보며 철식은 잠시 개를 생각했

---

* 거짓처럼 행동하는 것.

다. 지금쯤 개는 불태워져 어딘가에 뿌려졌을 것이다. 이제 아무도, 아무것도 철식이 돌아오기를 기다리지 않을 것이다. 오래 기다려 온 순간이었다. 철식은 성훈에게 궁금한 것이 많았다. 이제부터 하나씩 물어볼 생각이었다. 서두르지 않고, 차근차근, 천천히.

4

정희는 뒤척이다 깨어났다. 날이 밝아 있었다. 그녀는 벼락
이라도 맞은 것처럼 벌떡 일어났다. 욕실에도, 서재에도 성훈
이 없었다. 집으로 오고 있다던 성훈이 결국 외박을 한 것이
다. 정희는 성훈의 휴대폰으로 전화를 걸었다. 통화 연결음은
곧 음성 사서함으로 넘어갔다. 뭐라고 녹음이라도 해 둘까 생
각했지만 입이 떨어지지 않아 그냥 끊어 버렸다.

그 여자와 여태 함께 있는 걸까? 어디에? 아니, 언제까지?
정희는 시계를 봤다.

오전 7시 반.

출근은 어쩌려는 거지? 이제 그런 건 어떻게 돼도 상관이
없다는 거야? 하지만 성훈은 한 번도 이런 식으로 외박을 한

적이 없었다. 무슨 일이 생긴 건 아닐까? 경찰에 신고해야 하나? 뭐라고 하지? 어제 저녁에 본의 아니게 남편을 미행했습니다. 남편은 낯선 여자와 함께 사라졌습니다. 그리고 돌아오지 않았습니다. 예. 바로 어젯밤의 일입니다. 남편은 전화를 받지 않습니다. 밤새 미친 사람처럼 전화를 걸었습니다. 하지만 의부증은 아닙니다. 신경증이 없다고는 할 수 없습니다. 잠을 잘 못 잡니다. 자꾸만 깜짝깜짝 놀라 깨어납니다. 아이가 죽은 뒤로 계속 그래 왔습니다. 예, 아이가 죽었습니다. 이제 곧 3주기가 됩니다……

그때였다. 초인종이 울렸다. 정희는 깜짝 놀라 인터폰을 봤다. 낯선 남자가 문 앞에 서 있었다.

"김성훈 씨 댁인가요?"

정희는 가슴이 덜컥 내려앉았다. 남자는 캐주얼한 차림이었다. 형사인가? 불쑥 그런 생각이 들었다. 밤새 쓸데없는 생각에 사로잡혀 있는 동안, 성훈이 무슨 변이라도 당한 것은 아닐까?

"누구세요?"

정희의 목소리가 작게 떨렸다. 남자는 호주머니를 뒤지더니 사진 한 장을 꺼내 인터폰 렌즈 가까이로 디밀었다. 사진 속에는 신랑과 신부가 있었다. 신랑은 성훈이었고 신부는……

정희는 저도 모르게 인터폰에서 한발 물러섰다. 갑자기 정신이 번쩍 들었다가 금세 멍해졌다. 웨딩드레스를 입고 있는 여자는 지애였다. 성훈의 이란성 쌍둥이 여동생. 그러니까, 정희의 시누이.

"당신 누구예요."

"아, 저는 지애 남편입니다."

남자는 사진을 든 손을 뒤로 조금 뺐다. 그러자 신부 옆에 서 있는 또 다른 남자가 보였다. 두 남자가 웨딩드레스를 입은 지애를 사이에 두고 서 있는 사진이었다. 확실히 나비넥타이를 한 남자 쪽이 신랑처럼 보였다.

"아가씨가 결혼을 했다고요?"

처음 듣는 소리였다. 하지만 사진 속에 있는 사람은 분명 성훈과 지애였다. 지애가 결혼을 했고 성훈이 말도 없이 혼자 그 결혼식에 다녀왔다고? 말도 안 돼. 정희는 인터폰을 노려보다 휴대폰을 찾아 지애에게 전화를 걸었다. 지애는 전화를 받지 않았다.

"난 처음 듣는 소리예요."

남자는 난감한 듯 이마를 긁적이더니 호주머니에서 휴대폰을 꺼냈다. 그는 긴 손가락으로 액정을 밀어 사진을 몇 장 더 보여 줬다. 지애와 남자가 볼을 맞대거나 입을 맞추고 있는 사진, 반라로 침대에 누워 있는 지애의 사진 같은 것들이 빠르게 지나갔다. 정희가 아무런 대꾸를 하지 않자 남자는 휴대폰을 만지작거리더니 사진 한 장을 더 보여 줬다. 혼인신고서였다.

"이게 같은 날인데요."

남자는 혼인신고서에 도장을 찍고 있는 지애의 사진을 확대해서 보여 줬다. 헤어스타일이 조금 다르긴 했지만 지애가 맞았다.

대체 이건 또 무슨 일이란 말인가.

"지애가 연락이 안 돼서 왔습니다. 형님 집에 계신가요?"

남자가 물었다.

"일단 들어오세요."

정희는 현관문을 열었다.

"인사가 늦었습니다."

현관에 들어서자마자 남자는 대뜸 명함을 내밀었다. 이상한 사람이 아니라는 점을 분명히 해 두고 싶은 것 같았다.

새날복지의료협동조합 새날의원 원무과장 김영호

정희는 명함을 쥔 채 남자를 봤다. 호리호리하고 훤칠한 남자였다. 쌍꺼풀 없는 큰 눈이 벌겋게 충혈되어 있었다. 지애가 이런 스타일을 좋아했던가? 정희가 지애를 마지막으로 본 것은 경준의 장례 때였다. 경준이 아프기 전까지는 지애가 집에 자주 놀러 왔다. 경준은 첫 조카였고, 지애는 아이를 좋아했다.

영호는 지애와 결혼한 지 2년이 넘었다고 했다. 결혼식 날짜는 경준이 죽은 지 얼마 되지 않았을 때였다. 정희는 그제야 납득했다. 성훈이 말을 했어도 정희가 기억하지 못했을 가능성이 높았다. 그때 정희는 살아 있는 시체나 다름없었으니까.

"여기서 사진만 찍고 식은 미국에서 올렸습니다. 제 가족들이 미국에 있거든요."

"네……"

"……"

상황을 납득하고 경계심이 사라지자 어색했다. 대체 뭐라고 불러야 하는 걸까. 촌수도 복잡한 사이였다. 시매부와 처남댁이 서로의 배우자도 없이 만날 일이 뭐가 있겠는가. 게다가 초면에, 상황도 좋지 않았다.

"지애랑 좀 다퉜습니다."

영호가 먼저 입을 열었다.

"바람 좀 쐬고 온다고 나가더니 안 들어왔어요. 전화도 안 받고 답답해서 혹시 형님은 뭔가 아실까 하고 전화를 해 봤더니 형님도 전화를 안 받으셔서 찾아왔습니다."

암기라도 한 것처럼 일정한 어조로 다다다다다. 하지만 뭔가가 더 있었다. 영호는 커다란 눈동자를 굴려 정희의 눈치를 살피더니 한 톤 낮아진 목소리로 말했다.

"지애하고 형님이 친밀하시잖아요."

친밀하다. 문어적인 표현이었다. 그 때문인지 좀 미묘하게 들렸다. 성훈과 지애는 사이가 좋은 남매였다. 연애 시절, 정희는 종종 성훈과 가장 '친밀한' 여자가 지애일지 자신일지 마음속으로 가늠해 보곤 했다. 저울은 자주 지애 쪽으로 기울었다. 한두 번 다투기도 했다. 오래전 일이었다. 정희는 언제부터 그런 저울질을 그만뒀는지조차 기억나지 않았다.

"형님은 벌써 나가셨나요?"

그는 정희의 대답을 듣기도 전에 대뜸 화장실 문과 안방 문을 열어 보더니 거실을 두리번거렸다. 무례한 행동이었지만 그렇다는 걸 자각조차 하지 못한 것처럼 보였다.

"네."

정희는 일단 대답한 뒤 생각을 정리했다. 지금 저 남자는 친정 오빠 부부가 집 나간 아내를 숨겨 줬거나 어디에 있는지 알고도 자신에게 말해 주지 않고 있다고 생각하고 있다. 반대로 생각하면 지애는 지금 저 남자를 피해 전화기도 꺼 놓은 채 그가 쉽게 찾을 수 없는 곳에 숨어 있는 것이다. 왜? 대체 무슨 일이 있었기에? 딱히 포악하거나 폭력적인 인상은 아니었지만 애초에 얼굴에 그런 게 드러났다면 지애가 결혼을 하지도 않았겠지.

"일찍 나가셨네요. 전화도 안 받으시던데."

"휴대폰이 고장 났어요."

정희는 저도 모르게 거짓말을 했다. 영호는 별다른 추궁 없이 작게 고개를 끄덕였다. 불쑥 거짓말을 해 놓고 묘한 흥분으로 얼굴이 붉어진 것은 정희였다.

"커피 한잔 드릴까요?"

정희는 손등으로 붉어진 볼을 문대며 몸을 일으켰다. 집에 손님이 찾아온 것이 얼마 만인지 짐작도 되지 않았다. 그녀는 문득 싱크대 아래 아직도 종이컵과 종이 접시 들이 남아 있을지 궁금했다. 신혼 초, 밤늦게 짓궂은 손님들이 찾아올 때마다 성훈은 일회용 식기를 내놓으며 유난을 떨곤 했다. 정희의 손에 물 한 방울 묻히지 않을 거라고 프러포즈했다는 고전적인 멘트로 좌중의 야유를 받으면서. 그런 마음은, 그런 시간들은 모두 어디로 사라져 버린 것일까.

"한치 두치 세치 네치 뿌꾸빠뿌꾸빵 한치 두치 세치 네치 뿌꾸뿌꾸빵빵"

정희는 식탁 위에서 요란하게 울리는 자신의 전화기를 쳐다봤다. 그리고 뭔가를 잘못하다 들킨 것처럼 영호를 봤다. 갑자기 생각났다. 정희 말고 같은 벨 소리를 쓰던 사람이 하나 더 있었다. 바로 경준의 고모, 지애. 애초에 병원에 있는 경준에게 애니메이션을 보여 주고, 노래를 가르쳐 준 것도 지애였다. 저장되지 않은 번호였다. 성훈이 아닐까? 정희는 다급하게 전화를 받았다.

"여보세요?"

휴대폰 기기 변경을 권하는 광고 전화였다. 평소 같았다면 적당히 상대하다 끊었을 것이다. 텔레마케터들은 대부분 여성이었고, 그들의 기계적으로 단일한 어조와 친절한 말투는 절박하게 정희의 마음을 잡아끄는 구석이 있었다. 하지만 정희는 아무 대꾸 없이 전화를 끊어야 했다. 지금은 저 눈, 자신의 아내가 여기에 있거나 왔다 갔고, 그래서 아내의 전화기가 여기 있는 것은 아닌지 의심하며 터질 듯 부풀어 오르고 있는 저 눈에 먼저 대답을 해 줘야 했다.

5

영호는 순간적으로 놀랐을 뿐 금방 납득했다. 특별히 이상하다고 생각하는 것 같지도 않았다. 변명하듯 경준과 지애, 그리고 '두치와 뿌꾸'에 대해 주절거리는 동안 정희도 궁금해졌다. 왜 지애는 여태 벨 소리를 바꾸지 않은 것일까?

"어디 여행이라도 다녀오셨어요?"

가만히 고개를 끄덕이며 조용히 앉아 있던 영호가 물었다. 정희는 무슨 뜻인지 알 수 없어 영호를 쳐다봤다. 그는 눈짓으로 소파 테이블 한 켠을 가리켰다. 성훈이 바빠선지 확인하지 않고 둔 우편물 봉투들이 수북하게 방치되어 있었다.

"그이한테 온 걸 거예요."

"형님한테 온 우편물들은 확인을 안 하세요?"

"네."

순간 정희는 뭔가를 잘못 본 것이 아닐까 생각했다. 영호
가 콧방귀를 뀌듯 소리 없이 웃은 것이다.

"하긴 아무것도 모르는 게 나을 때가 있죠."

정희는 영호를 노려봤다. 정희와 눈이 마주치자 그는 또 한
번 작게 웃었다.

"무슨 뜻이죠?"

"아, 기분 나쁘셨다면 죄송합니다."

"무슨 뜻이냐고요."

정희는 대답을 추궁했다.

"그저 자조적으로 해 본 말입니다. 부부라고 꼭 시시콜콜
한 것까지 알아야 할 필요는 없죠."

그는 다분히 연극적인 제스처로 어깨를 한번 들썩이더니
자리에서 일어섰다. 정희는 뭐라 받아칠 타이밍을 놓친 것이
분했지만 더 말을 섞지 않는 것으로 이 불편한 상황을 정리
하기로 했다.

"이만 가 보겠습니다. 혹시 지애에게 연락 오면 제가 걱정하
고 있다고 전해 주시겠어요?"

"그러죠."

"저도 연락드리겠습니다."

"네?"

"지애가 돌아오면요."

정희는 영호의 시선을 피하며 작게 고개를 끄덕였다.

"조만간 형님이랑 다 같이 식사라도 하시죠. 저희가 대접하겠습니다."

정희는 별로 내키지 않았다. 넷이 모여 앉을 것을 생각만 해도 어색했고, 굳이 대접하겠다며 거들먹거리는 영호의 태도 역시 마음에 들지 않았다. 하지만 정희는 그렇게 하자고 대답했다.

그래야 그가 돌아갈 테니까.

*

정희가 생각하기에 좀 전의 영호의 미소가 의미하는 것은 다음과 같았다. 그는 아내인 지애에 대해 뭔가를 알게 되었고 그로 인해 몹시 고통스러운 상황에 처했으며 (아마 부부 싸움도 그 때문에 했을 것이다.) 만일 지금 정희의 마음이 평안하다면 그것은 그녀가 (자신과 달리) 남편에 대해 아무것도 모르고 있기 때문일 것이다.

정희는 신경질적으로 우편물들을 뜯었다. 카드 명세서나 광고 판촉물이 대부분이었고, 그나마도 정희 앞으로 온 것은 없었다. 정희는 우편함을 확인하고 수거했지만 우편물을 일일이 뜯어 보지는 않았다. 성훈이 하나씩 뜯어 보고 정희가 봐야 할 것이 있으면 따로 식탁에 놓아두고는 했다. 아파트 관리비를 비롯한 각종 세금 역시 성훈이 관리하고 있었다. 정희는 명세서 내용물만 따로 빼놓고 빈 봉투와 판촉물은 분리수거 통에 넣었다.

이제 9시 40분. 모두 출근했을 시간이었다. 성훈이 대수롭지 않은 목소리로 회사 전화를 받을지도 몰랐다. 휴대폰 배터리가 나갔어. 미안해. 술을 먹고 잠이 들었다거나 회사에 급한 일이 생겼었다고 둘러대면서 겸연쩍게 웃을지도 몰랐다. *만약 그렇게 나온다면 어떻게 해야 하지?* 정희는 성훈과 **모든 것**을 털어놓고 이야기하고 싶었다. 하지만 망설여졌다. 일단 맞서게 되면 모른 척하고 싶어도 그럴 수가 없어진다. 정희는 결정을 내리지 못한 채 일단 성훈의 회사로 전화를 걸었다.

"네. SW 양행입니다."

젊은 남자 직원이 전화를 받았다.

"김성훈 대리 좀 부탁합니다."

"오늘 출근 안 하셨는데요. 어디시죠?"

"출근을 안 했다고요?"

"네. 오늘 월차 내셨습니다. 무슨 일이신가요?"

월차를 냈다고? 그럼 계획된 외박이었다는 거야? 정희는 혼란스러웠다. 성훈은 집에도 안 들어오고 회사에 출근도 하지 않았다. 월차를 냈다는 건 오늘 회사에 가지 않을 작정을 했다는 뜻이고, 지금 연락이 되지 않는 게 아니라 그녀의 연락만 피하고 있는 중일지도 모른다는 뜻이었다.

"왜요?"

"네?"

"왜 월차를 냈냐고요."

직원은 조금 망설이다가 대답했다.

"……일신상의 이유로 월차를 내신 걸로 알고 있습니다. 그런데 어디세요?"

"그럼 이인찬 씨 좀 바꿔 주시겠어요?"

인찬은 성훈의 회사 1년 선배로, 정희가 이름을 알고 있는 유일한 성훈의 회사 동료였다.

"지금 자리에 안 계십니다. 메모 남겨 드릴까요?"

정희는 망설였다. 뭐라고 메모를 남겨야 하나. 그때 휴대폰이 진동했다. 정희는 귀에 대고 있던 전화기를 떼고 액정을 봤다. 문자메시지가 도착해 있었다.

— 네. 제수씨. 걱정하지 마세요. 제가 부장님께 잘 말씀드렸어요.
— 김 대리한테 아무 걱정 말고 푹 쉬라고 전해 줘요.

"여보세요? 메모 남겨 주시면 전화드리라고 하겠습니다."

"아뇨. 제가 다시 전화하겠습니다."

정희는 다급히 전화를 끊고 문자메시지를 보낸 사람의 번호로 발신 버튼을 눌렀다.

"네, 제수씨."

"인찬 씨?"

나긋나긋한 목소리로 전화를 받은 남자는 인찬이었다.

"김 대리는 좀 괜찮아요?"

정희는 무슨 소린지 알 수가 없었다.

"여보세요? 문자 못 받았어요? 제가 답문 보냈는데요."

"받았어요. ……그런데 제가 인찬 씨한테 문자를 보냈나요?"

"예?"

"뭐라고 보냈죠?"

"김 대리가 아프다고……. 이거 제수씨가 보낸 거 아닙니까?"

"아뇨. 나 인찬 씨 번호 몰라요."

"그럼 이게 어떻게 된 거죠?"

"이 번호로 문자가 왔다는 거죠? 그이는 지금 회사에 없고요?"

정희는 다시 한번 확인했다.

"네."

"그이가 어제 집에 안 들어왔어요. 연락도 안 되고요. 그래서 회사로 전화를 걸어 보던 중이었어요."

"예? 그럼 언제부터 연락이 안 된 거예요?"

인찬은 당황한 기색이 역력했다.

"어젯밤에 집으로 오고 있다는 문자 하나가 왔어요. 그런데 여태 들어오지도 않았고 연락도 안 돼요. 인찬 씨가 받은 문자메시지, 나한테 좀 보내 줄 수 있어요?"

"그래요. 캡처해서 바로 보낼게요."

"그이가 어제 혹시 어디에 간다든가 누굴 만난다고 이야기하지 않던가요?"

"아뇨. 딱히 그런 말은……. 볼링이나 한 게임 하자고 했더니 피곤하다고 일찍 들어가서 쉬겠다고 했거든요."

"일단 알겠어요. 회사로든 인찬 씨한테든 다시 연락 오면 저한테도 알려 주세요."

"그래요. 저기, 제수씨."

"네."

"너무 걱정하지 말아요. 별일 없을 겁니다."

인찬이 뒤에 덧붙인 말은 중얼거림에 가까웠다. 진부한 말이지만 그래도 위로가 됐다. 정희는 고맙다고 대답했다. 전화를 끊자 비로소 몸이 떨려 왔다. 얼굴에 젖은 비닐이 붙은 것처럼 시야가 침침해졌다. 정희는 신경안정제를 찾아 먹었다.

구토와 어지럼증이 심해 재처방 받을 생각으로 먹지 않고 뒀던 약이었다. 좀 토하고 어지럽더라도 일단은 너덜너덜 풀린 신경을 누그러뜨릴 필요가 있었다. 잠시 뒤 인찬이 보낸 이미지 파일이 도착했다.

(오전) 9 : 26
010-0000-0000
김성훈 대리 와이프예요.
성훈 씨가 몸이 안 좋아서 오늘 출근을 못할 것 같아요.
부장님께 이야기 좀 잘 해 주세요.

발신 번호에 찍혀 있는 것은 분명히 정희의 번호였다. 그녀가 영호를 상대하고 있는 사이 전송된 문자였다. 누군가 장난을 하고 있었다. 그것도 아주 몹쓸 장난을.

6

영천 경찰서 보안과 형사 김현기는 출근 전, 표철식의 집으로 향했다. 얼마 전 방송 출연으로 유명세를 떨쳤던 여성 탈북자가 재입북 후 대남 선전 매체에 등장한 탓에 전국의 보안과 형사들에게 관할구역 탈북자 실태 조사 명령이 떨어졌다. 표철식은 현기가 전담 관리하고 있는 탈북자들 중 하나로, 어제부터 전화에도 문자에도 답이 없어 직접 찾아온 것이다.

"집에 아무도 없습니까? 표철식 씨!"

벨을 눌러도, 노크를 해 봐도 안에선 아무런 반응이 없었다. 현기는 복도 쪽에 있는 창문 너머로 작은 방 내부를 살펴봤다. 짐 하나 없는 텅 빈 방이었다. 문이 닫혀 있어 다른 쪽은 보이지 않았지만 아마 비슷할 것이다. 3년 전, 함께 탈북한 아내를 잃은 뒤 표철식은 이 방과 같은 모습으로 살고 있었다.

철야 기도를 한다고 외출했던 성록혜는 이틀 뒤 마포대교 인근에서 퉁퉁 부은 사체로 발견됐다. 부부가 남한에 정착한 지 2년이 채 못 됐을 때였다. 성록혜의 몸 안에서 지퍼팩으로 밀봉한 자필 유서가 발견됐다. 하지만 표철식은 아내가 자살했다는 걸 받아들이지 못했다. 표철식의 주장대로 미심쩍은 부분들이 있었다. 유서 외에는 특별한 자살 동기를 찾을 수 없었고, 사체의 목 주변이 새까맣게 멍들어 있었으며 안면에는 질식에 의해 생긴 울혈이 있었다. 부검 결과 밝혀진 사인역시 경부 압박에 의한 질식사. 관할서 수사 팀에서는 물속에서 낚싯줄이나 폐비닐 등에 걸려 목이 졸렸을 가능성이 있다며 자살로 사건을 종결했다.

하지만 표철식은 아내가 누군가에게 교사된 뒤 한강에 유기된 것이 틀림없다고 주장했다. 현기는 상심한 표철식이 혹시 무슨 문제를 일으키지 않을지 각별히 주시하라는 지시를 받았다. 말로만 듣던 대공 수사였다. 시국 사범과 학원 시위가 줄면서 경찰청 보안과에서 주로 하는 일은 탈북자 관리였다. 가끔 들어오는 대공 신고도 대부분은 허위였고, 국가보안법 위반 사범을 검거하는 경우도 드물었다.

애초에 특별한 사명감을 가지고 보안과에 지원하는 사람은 거의 없었다. 보안과는 검찰의 수사 지시를 받지 않으면서도 타 부서보다 많은 활동비를 지원받고, 실적 경쟁에서 자유로우며 야간 근무가 느슨해 지원자가 많은 인기 부서였다. 쉽게 말해 눈에 띄게 하는 일이 없으면서도 간섭을 받지 않아도 된다는 뜻이었고, 그래서 보안과를 "노인정"이라고 비아냥거리는 사람들도 있었다.

표철식은 인민군 장교 출신으로 김정일이 죽고 권력관계가 재정립되면서 돌연 관리 대상이 되어 함경도에 있는 수용소로 끌려갔다. 그리고 그곳에서 자란 성록혜를 만나 함께 탈출했다. 두 사람은 중국을 거쳐 필리핀을 통해 남한에 들어왔다.

당시 보안과에서는 성록혜의 죽음에 북한이 개입했을, 두 가지 가설을 세웠다. 첫째, 군 장교 출신의 표철식이 당을 배반하고 월남한 것에 대한 보복성 테러. 표철식 본인이 아닌 그 아내를 살해해 표철식에게 고통과 죄책감을 주고 일벌백계하려는 것이다. 둘째, 성록혜가 북의 지령을 받고 간첩 활동을 하다 어떤 이유에서인가 제거되었을 가능성. 성록혜는 수용소에서 여러 사람을 밀고했다. 그중에는 이웃과 친척은 물론 친아버지도 있었다. 성록혜가 그들을 밀고한 대가로 받은 것은 쌀밥 한 그릇이나 담요 한 장 따위의 사소한 보상이었다. 만약 북에서 큰 보상을 제시하며 유혹했다면 거절하지 못했을 수도 있었다. 전자든 후자든 표철식이 아내를 살해한 자를 찾아 보복할 가능성이 있었다.

표철식은 정신 나간 사람처럼 경찰서와 마포대교를 오가며 목격자와 타살의 증거를 찾아다녔다. 현기는 과장의 지시로 표철식을 지켜보면서 그를 통해 남파 간첩을 색출해 낼 수 있지 않을까 기대했다. 하지만 표철식은 경찰에 재수사를 요청하고 마포대교 인근에 목격자를 찾는 전단을 뿌리는 것 이상의 눈에 띄는 행동을 하지 않았다. 따로 연락하거나 만나는 사람도 없었다. 남한 사회에 적응하기 위해 적극적으로 참여했던 신앙생활이나 동호회 활동 역시 모두 접었다. 나중에는 식음을 전폐하고 집 밖으로 나오지 않아 교인들이 구청에 긴급 지원 요청을 하기도 했다. 구청은 철식에게 사례관리사를 파견해 그가 신경정신과와 내과 치료를 받을 수 있게 도왔다.

내심 화끈한 복수극을 기대했던 현기는 실망했다. 표철식은 아내를 잃은 슬픔에서 벗어나지 못하는 나약한 인간에 불과했던 것이다. 그렇게 관심 밖으로 밀려나던 표철식이 다시 주목을 받기 시작한 것은 석 달 전 중국에서 태국을 거쳐 망명한 탈북자 리홍식이 정착 지원을 하던 전담 경찰에게 뜻밖의 이야기를 했기 때문이었다. 리홍식은 자신이 표철식과 함께 군 생활을 했다고 주장했다. 그는 표철식이 특별 훈련을 받은 대남 공작원이라고 했다. 리홍식에 따르면 표철식은 속칭 자동단추. 우리말로는 버튼이라는 뜻의 별명을 가진 점혈

(點穴)* 능력자로 인민군에게 혈도술을 가르칠 정도로 혈과 급소를 꿰뚫고 있는 고수였다. 맨손으로 사람을 마비시키거나 죽이는 영화 같은 일이 실제로 가능하다고 했다.

리홍식은 표철식이 남한에서 간첩 활동을 하기 위해 위장 탈북을 한 것이 틀림없다고 주장했다. 성록혜 역시 수용소에서 표철식에게 속아 함께 탈북했으며 뒤늦게 그 사실을 알게 된 성록혜가 표철식에게 '제거' 당했을 수 있다는 것이었다.

"선생님, 생각해 보세요. 군인이 혼자 왔다는 것보다는, 처나 자식을 데리고 왔다고 하는 거이 후과**가 더 좋지 않겠습니까? 그 에미나이***는 흐림수****로 데려온 거지요."

표철식이 아내 성록혜를 살해했을지도 모른다는 주장은 다소 억지스러웠고 보안과에서 개입할 만한 문제도 아니었다. 하지만 표철식이 위장 탈북으로 간첩 행위를 하고 있을지도 모른다는 주장은 무시할 수 없었다. 적어도 사실 여부를 규명할 필요가 있는 문제였다.

표철식은 하나원에서 나오자마자 민간 자격증을 취득한

---

* 점혈법. 태극권의 일종으로 경혈, 즉 급소를 찌르거나 타격하거나 움켜쥠으로써 상대의 육체 기능을 약화 또는 마비시키거나 심하게는 기절 또는 사망에 이르게 한다.
** 결과.
*** 계집.
**** 속임수.

뒤 지압사로 일하고 있었다. 스포츠 마사지와 카이로프랙틱 과정도 수료했다. 실력이 꽤 좋다고 입소문이 나 고액의 출장 지압을 다니기도 했다. 표철식이 찾아다니는 사람들 중에는 드물게 정치인이나 군 장교, 기업 총수들도 있었다.

수사 회의 중 누군가 2008년 검거된 위장 탈북 간첩, 원정화의 선례를 언급했다. 원정화는 조선족으로 위장, 남한 남자의 아이를 임신해 결혼하는 방법으로 남한에 입국했고, 입국 직후 이혼, 탈북자로 자수한 뒤 합법적으로 대한민국 국민의 신분을 얻어 간첩 활동을 했다. 그녀는 결혼 정보 회사를 통해 군 장교를 만나 군사기밀을 빼돌렸고, 군부대로 안보 교육 강연을 다니면서 내부를 촬영해 북에 전송하기도 했다.

다시 표철식에 대한 집중 감시와 대공 수사가 시작됐다. 대남 공작 라인을 밝혀내겠다는 야심 찬 포부로 시작한 일이었으나 시간이 지날수록 점점 확실해진 것은 한때 표철식이 누구였든, 지금 그는 망가진 사람이라는 것뿐이었다. 표철식은 사시사철, 까만색 바람막이와 면바지 차림으로 돌아다녔다. 그림자도 생기지 않는 땡볕에서도, 차라리 땅굴을 파고 들어가 겨울잠이라도 자고 싶은 매서운 추위에도 철식은 얼굴 한 번 찡그리지 않았다. 핏기 없는 얼굴, 움푹 팬 볼, 불필요한 것은 모두 소진시키고 최소한의 것만 남긴 듯 마른 몸. 그는 사사로운 감정들과 동떨어진 채 홀로 다른 계절을 살았다.

그를 지켜보는 동안 현기에게는 다른 궁금증이 생겼다. 보안과 형사로서가 아니라 한 사람의 인간, 한 남자로서의 사적인 궁금증이었다.

사랑, 아니 슬픔 때문에 사람이 미칠 수도 있는 걸까?

현기는 이제 그 미친 남자가 이따금 걱정스러웠다. 그는 표철식에게 문자메시지를 보낸 뒤 같은 내용의 메모와 명함을 현관에 붙였다.

경찰서에서 왔다 갑니다.
메모를 보는 즉시 연락 바랍니다.

아파트 정문으로 걸어 내려오면서 현기는 표철식이 일하는 안마소에 전화를 걸어 그가 출근을 했는지 확인했다.

"내일까지 휴무입니다."

여행이라도 간 것일까? 어쨌든 계획된 외박일 가능성이 높았다.

"그럼 모레는 예약이 가능한가요?"

"일단은 그런데요."

안마소 직원은 말끝을 애매하게 끌었다. 일단은?

"정확한 스케줄은 저녁에 확인이 가능할 것 같습니다. 연락처 알려 주시겠어요? 일단 내일 오후로 예약 잡아 드리고 변동 사항이 생기면 연락드리겠습니다."

현기는 다시 전화하겠다고 얼버무린 뒤 전화를 끊었다. 그런데 곧바로 전화벨이 울렸다. 저장되어 있지 않은 번호였다.

"여보세요?"

"김현기 형사님 맞습니까?"

북한 말씨를 쓰는 중성적인 목소리였다.

"네. 누구세요?"

"서점례입니다. 지금 철식이 집에 왔다가 메모 보고 전화했습니다. 며칠 연락이 안 될 겁니다."

"어디 갔습니까?"

"키우던 개가 죽어서 묻어 주러 갔습니다."

"뭐라고요?"

"키우던 개가 죽어서 묻어 주러 갔다고 했습니다."

"개를 키웠나요?"

"누가 버린 개를 데려다 키웠는데 죽어 버렸다고 합니다. 일 있습니까?"

예민하게 날선 어조. 현기는 일단 알겠다고 대답했다. 탈북자들은 대부분 보안과 형사들의 연락을 달가워하지 않았다. 감시를 받고 있다고 생각하기 때문이다.

"이런 메모를 문에 붙여 놓으면 이웃들이 뭐라고 생각하겠습니까? 혹시 직장에도 전화했습니까?"

"아뇨."

현기는 거짓말을 했다. 더 이상 그녀를 자극하거나 흥분하게 하고 싶지 않았다. 가끔 보안과 형사들이 걸어오는 전화 때문에 직장에서 해고되는 탈북자들이 있었다. 고용주들 중에는 형사가 찾기만 해도 나쁜 일에 연루됐거나 그럴 가능성이 있는 것은 아닌지 의심부터 하고 보는 사람들도 있었다.

전화를 끊으며 현기는 임대 아파트 쪽을 올려다봤다. 표철식에게 굳이 수상한 점을 찾는다면 이따금 바로 이 여자, 50대 탈북자 여성 서점례와 만난다는 것이었다. 서점례는 인민군 군의관 출신으로 표철식과 마찬가지로 남한으로 넘어온 뒤 가족을 잃었다. 서점례의 아들 김영광은 전라도의 한 저수지에서 익사체로 발견되었다. 김영광과 함께 저수지에 수몰되어 있던 중고 BMW는 도난 차량이었다. 경찰은 김영광이 훔친 차를 타고 도주하다가 저수지에 빠진 것으로 추정, 사고사로 종결지었다. 고속도로 CCTV에 찍힌 영상엔 김영광 말고 동승자가 있었지만 신원은 확인되지 않았다. 보름 이상 물속에 방치된 차 안에는 동승자의 흔적 역시 남아 있지 않았다. 당시 서점례는 아들이 여행을 간 것으로 알고 있었기 때문에 실종 신고를 하지 않았다고 말했다.

김영광과 성록혜.

두 사람의 죽음엔 닮은 구석이 있었다. 군의관의 아들과

군 장교(혹은 공작원)의 아내, 미심쩍은 익사. 시기상으로는 김영광의 죽음이 성록혜보다 약 1년 앞섰다. 수사 중간에 두 사람의 죽음을 같은 카테고리에 넣고 연관성 여부를 살펴보기도 했다. 테러든 숙청이든 '연쇄 살인'의 가능성이 제기되기도 했지만 이후 비슷하게 엮을 만한 사건은 발생하지 않았다. 서점례가 표철식에게 한 달에 두 번 정도, 반찬을 들고 찾아오는 이유 역시 동병상련, 그 이상의 의도를 찾을 수 없었다. 서점례는 컨투어 메이크업 숍을 운영하며 남은 두 딸을 부양하고 있었다.

현기는 임대 아파트의 다른 동으로 이동했다. 주소지와 실거주지가 일치하는지 확인해야 할 탈북자가 아직 10여 명 더 남아 있었다. 전화를 끊기 전 서점례가 질문처럼 던진 말이 내내 마음에 남았다.

"그냥 좀 평범하게 살게 내버려 두면 안 됩니까?"

외로움을 이기지 못해 개를 주워다 키우고, 그 개가 죽자 묻어 주려고 직장에 휴가를 냈다면 그건 평범한 삶일까? 현기는 뭐라 설명할 수 없는 허탈함과 쓸쓸함을 느꼈다.

　서점례는 아파트 복도에 서서 아래를 내려다봤다. 잠시 이쪽을 돌아보고 서 있던 보안과 형사가 반대편으로 멀어져 가는 모습이 보였다. 그녀는 철식의 집 문에 붙어 있던 메모를 찢어 버렸다. 누구도, 어떤 이유에서도 철식을 방해해서는 안 됐다. 그가 소기의 목적을 달성하고 돌아오기까지, 그녀는 수단과 방법을 가리지 않고 최선을 다해 그의 뒤를 지킬 생각이었다.

7

경찰서는 정희의 집에서 도보로 20분 거리에 있었다. 드라마나 영화에서 보면서 상상했던 것과는 달랐다. 윽박지르는 형사도 험악한 문신을 하고 행패를 부리는 깡패도 없었다. 내부는 조용했고, 경찰들의 얼굴엔 표정이 없었다. 구청이나 주민센터의 분위기와 크게 다르지 않다는 사실에 정희는 조금 놀랐다. 그녀는 실종 신고를 하러 왔다고 말하고, 여성청소년과로 안내를 받았다.

"미성년자입니까?"

최필호 형사라고 자신을 소개한 젊은 남자가 물었다.

"아뇨. 성인이에요."

"일단 이거 작성해 주세요."

정희는 형사가 내미는 종이를 받아 들었다. 그가 정희에게 건넨 것은 가출 신고서였다.

"가출이 아니고 실종인데요."

"만 20세 이상 성인은 사건 발생 전까지는 가출로 분류가 됩니다."

"사건이요?"

"살해, 납치, 테러, 사고……."

형사는 암기한 단어를 복기하듯 또박또박 끊어 말했다. 정희는 형사의 눈을 피하며 자리에 앉았다. 어떤 것 하나, 성훈과 연관시키고 싶지 않았다. 우두커니 서 있는 정희에게 남자가 볼펜을 집어 줬다. 정희는 땀으로 축축하게 젖은 손바닥을 허벅지에 문질러 닦은 뒤 가출 신고서를 작성하기 시작했다. 가출인 인적 사항, 신고자 인적 사항 및 관계, 발생일시, 인상착의, 발생 동기……

"21일이면, 어제요?"

정희는 화들짝 놀라 고개를 들었다. 눈이 마주치자 형사는 미안하지만 조금 억울하다는 표정을 지어 보였다. 정희가 너무 소스라치게 놀랐기 때문이다.

"네. 어제 출근한다고 나가서 여태 안 들어왔어요."

"흠."

형사는 대놓고 가늘어진 눈으로 정희를 바라봤다.

"오늘 회사에 출근도 안 했대요. 방금 회사에 전화해서 확인했어요. 그리고 이거요."

정희는 휴대폰을 꺼내 인찬이 보내 준 이미지 파일을 남자에게 보여 줬다.

"누가 이런 문자를 남편의 동료에게 보냈어요. 제 번호로요. 그런데 저는 이런 문자를 보낸 적이 없거든요."

형사는 정희의 휴대폰을 가져갔다.

"남편분이 보낸 거 아닐까요?"

"네?"

"회사 가기 싫으니까, 와이프 번호로. 그럴 수도 있잖아요."

"아뇨. 그런 성격이 아니에요."

정희는 일단 대답한 뒤 잠시 생각했다. 그래. 그럴 리 없어. 그녀는 작게 고개를 끄덕였다.

"남편분이 아니라면 지금 같이 있는 사람이 그랬을 수도 있죠."

"같이 있는 사람이요?"

"예를 들자면 그렇다는 겁니다."

형사는 조그맣게 한숨을 쉬더니 성훈은 아직 실종 신고가 접수될 만한 요건이 되지 않는다고 말했다.

"말씀드렸다시피 성인 실종의 경우, 일단은 가출로 처리가 됩니다. 마지막 연락 이후 5년이 지나야 법원에서 실종 선고를 하게 되고요."

"5년이요? 그럼 그 전에는 경찰서에서 찾아 주지 않는다는 건가요? 무슨 일이 생겼을지도 모르는데도요?"

"네. 무슨 일이 생겼을지 아직 모르니까요."

형사는 어린아이를 상대하듯 과장되게 다정한 목소리로 설명을 이어 갔다.

"그 전에는 범죄 연관성이 확인되어야 수사를 시작할 수 있습니다. 집에 가서서 좀 기다려 보세요. 어디 잠깐 바람 쐬러 가셨을 겁니다. 하루 안 들어오셨다고 이렇게 경찰서 오시고 그러면 저희들, 아무것도 못해요."

정희는 갑갑했다. 닷새도 아니고 5년이라니. 가족이 이유 없이 연락이 되지 않는다면 다섯 시간도 너무 길다. 남자의 말처럼 아무 일도 없이 돌아올 수도 있지만 만약 그렇지 않다면? 그때, 성훈의 회사로 가던 길에 받았던 전화가 생각났다. 남편을 데리고 있다던 연변 여자.

"왔었어요. 협박 전화."

정희는 형사에게서 전화기를 빼앗아 통화 목록을 찾아 보여 줬다.

"어제 여기, 이 번호로 어떤 여자가 전화를 걸어왔었어요. 남편을 데리고 있다고."

"정확히 뭐라고 하던가요?"

"······남편을, 데리고 있다고······."

"돈 같은 거 요구했습니까?"

"아뇨. 돈을 요구하진 않았어요."

"그럼 뭘 요구하던가요?"

"남편을 데리고 있으니까 저한테 그쪽으로 오라고 했어요."

"어디로요?"

"그게, 전화가 끊어져서······."

형사의 눈이 또다시 가늘어졌다.

"협박이라고 보긴 어렵네요. 정황상 다른 위험 요소도 찾을 수가 없고요."

"······."

"남편분하고 다투셨어요?"

"그런 거 아니에요."

"바로 재발신 해 보셨네요? 안 받죠?"

"네."

"보이스 피싱이에요. 이거 번호도 딱 보니까 별정 통신사네요. 이런 건 사실상 추적도 안 돼요."

"저도 처음에는 보이스 피싱인 줄 알았어요."

연변 말투로 걸려온 전화. 눈앞에 있는 남편을 데리고 있다는 빤한 거짓말. 그러니 그쪽으로 좀 와야겠다는 애매한 협박. 그리고······. 정희는 벼락같이 깨달았다. 큰 실수를 저질렀다. 어째서 바로 신고하지 않은 것일까.

"남편이 정말 납치된 것 같아요."

정희는 멍한 얼굴로 중얼거리고는 형사 쪽으로 조금 더 가까이 다가갔다.

"어제 전화가 왔을 때, 노랫소리가 들렸어요."

"무슨 노래요?"

"아이가, 우리 애가 죽었어요. 많이 아팠거든요."

정희의 입 주변에 경련이 일었다. 정희는 손등으로 턱을 훔쳤다. 갑자기 몸이 떨려 왔다. 정희는 자신의 두 손을 맞잡은 채 말을 이어 갔다. 아이가 좋아했던 애니메이션 주제가와 전화기 너머로 들려왔던 노랫소리, 자신을 스쳐 지나가 다른 여자에게 달려가던 성훈의 모습에 대해서. 마음과 달리 말이 분명하고 조리 있게 나오지 않았다. 형사의 눈빛이 흐려질 때마다 정희의 감정은 가파르게 무너졌다. 제대로 설명해야 도움을 받을 수 있다는 부담감에 그녀의 가슴이 조여 왔다.

"저기요."

"네, 말씀하세요."

정희는 무릎을 손바닥으로 꼭 감싸 안았다.

"제가 감정을 컨트롤하는 데 좀 문제가 있어요. 제가 이런 말을 하는 이유는 그걸 감안하고 들어 주셔야 한다는 거예요."

울면 안 된다고 생각했지만 뜻대로 되지 않았다. 솔직하게,

진심에 호소하려 할수록 엉망진창이 되고 있었다. 정신을 차리고 보니 정희는 통속적인 아침 드라마의 여주인공이 되어 있었다. 아이를 잃고 권태롭게 살아온 부부. 아내를 속이고 바람을 피우는 남편. 슬픔과 자기 연민에 빠져 환청을 듣고 망상에 빠진 아내는 남편과 내연녀 앞에서는 한마디도 못하고 도망쳤다가 뒤늦게 경찰서에 찾아와 하소연을 하고 있었다.

"그러니까, 어제저녁에 남편분이 어떤 여자분이랑 같이 있는 걸 보셨다는 거죠?"

"네."

"집에 가셔서 며칠만 더 기다려 보세요. 그리고 그때도 연락이 안 되면 가족관계를 증명할 수 있는 서류랑 남편분 사진을 가지고 다시 오세요."

형사는 티슈를 뽑아 정희에게 건넸다.

"신고 접수가 돼서 저희 쪽에서 남편분을 찾는다고 해도 본인이 원하지 않으면 어디 계신지 알려 드릴 수 없어요. 개인 정보 보호 문제가 있어서요."

정희는 멀뚱멀뚱 형사를 쳐다봤다. 성훈이 자신이 어디에 있는지 밝히길 원하지 않을 수도 있다고? 어떻게 그런 생각을 할 수가 있지?

"그렇다는 걸 알고 계시라는 겁니다. 이건 제 명함이에요. 혹시라도 나쁜 생각 하지 마시고요, 무슨 일 생기면 거기 휴대폰 번호로 전화하셔도 돼요. 아셨죠?"

정희는 형사가 쥐여 준 명함을 내려다봤다. 이름은 최필호. 여성청소년과 소속 형사였다.

"가출 신고를 했다는 기록을 남기면 나중에 이혼 소송할 때 참고가 될 수 있으니까 신고는 꼭 하시고요. 아, 아주머니 사칭해서 보냈다는 그 문자도 지우지 말고 가지고 계세요. 위 자료 챙기려면 제 말, 명심하셔야 합니다."

정말 이렇게 가라고? 이게 최선이라고? 정희는 믿을 수 없었다. 최필호 형사가 문 앞까지 나와 정희를 배웅했다. 정희는 터덜터덜 경찰서 밖으로 걸어 나왔다.

햇빛이 환했다. 모두가 어디론가 바삐 움직이고 있었다. 정희는 뭐라 설명할 수 없는 수치심을 느꼈다. 바보 같은 짓을 저질렀다. 시야에 이질감이 느껴질 정도로 눈두덩이 부어올라 있었다. 그녀는 빛 속을 터덜터덜 걸었다. 삶이 또다시 그녀의 의지나 욕망과 상관없는 방향으로 흘러가고 있었다. 정희는 고통과 시련을 통해 단단해지는 류의 인간이 아니었다. 하다 못해 맷집조차 만들지 못했다. 사나운 운명이 정희에게 남긴 것은 트라우마와 두려움, 그리고 그녀 자신 말고는 아무도 그녀를 불쌍히 여기지 않는다는 초라한 자기 연민뿐이었다.

8

유 여사. 경찰서에서는 그녀를 그렇게 불렀다. 높임법은 아니고 오히려 그 반대로, 여자 운전자를 조리돌릴 때 싸잡아 "김 여사"라고 부르는 것과 같은 이치였다. 주민등록상 이름은 유가인. 올해 마흔여덟. 3개월 전, 최필호 형사가 그녀에게 처음 받은 신고는 아랫집에서 고기 굽는 냄새가 올라와 잠을 잘 수가 없다는 것이었다. 황당했지만 일단 선배와 함께 출동했다.

그날 밤 필호가 확인한 것은 그녀가 다세대주택의 반지하에 가족이나 동거인 없이 홀로 살고 있다는 것이었다. 폐지와 폐품을 주워 돌아오는 길에 고깃집 야외 테라스에서 고기를 굽고 있는 사람들을 본 것이 화근이었다. 얼마 뒤엔 옆집 자동차의 공회전 소리가 너무 심하니 조치를 취해 달라는 신고를 받았다. 그녀의 옆집엔 자동차는커녕 자전거 한 대 없는 착실한 뚜벅이 대학생들이 살고 있었다.

"자꾸 이러시면 정말 도움이 필요한 사람들이 제때 도움을 받지 못할 수도 있어요."

수도 없이 통사정하고, 공무집행방해 혐의로 두 차례 불구속 입건하기도 했지만 그녀는 굴하지 않고 계속 전화를 걸었다. 도로에서 폭행을 당했다는 신고에 급히 출동했더니 태연하게 경찰차에 올라타서는 주민 센터까지만 태워다 달라고 했고, 외출하다 배가 아파 경찰서로 가고 있으니 화장실 문 좀 열어 놓고 있으라는 황당한 전화를 걸어오기도 했다.

비슷한 내용의 신고가 반복되었지만 어쨌거나 신고를 받은 이상, 경찰서에서는 계속 상대해 줄 수밖에 없었다. 제대로 응대하지 않거나 신고를 받고도 곧장 출동하지 않으면 그녀는 곧장 경찰서장실이나 경찰 민원 콜센터에 재신고했고, 경찰청과 청와대 홈페이지에 항의 글을 남겼다.

필호는 그녀의 신고를 일괄 무시해야 한다고 주장했다. 하지만 팀장은 양치기 소년 운운하며 반대했다. 진짜 무슨 일이 벌어졌을 때, 경찰이 그걸 무시했다는 사실이 알려지면 뭇매를 맞을 거라는 것이었다. 실제로 딱 한 번, 빈 건물 안에서 계속 휴대폰이 울린다는 유가인의 신고를 받고 출동했다가 가출 청소년들이 무단 취식하고 있는 현장을 덮친 일이 있었다. 그들 중 셋은 가출 신고, 둘은 절도 혐의로 신고가 되어 있었다. 가출 신고를 해 놓고 자식을 찾고 있던 부모들이 경찰서를 통해 그녀에게 선물을 보냈고, 유 여사는 경찰서장의 표창과 감사장까지 받았다. 이 일로 의기양양해진 유가인은 심할 때는 하루에도 열 번 가까이, 각기 다른 내용의 신고 전화를 걸어왔다.

이번에는 납치, 감금, 폭행 신고였다. 두 사람이 공사장 컨테이너 창고에 들어가 나오지 않고 있다고 했다. 한쪽이 한쪽을 일방적으로 때리고 있으며 다른 한쪽이 곧 죽을 것만 같다고 했다. 위치를 물었지만 그녀는 제대로 설명을 하지 못했다. 설명을 하는 쪽도 듣는 쪽도 답답하기는 마찬가지였다. 유가인은 자신을 찾아오면 직접 안내하겠다고 했다.

"영천 굴다리 알지? 거기로 와. 나도 거기로 갈게."

다른 용무가 있어 경찰차를 이용하려는 꼼수가 빤히 보였다. 필호는 무시해 버릴까 하다 기다리라고 했다. 이번에는 죄질이 나빴다. 필호는 일단 사실 관계를 확인한 뒤 유가인을 입건해 정당한 처벌을 받도록 할 생각이었다. 그는 자신의 외로움과 불행을 범죄의 알리바이로 삼는 것도 일종의 중독이라고 생각했다. 스스로 멈출 수 없다면 더 중증으로 번지기 전에 강제 종료시켜야 했다.

만나기로 약속한 굴다리 근처까지 왔지만 유가인은 보이지 않았다. 필호는 유가인에게 전화를 걸었다. 장난으로 신고한 것에 대해 강하게 경고할 생각이었다. 근처 어디에선가 전화 벨이 울렸다. 전화는 몇 번 울리다 끊어졌다. 필호는 다시 전화를 걸었다. 전화벨이 울렸다. 유가인의 전화기가 분명했다.

그때, 필호는 뒤통수에서 뭔가가 스르르 흘러내리는 듯한 기분을 느끼고 휙 돌아섰다. 그가 걸어온 방향 쪽에서 사람이 헐떡거리는 소리가 들려왔다. 소리 나는 곳을 찾아 두리번거리던 필호는 마구잡이로 자라난 잡풀 사이에 구겨진 이불처럼 웅크리고 있는 유가인을 발견했다.

"아줌마!"

피를 많이 흘리고 있었다. 누군가 왔다는 안도감 때문인지 그녀는 한숨을 토하듯 거친 숨을 내뱉더니 정신을 잃었다. 독한 풀 냄새와 피비린내가 뒤섞인 역겨운 냄새가 진동했다. 필호는 손수건으로 지혈해 보려 애쓰다 전화기를 꺼내 119에 전화를 걸었다.

"사람이 칼에 찔렸습니다. 즉시 출동 바랍니다. 여기가……."

*

정희는 엘리베이터를 타기 전 우편함을 확인했다. 영호의 비아냥이 떠오른 탓이었다. 새로 개업한 헬스장, 피부 관리실과 식당 광고 판촉물 사이에 발신자가 표기되지 않은 우편물이 하나 있었다. 수신인의 주소와 성훈의 이름이 펜으로 적혀 있었다. 특색이 없는 단정한 글씨체였다. 우편물을 뜯기 전, 정희는 잠시 망설였다. 평소 같았다면 절대로 하지 않았을 짓이었다.

하지만 평소 같지 않은 상황을 만든 것은 성훈이 아닌가. 정희는 봉투를 개봉했다. 봉투 안에는 두 장의 서류와 포스트잇으로 붙인 메모가 들어 있었다.

오빠!

메모에도 보낸 사람의 이름은 적혀 있지 않았지만 정희는 지애가 보낸 것이라는 걸 알 수 있었다.

의정부지방법원 고양지원

심판

사건 2000: 느단81 상속포기
청구인: 김지애 (830214-2○○○○○○)

경기도 일산동구 장동22-3

피상속인: 송정세 (341117-1○○○○○○) 서울특별시

동대문구 제기동 114

청구인이 피상속인 망 송정세의 재산상속을 포기하는

2002. 5. 20.자 신고는 이를 수리한다.

이유

이 사건 청구는 이유 있으므로 주문과 같이 심판한다.

2002. 7. 10.

판사 김새벽 (인)

서울중앙지방법원

(승계집행문등본)

사건: 2020가소

피고: 김지애

원고 승계인: AI투자대부주식회사

위 사건에 관하여 원고승계인의 신청에 의하여 사법보좌관의 명령을 받아 피고에 대한 승계집행문 1통을 부여하였음을 통지합니다.

사유: 채권양도

2020. 9. 3.

판사 김동호 (인)

　정희는 집으로 들어와 소파 테이블에 서류를 펼쳐 놓았다. 정신을 차리고 세 번이나 정독했지만 정희가 한눈에 파악할 수 있는 것은 시누이의 이름뿐이었다. 정희는 지애에게 다시 전화를 걸어 보았다. 전화기는 꺼져 있었다. 혹시나 하는 마음에 시어머니가 입원해 있는 요양 병원에 전화를 걸어 보았다. 청주에서 야식당을 운영하던 정희의 시어머니는 지난해, 혈관성 치매 판정을 받고 가게와 집을 정리해 요양 병원으로 들어갔다.

　지애가 거기 있다면 영호가 몰랐을 리가 없었다. 그래도. 정희는 휴대폰에서 요양 병원 연락처를 찾아 발신 버튼을 눌렀다. 전화를 받은 병원 직원은 시어머니에게 따로 방문자가 없었다는 사실을 확인해 줬다.

"어머님은 요즘 좀 어떠신가요?"

정희는 전화기를 꽉 잡은 채 입술을 깨물었다. 지금껏 한 번도 궁금해 본 적이 없는 일이었다. 경준의 병원비 문제로 찾아갔을 때 시어머니는 냉정하게 거절했고 이후 고부 관계는 완전히 단절됐다. 단지 통화를 마무리하기 위해 던진 질문에 직원은 필요 이상의 친절을 베풀었다.

"담당 선생님 연결해 드릴까요?"

"아뇨."

정희는 다급히 말을 잘랐다.

"괜찮아요."

"그럼 환자분과 통화하시겠어요? 아, 지금 물리치료 시간이네요."

"네. 고맙습니다."

정희는 허둥지둥 통화 종료 버튼을 눌렀다. 한동안 멍하니 앉아 있던 그녀는 편지 봉투와 안에 들어 있던 서류들을 들고 컴퓨터 앞에 앉았다. 일단 어설픈 암호 같은 서류의 내용을 파악해 볼 생각이었다. 정희는 포털 사이트에 몇 개의 단어를 입력해 봤다. 원고와 피고가 무엇인지조차 검색해야 할 정도로 멍한 상태였지만 일단 한번 발동이 걸리자 어렵지 않왔다. 정희는 생각보다 빨리 두 장의 종이가 각각 무엇을 의미하는지 이해했고, 두 서류 사이에 어떤 관계가 있는지 역시 유추해 낼 수 있었다.

첫 번째 종이는 지애가 송정세라는 사람의 상속을 포기했다는 것을 법원이 승인한 문서였다. 두 번째는 지애가 누군가의 빚을 대신 갚아야 한다는 통지였다. 두 서류가 함께 있는 것으로 추측건대 이 빚은 송정세라는 사람의 것일 가능성이 높았다. 머릿속에서 육면 큐브 같은 것이 획획 돌아가며 그림이 맞춰졌다. 정희는 모니터 가까이 다가앉았다.

① 송정세가 누군가에게 빚을 졌고 → AI 투자 대부 주식회사에서 그 빚의 채권을 샀다.

② 송정세는 빚을 갚지 못한 채 사망했다.

③ AI 투자 대부 주식회사는 송정세의 상속자인 지애에게 돈을 받으려고 한 것이다.

④ 하지만 지애는 이미 10년도 더 전에 상속을 포기했으므로 그 빚을 갚을 의무가 없다.

결론: 지애의 메모 "오빠" 뒤에 생략된 말은, "이 사실을 AI 투자 대부 주식회사에 확인시키고 법원에 항소해 줘." 정도의 부탁일 것이다.

그래도 궁금증이 남았다. 송정세와 지애는 무슨 관계일까? 어째서 지애는 18년 전에 벌써 상속을 포기하고 법원의 승인까지 받아 둔 것인가? 34년생이라면 80이 넘은 노인이었다. 아버지도 아니고 할아버지뻘이었다.

성훈과 지애의 아버지는 남매가 중학생이었을 때 사고로 돌아가셨다. 뭣보다 두 사람은 김씨였으므로 송정세가 그들의 할아버지일 리는 없었다. 그럼 외가 쪽 친척인가? 하지만 두 사람의 어머니, 그러니까 정희의 시어머니는 이씨였다. 외가의 외가 쪽 친척일 수도 있었다. 어쨌거나 연결된 사람일 것이다. 그렇다면 왜 상속을 포기한 거지? 그때 이미 송정세라는 사람에게 빚이 많다는 것을 알았기 때문에?

두 서류 사이에는 분명히 생략된 맥락이 있었다. 지애는 그것에 대해 따로 구구절절 설명하지 않았다. 성훈이 모두 알고 있기 때문일 것이다. 이런 문제가 생겼다면 변호사나 하다못해 남편과 의논하면 될 거였다. 어째서 아직도 어린아이처럼 성훈의 뒤에 숨으려고만 하는 걸까. 어쩌면 이 문제로 남편과 다투고 집을 나간 것인지도 몰랐다.

정희는 다시 지애에게 전화를 걸어 봤다. 지애의 전화기는 여전히 꺼져 있었다. 대체 어디서 무엇을 하고 있기에 이런 문서를 우편으로 보내 놓고 잠수를 탄 것인가. 정희는 다시 성훈에게 전화를 걸어 보았다. 신호가 몇 번 울리다 음성사서함으로 넘어갔다. 전화기가 꺼진 것 같았다. 정희는 지애가 남긴 메모를 봤다.

오빠!

그렇게 부른 사람도 호명을 받은 사람도 모두 행방이 묘연했다. 이게, 우연일까? 사라진 쌍둥이 남매. 정희의 머릿속에서 흉악한 망상과 괴담을 상영하는 오래된 영사기가 삐걱삐걱 돌기 시작했다.

9

분당에 위치한 새날의원은 생각보다 꽤 규모가 있었다. 자동문이 열리자 병원 특유의 냄새가 훅 끼쳐 왔다. 정희의 코끝이 찡해졌다. 그리움이었다. 예상치 못한 몸의 반응에 그녀는 흠칫 놀랐다. 병원에서 아이와 보냈던 추억들이 머릿속에서 무차별적으로 튀어 올랐다. 살 끝이 저미는 듯 고통스러웠지만 그래도 집요하게 희망에 매달렸던 시간. 애틋한 기억에 붙들려 정희는 시간을 거슬러 올랐다. 머리 한쪽에 뭉근하게 고여 있던 두통이 희미해지면서 경미한 현기증이 일었다.

건물 어딘가에 경준이 누워 있을 것만 같았다. 아이가 아직 죽지 않았고, 여기 어딘가에 있을지도 모른다는 착각은 달콤했다. 헐벗은 채 추운 곳을 헤매고 돌아다니다 마침내 불가를 찾아 그 곁에 앉은 것만 같았다. 정희는 무의식적으로 성훈을 찾았다. 그러자 신기루의 불꽃이 사그라졌다. 가늘게 피어오르는 연기 사이로 다시 현실이 엄습했다. 그녀의 아이는 죽었고, 남편은 사라졌다. 그리고⋯⋯. 또 하나의 확인 사살을 위해 정희는 호주머니에서 영호의 명함을 찾았다.

원무과는 1층에 있었다. 창구에 앉아 있는 직원들 중에 영호는 없었다. 정희는 창구 가까이로 다가가 안쪽의 직원들을 살펴봤다. 어디에도 영호는 보이지 않았다. 정희는 영호의 휴대폰으로 전화를 걸었다. 영호는 전화를 받지 않았다. 정희는 창구에 앉아 있는 여직원에게 원무과장실이 따로 있는지 물었다.

"무슨 일이시죠?"

"저는,"

정희는 영호에게 자신의 이름을 말한 적이 없다는 사실을 깨달았다. 알고 있을 수도 있지만 모를 수도 있었다.

"원무과장의 지인이에요. 외출했나요? 전화를 안 받던데."

창구 안쪽에서 창구에 앉아 있는 직원들과 다른 색 유니폼을 입은 여자가 다가왔다.

"원무과장 김영호 씨를 만나고 싶은데요. 친척이에요."

여자는 정희를 힐끗 보더니 내선으로 전화를 걸었다.

"따라오세요."

여자는 정희의 대답을 듣기도 전에 앞장섰다. 정희는 여자를 따라 엘리베이터를 타고 8층으로 올라갔다. 여자는 문패가 없는 사무실 문에 노크를 하고 문을 열었다. 내부가 널찍했다. 문 앞에 많게는 일곱 명까지 앉을 수 있는 고풍스러운 소파와 테이블이 있었다. 영호는 커다란 원목 책상에 앉아 있었다. 개인적인 공간으로 사용하는 듯했다. 책장엔 책이 빽빽하게 꽂혀 있었고, 창가에는 1인용 리클라이너까지 구비되어 있었다. 대형 병원은 원무과장이 이런 방을 쓰기도 하는 건가.

"그쪽으로 앉으세요."

여자가 인사를 하고 나가자 영호가 말했다. 급작스러운 방문임에도 그는 조금도 당황하거나 놀라지 않았다. 마치 정희가 찾아올 것을 예상하고 기다리기라도 한 듯한 태도에 오히려 기가 눌린 것은 정희였다. 정희는 영호가 권하는 대로 소파에 앉았다.

"차 하시겠습니까?"

"아뇨. 괜찮아요."

영호는 책상을 빙 돌아 정희가 앉아 있는 쪽으로 걸어왔다. 그는 아침에 정희의 집에 찾아왔을 때와 달리 깔끔한 수트를 입고 있었고, 그 때문인지 인상도 달라 보였다.

"제가 30분 뒤에 선약이 있습니다."

"아가씨는 돌아왔나요?"

정희는 곧바로 본론으로 들어갔다.

"아뇨. 아직 연락이 안 됩니다."

"정말인가요?"

영호는 대답 대신 이마를 찌푸렸다.

"아가씨가 집을 나가서 연락이 되지 않는다는 말이 진짜냐고 묻는 거예요."

"제가 왜 그런 거짓말을 하겠습니까."

"그럼, 이런 걸 놓고 간 저의가 뭐죠?"

정희는 우편함에 들어 있던 편지 봉투를 내려놓았다.

"발신인도 없고 소인도 안 찍혀 있죠. 우체국을 통해서 온 게 아니란 뜻이에요. 경비실에서 시시티브이 확인하고 온 거니까 거짓말할 생각은 하지 말아요. 당신은 이걸 우편함에 넣으려고 나한테 우편물 이야길 한 거예요. 내가 이걸 보길 바란 거죠?"

정희와 눈이 마주치자 영호는 놀랐다는 표정을 지어 보였다. 정말 놀라서가 아니라 '놀랐군요.'라는 메시지를 전달하기 위해 만들어진 작위적인 표정이었다. 정희는 영호의 시선을 똑바로 맞받았다. 시시티브이를 확인했다는 건 거짓말이었다. 거기 시시티브이가 있는지조차 불분명했다. 하지만 알 게 뭔가. 정희는 표정을 조였다. 영호는 눈을 아래로 내리깔더니 어금니를 꽉 깨물었다. 안 그래도 야위어 각진 턱이 불룩해졌다.

마치…… 애써 웃음을 참고 있는 것처럼 보였다. 정희는 동요하지 않기 위해 그의 얼굴에서 시선을 거뒀다.

"성훈 씨를 찾아왔다고 했지만 애초에 그것도 거짓말이었어요. 당신은 성훈 씨가 집에 없다는 걸 알고 왔어요. 그러니까 결혼사진을 들고 왔겠죠. 매형과 함께 찍은 결혼사진 같은 걸 들고 다니는 사람은 없어요."

정희는 두 장의 서류에 대해 알아낸 것에 대해서도 모두 이야기했다. 영호는 계속 대꾸 없이 듣고만 있었다. 숙제 검사를 하는 선생이라도 된 것 같았다. 정희는 기분이 나빴지만 일단은 참기로 했다. 영호는 분명 뭔가를 더 알고 있고, 정희에게는 그 정보가 필요했다.

"서류에 송정세라는 사람의 주민등록번호와 주소가 나와 있더군요. 검색을 해 봤어요."

그는 유명인도 범죄자도 아니었다. 하지만 이래도 괜찮은 걸까 싶을 만큼 많은 정보들이 검색됐다.

"올봄에 돌아가셨더군요. 손자가 에스엔에스에 올린 부고가 있었어요. 검색된 집 전화번호로 전화를 걸었더니 어떤 여자가 받았어요. 제가 지애라고 했는데 한 번에 인지하지 못하더군요. 할아버지 채권 문제로 전화를 걸었다고 했더니 어떤 남자에게 전화를 바꿔 줬어요. 그 남자는 자기가 지애의 숙부라고 했어요. 그때 일이 무엇인지 모르겠지만 어쨌든 그때 일은 미안하다고 하더군요. 그러면서 이런저런 안부를 물었어요. 결혼 생활은 어떤지, 어머니는 잘 계신지, 그리고……. 그리고, 그 이복 오빠와의 문제는 잘 해결이 되었는지."

남자는 그 뒤에도 몇 가지 질문을 더 했지만 이미 정희의 귀에는 들리지 않았다.

"그래서 혼자서는 도저히 풀 수 없었던 퍼즐이 맞춰졌어요. 두 사람은 쌍둥이가 아니에요. 쌍둥이는커녕 남매도 아니죠. 당신은 그걸 알게 된 거고, 부부 싸움은 그래서 했겠죠."

영호의 눈빛이 반짝였다. 그는 정희가 뭔가 더 이야기하기를 기다리는 듯했다. 정희는 영호가 가타부타 대답을 내놓아야 할 차례라고 생각했다. 잠시 어색한 침묵이 흘렀다. 영호는 벽에 붙은 시계를 봤다. 그러고는 뭔가를 결심한 듯 입을 열었다.

"차례차례 해명하겠습니다. 먼저, 아내가 집을 나간 것은 사실입니다. 저는 아내와 형님이 같이 있을 거라고 생각합니다. 아니, 이제 거의 확신하고 있습니다. 둘째, 형님이 집에 계시지 않는다는 것 역시 추측이었지 알고 간 건 아닙니다. 저도 아니기를 바라는 마음으로 찾아간 겁니다. 사진은 혹시 몰라서 가져갔던 거고요. 그런데 처남댁은 한숨도 자지 못한 얼굴이었습니다. 게다가 세면대가 깨끗하더군요. 욕실엔 물기가 하나도 없었습니다. 처남댁은 저와 이야기를 하면서도 계속 전화기를 신경 쓰고 있었어요. 그리고 이른 아침부터 모르는 번호로 걸려온 전화를 받았습니다. 그 벨 소리에 대해서 제가 오해하고 있는 걸 알면서도, 설명보다 통화가 먼저였죠. 형님이 집에 들어오지 않았을 뿐 아니라 연락도 되지 않는다는 걸 알 수 있었습니다."

"탐정 놀이라도 하는 것 같군요."

"마지막으로."

영호는 정희의 비아냥을 무시하고 말을 이었다.

"말씀하셨듯이 예, 두 사람은 친남매가 아닙니다. 하지만 저는 처남댁은 알고 계실 거라고 생각했습니다. 두 분은 연애 기간에 결혼 기간까지 합치면 10년 가까이 알고 지낸 사이 아닙니까? 그런데 아니더군요. 아무것도 모르고 계셨습니다. 순간적으로 화가 났습니다. 그 오랜 시간 처남댁을 속인 두 사람과 여태 아무것도 모르고 있는 처남댁한테도요. 거북한 사실이지만 처남댁도 알아야 한다고 생각했습니다. 처남댁이 더 이상 기만을 당해서는 안 된다고 생각했습니다. 하지만 제가 그 일을 떠맡아야 한다는 건 부담스러웠습니다. 그래서 우편함에 그걸 넣어 두고 온 겁니다. 될 대로 되라는 심정이었습니다. 처남댁이 그냥 흘려 버릴 수도 있다고 생각했고 그렇다면 어쩔 수 없다고도 생각했습니다. 방법이 잘못됐습니다. 인정합니다. 정말 죄송합니다."

그는 혼자 화내고, 사과하고, 반성했다. 가식은 아니었다. 오히려 매 순간이 과한 진심이었다. 정희는 영호가 하는 말을 이해할 수 있었다. 그를 향해 날카롭게 벼려졌던 반감과 적의 역시 상당 부분 누그러졌다. 하지만 영호의 말과 행동이 연극적이라는 인상만큼은 지워지지 않았다. 내밀한 이야기를 하는 순간에조차 그는 뭔가를 흉내 내는 것 같았다.

"그 서류들은 지애가 형님한테 보내려고 했던 겁니다. 저역시 그 서류 때문에 알게 됐습니다."

영호는 예의 그 극적인 말투와 포즈로 휴대폰을 꺼내더니, 기사 하나를 보여 줬다. 1984년 수원에서 있었던 버스 추락 사고를 다룬 오래된 신문 기사였다.

수원 화성 관광버스 추락 졸음운전기사 입건

수원 화성 관광버스 추락 사고로 사망한 사람은 오영순 씨(28. 여. 서울 강동구 길동 대광연립주택 2동 202호), 송영길 씨(29. 남. 서울 강동구 고덕2동 634번지)로 21일 밝혀졌고 중경상자는 46명으로 경찰이 최종 집계했다. 한편 경찰은 사고 운전자 강대규 씨(40)가 졸면서 과속으로 운전하다 사고를 낸 것으로 보고 강 씨를 교통사고 처리 특례법 위반 혐의로 입건했다. 경찰은 또 사고 차량의 정비 관계도 조사, 불량 정비가 발견되면 업주도 처벌할 방침이다.

경향신문 / 1984. 9. 21.

"거기, 송영길이라는 사람이 지애 아버지입니다. 그리고 오영순이 형님의 친모고요. 기사엔 자세하게 안 나왔지만 저 관광버스는 공장 야유회에 다녀오던 길이었다고 합니다."

영호의 목소리가 조금 높아졌다.

"같은 공장에서 일하던 지애 아버지와 형님의 어머니가 저 날 사고로 돌아가셨습니다. 빈소가 같은 병원, 같은 영안실에 차려졌고요. 처남댁과 제가 알고 있는 어머님과 돌아가신 아버님은 그곳에서 처음 만났습니다. 그러다 어떻게 인연이 된 것인지 두 분이 결혼을 하셨고, 혼인신고와 함께 두 아이의 호적 신고도 다시 했다고 하더군요."

정희는 이야기의 맥락을 놓치지 않으려고 애썼다. 하지만 이해가 되지 않았다. 혼인신고를 하면서 왜 아이들의 호적 신고까지 다시 한 거지?

"그때는 지금보다 재혼 가정에 대한 시선이 좋지 않았기 때문이 아닐까 싶습니다. 지애는 어머님이 두려워서 그랬을 거라고 하더군요. 다른 사람의 아이를 친자식처럼 키울 자신이 없어서 이란성 쌍둥이로 키우기로 한 것 같다고요. 어머님께 직접 들은 내용인지 지애가 짐작한 것인지는 모르겠습니다. 어쨌거나 지애가 두 살, 형님이 세 살 때의 일입니다. 아, 형님은 지애보다 한 살이 많습니다. 출생신고는 지애에게 맞춰서 다시 했다고 하더군요. 아무래도 여아가 신체적으로나 정서적으로 발육이 빨라서 그랬던 것 같습니다."

분명히 모두 처음 듣는 이야기였다. 하지만 정희는 묘한 기시감을 느꼈다. 그간 조금씩 이상하다고 생각했던 것들이 마침내 이치에 닿는 것 같았다.

성훈은 어머니와 사이가 좋지 않았다. 아버지가 돌아가신 뒤 성훈이 말썽을 많이 부렸기 때문이라고 했다. 성훈은 성실하고 조용한 사람이었으므로 선뜻 이해되진 않았지만 자라면서 철이 드는 아이들도 있으니까, 하고 대수롭지 않게 생각했다. 결혼 후 정희는 성훈과 시어머니 사이를 중재하려 했지만 잘 되지 않았다. 가장 이상한 것은 서로 관계를 회복할 의지가 없어 보인다는 것이었다. 정희는 그 역시 자신의 느낌이 잘못된 것이라고 여겼고, 그런 생각을 하는 자신을 자책하기도 했다. 경준의 수술비 문제로 찾아갔을 때 시어머니가 냉정하게 거절한 것 역시 조금 납득할 수 있었다. 시어머니에게 경준은 피 한 방울 섞이지 않은 남일 뿐이었던 것이다.

"두 사람이 언제 어떻게 이 사실을 알게 되었는지는 모르겠습니다. 자세한 이야기를 나누기 전에 지애가 집을 나가 버렸거든요. 어쨌거나 지애가 상속 포기를 공증 받은 2002년엔 알았을 겁니다."

2002년이면 성훈과 지애가 스무 살일 때였다. 영호는 성훈과 지애가 그 이전에 사실을 알았던 것 같다고 말했다. 정희는 성훈의 아버지가 중학교 때 돌아가셨다고 알고 있었다. 택시 운전을 하다가 사고를 당했다고 들었다. 어쩌면 그때였을지도 모르겠다. 그래서 성훈이 기숙사가 있는 고등학교에 들어간 걸까?

정희는 시어머니의 입장에서 생각해 봤다. 남의 아이를 자기 자식과 똑같은 마음으로 키우기 위해 '이란성 쌍둥이'라는 형식이 필요했던 여자. 그렇게라도 다시금 가정을 이루고자 했던 여자가 다시 남편을 사고로 잃었다면……. 정희는 시어머니가 느꼈을 좌절과 고통을 쉽게 짐작할 수 없었다. 쉽게 안다고 말할 수 있는 차원의 문제가 아니었다. 하지만 아버지가 돌아가셨을 때 성훈은 자신이 고아가 되었음을 알아챘을지도 모른다. 그런 건 본능적이고 직관적으로 알아지기도 하는 거니까.

"그럼 두 사람이 친남매가 아니라는 사실을 들켜서 함께 숨었다는 건가요?"

영호는 모호하게 고개를 기울인 채 정희를 쳐다봤다. 그 눈빛이었다. '아무것도 모를 때가 더 좋을 때가 있죠.' 정희는 영호의 시선을 피하지 않고 맞받았다. 그는 더 나쁜 생각을 하고 있는 것이 분명했다.

이를테면, 쌍둥이 남매인 줄 알았던 두 남녀의 사랑의 도피 같은 것.

영호는 어깨를 으쓱하며 정희의 시선을 피했다.

"저는 다만 툭 터놓고 이야기를 하고 싶었습니다. 지금 제 심정을 이해할 수 있는 사람은 처남댁뿐일지도 모르니까요."

정희는 뭐라 대꾸할 말을 찾지 못하고 입술만 깨물었다. 그렇게 생각할 수도 있었다. 남매는 각자의 배우자인 두 사람을 속였다. 하지만 정희는 영호와 한편에 설 수 없었다. 정희에게는 영호가 모르는 정보가 있었다. 성훈은 지애가 아니라 다른 여자와 함께 사라졌다. 정희가 느끼는 배신감은 영호의 것과 달랐다. 하지만 정희는 그 문제에 대해 성훈이 아닌 다른 사람과 먼저 이야기하고 싶지 않았다.

"글쎄요. 난 잘 모르겠어요. 내가 아는 내 남편은 그런 사람이 아니에요."

정희는 에둘러 표현했다. 마음속에서 곧바로 다른 목소리가 반론을 제기했다. *정말 그렇게 확신해? 그를 안다고 자신 있게 말할 수 있어?* 그랬던 때도 있었겠지만 지금은 아니었다. 그러니까 더더욱. 정희는 저 남자와 이런 이야길 하고 싶지 않았다. 아예 안 볼 사이도 아니고, 그렇다고 친한 사이도 아닌 애매한 사람과 하고 싶은 이야기가 아니었다.

정희와 영호는 잠시 각자의 생각에 잠긴 채 서로를 바라보고 있었다. 그때, 문 밖에서 노크 소리가 들렸다. 영호가 뭐라 대꾸하기도 전에 문이 벌컥 열렸다. 말쑥한 양복 차림의 남자들이 정희를 발견하고는 멈칫했다.

"10분 뒤에 다시 올래요?"

영호가 말하자 남자들이 일제히 고개를 끄덕이고는 나갔다.

"그만 가 볼게요."

정희는 남자들이 나가자마자 일어섰다. 더 확인할 것도, 하고 싶은 말도 없었다.

"무슨 일이 생기면 먼저 저에게 전화 주십시오. 도울 일이 있으면 돕겠습니다."

"네."

정희는 형식적으로 대답했다.

"저도…… 그래도 되겠습니까?"

영호의 얼굴에 지금까지 보지 못했던 변화가 생겼다. 정희는 당황했다. 그는 귀까지 빨개진 채 한동안 말을 잇지 못하더니 지애가 너무 걱정된다고 말하며 울먹였다. 영호는 눈을 깜빡이지 않고 정희의 등 뒤 어딘가를 노려봤다. 눈물을 참으려는 것처럼 보이기도 했고 억지로 눈물을 흘리려는 것처럼 보이기도 했는데 어찌 되었건 몹시 필사적이었다.

"네."

정희는 그렇게 하자고 했다. 성훈과 지애가 모두 돌아올 때까지 서로 연락을 주고받자고. 신혼의 남자가 부부 싸움 끝에 가출한 아내를 걱정하며 도움을 청하고 있었다. 달리 무슨 말을 할 수 있겠는가.

"한치 두치 세치 네치 뿌꾸빠뿌꾸빵"

정희의 주머니에서 휴대폰이 울렸다. 인찬이었다. 성훈이 출근한 것일까. 아니, 성훈이 출근을 했다면 직접 전화를 걸었겠지. 어쨌거나 성훈과 관련된 소식일 것이었다. 정희는 마음이 급해졌다.

"그럼……."

정희는 영호와 눈인사를 나누고 문 밖으로 나와 다급히 전화를 받았다.

"여보세요?"

"제수씨?"

"네."

"김 대리 돌아왔어요?"

"아뇨."

무슨 연락이라도 있었던 것은 아닌지 기대했던 정희는 낙심했다.

"어젯밤까지 집 근처에 있었던데, 정말 이상하네요."

"그게 무슨 소리예요?"

"자료 볼 게 있어서 조금 아까 김 대리 노트북을 봤거든요. 혹시나 해서 구글 기기 관리자에 접속해 봤어요."

"그게 뭐예요?"

"사용 중인 안드로이드 기기의 위치를 확인할 수 있는 건데요. 김 대리가 구글 계정 자동 로그인을 해 놔서 구글 맵으로 휴대폰 위치 추적이 가능하더라고요."

"그래서요?"

정희는 한 번에 이해가 되지 않았지만 일단 더 들어 보기로 했다.

"위치 확인을 해 봤더니 최종 위치가 집 근처예요. 마지막 업데이트 시간이 어젯밤, 아니, 오늘 자정 조금 넘어서고요."

정희는 뒤를 돌아봤다. 영호가 문 앞에 서 있었다. 그녀는 가볍게 목례하고 돌아서 복도 끝으로 빠르게 걸어갔다.

"이게 얼마만큼 믿을 수 있는 건진 모르겠지만 어쨌든 표시되기론 그래요."

영호의 방에서 충분히 멀어진 뒤에야 정희는 목소리를 낮추고 물었다.

"그 노트북을 제가 좀 볼 수 있을까요?"

"안 그래도 그 이야길 하려고 했어요. 여기 에스엔에스 계정이나 메일도 다 자동 로그인이 되어 있는 것 같은데 나보다는 제수씨가 보는 게 맞는 것 같아요. 내가 퇴근하면서 가져다줄까요?"

"아뇨. 제가 지금 갈게요."

"그럴래요? 그럼 회사 앞으로 와서 전화 줘요. 내가 나갈게요."

"네. 고마워요."

정희는 전화를 끊고 다시 돌아봤다. 한 뼘가량 열려 있던 영호의 방문이 서서히 닫히고 있었다.

10

영호는 블라인드 사이로 아래를 내려다봤다. 정희가 누군
가와 통화를 하며 인파에 휩쓸리고 있었다. 등이 축축했다.
알게 모르게 긴장한 탓이다. 그녀는 영호의 예상보다 빨리 찾
아왔다. 정희로 짐작되는 여자가 자신을 찾아왔다는 전화를
받았을 때부터 심장이 빠르게 뛰었다. *설마, 벌써?* 정말로 정
희가 문을 열고 들어섰을 땐 흥분으로 약간의 현기증까지 느
꼈다. 그녀는 기대보다 똘똘하게 그가 남긴 떡밥들을 주워들
고 찾아왔다.

총총히 멀어지던 정희가 문득 고개를 돌려 이쪽을 올려다
봤다. 영호는 창문에서 떨어져 벽에 기대섰다. 실수 없이 무대
를 마친 배우처럼 안도감과 성취감, 그리고 뭐라 설명할 수 없

는 약간의 외로움이 밀려왔다.

표철식이 김성훈을 살해할 계획을 세우고 있다는 것을 알게 됐을 때, 영호는 그를 슬쩍 도와주기로 했다. 억울하고 힘없는 자에게 값없이 베푸는 친절. 상대가 알아주지 않아도 좋을 순전한 호의. 영호는 표철식을 응원했다. 그는 표철식이 염원하던 복수를 마치고, 잃어버린 악명을 되찾길 지금 이 순간에도 열렬히 기대하며 응원하고 있었다.

김성훈이 표철식에게 끌려갔다는 것을 알았을 때 직접 이정희를 찾아간 건 그래서였다. 정신 나간 김성훈의 와이프가 남편이 사라졌다며 여기저기 쑤시고 다니는 일이 없도록, 그래서 만에 하나라도 표철식을 방해하는 일이 없도록, 이정희의 정신을 쏙 빼놓을 통속극 하나를 틀어 줄 생각이었다. 시누이인 줄 알았던 여자가 남편의 오랜 내연녀일지도 모른다는, 자극적인 이야기가 준비되어 있었다. 직접 들려줄 생각으로 찾아갔지만 이정희를 만나 본 뒤 그는 계획을 수정했다. 그녀가 좀 더 극에 몰입할 수 있도록 몇 가지 장치를 해 두기로 한 것이다.

신경안정제에 취해 있는 둔하고 게으른 여자. 머릿속에 들어찬 것은 자기 연민뿐으로, 조금이라도 복잡한 생각을 하면 호흡을 놓쳐 버릴 만큼 한심한 인간. 이정희에 대해 그렇게 만만한 이미지를 갖게 된 건 김성훈 탓이었다. 그는 자신의 아내에 대해 잘 모르거나 일부러 거짓말을 했다. 이정희는 둔하고 게으른 여자가 아니었다. 오랫동안 어둠 속에서 지내 온 사람 특유의 어두운 면이 있었지만 그래서 다른 사람의 말에 쉽게 낙관하거나 침잠하지 않았다.

그녀는 영호가 남겨 놓은 단서들을 신속하고 정확하게 해석했으나 그가 원하는 것만큼 와락, 이쪽으로 넘어오지 않았다. 쉽게 감정을 보여 주지 않는 성격 탓인지 다른 꿍꿍이가 있어선지 헷갈렸다. 좀 거슬리긴 했지만 싫지 않았다. 아니, 오히려 마음에 들었다. 상대가 너무 만만하면 상대하는 쪽도 시시하게 느껴지니까. 그가 모든 일에서 재미를 운운할 때마다 그의 사랑스러운 아내는 말했다. 아직도 그렇게 애 같아서 어떡할 거야.

그러게 말이야, 여보. 내가 아직도 이렇게 애 같다.

11

유 여사를 찌른 용의자는 금방 잡혔다. 인근에서 유명한 '미친년'이었다. 피 묻은 맥가이버 칼을 들고 돌아다니다 신고를 받고 출동한 경찰들에게 순순히 붙잡혔다. 평소에도 깨진 유리병 등을 가지고 다니며 다가오는 사람들을 위협하기도 했지만 실제로 사람을 찌른 것은 이번이 처음이었다.

이름은 이선영. 34세. 사실상 노숙자로 돌봐주는 사람이 없었다. 부산에 언니가 하나 있었지만 여동생의 일에 관해선 어떤 것도 관여하고 싶지 않다며 황급히 전화를 끊어 버렸다. 유가인은 복부와 허벅지를 찔리는 중상을 입었고, 수술 후 아직 의식이 돌아오지 않았다. 특별한 목격자가 없었다. 현장에는 유가인이 몰고 다니는 손수레와 이선영의 것으로 추정되는 폐품이 담긴 마대 자루뿐이었다. 현장에서 발견된 여러 개의 족적 중에 이선영의 것과 일치하는 것이 있었고, 칼에 묻은 피는 유 여사의 것이었다.

문제는 이선영이 제대로 된 진술을 하지 못한다는 것이었다. 특별한 동기도 찾을 수 없었다. 묻지 마 범죄를 저지른 뒤 정신질환자인 척하며 처벌을 피해 가려는 류는 아닌지 전문의의 의견을 들어 보기로 했다. 신경정신과에서 몇 가지 검사와 상담을 진행한 뒤 정신감정 결과를 알려 주겠다는 연락을 해 왔다. 불기소 처분되어 정신병원에 입원될 확률이 높았다. 미친 여자가 더 미친 여자에게 찔린 것이다.

이선영이 가지고 있던 칼에서는 두 사람의 지문이 발견되었다. 용의자 이선영의 것과 또 다른 사람. 계획적인 것도, 따로 공범이 있는 것 같지도 않았지만 필호는 일단 지문 조회를 해 보라고 지시했다.

"지문이 듬성듬성 일부만 찍혀서 제대로 확인이 안 돼요. 그런데 찾아봤더니 지문 같은 칼을 썼어요."

파트너인 김미영 형사가 말했다.

"무슨 소리야?"

이선영이 사용한 것은 흔히 알고 있는 맥가이버 칼이었다. 바디가 우드로 되어 있고 칼날에 나이테 같은 문양이 그려져 있다는 것이 특이하다면 특이한 점이었다. 미영은 휴대폰으로 뭔가를 찾아 읽기 시작했다.

"빅토리녹스 익스플로러 다마스트 리미티드 에디션 2013. 스위스 빅토리녹스사에서 원로인 칼 에스너가 죽자 그를 기리기 위해 만든 칼입니다. 몸통에 새겨져 있는 글씨는 칼 에스너의 사인이고요. 딱 7000개만 생산되었고, 일련번호가 매겨져 있어요. 스위스 프랑으로 200에서 250 정도? 한국 돈으로 20만 원대입니다. 엄청나게 비싼 건 아니지만 관심이 있어야 구입할 수 있는 칼이긴 하죠. 이선영이 어떻게 이 칼을 가지고 있는지는 모르겠지만 최초 구입자는 추적이 가능하다는 이야깁니다."

"그럼 추적해 봐."

필호는 유가인이 신고했을 당시 전화 녹음 파일을 다시 들어 봤다. 지나고 나서 생각해 보니 이상한 점들이 있었다. 일단 거짓말이라고 하기엔 묘사가 구체적이었다. 유독 횡설수설한 것은 진짜로 당황한 상태에서 위치를 설명하려고 애썼기 때문인지도 몰랐다. 유 여사가 자신이 피해자가 아닌 사건을 신고한 것도 처음 있는 일이었다. 자기 일에는 사소한 것에도 노발대발했지만 남의 일에는 크게 관심이 없던 여자였다. 모든 것이 평소 그녀답지 않았다.

이상한 것은 이선영도 마찬가지였다. 미친 여자이긴 해도 한 번도 사람을 공격한 적이 없던 여자가 갑자기 사람을 찔렀다. 그것도 20만 원짜리 한정판 스위스제 칼로. 이게 단순한 우연일까? 뭔가가, 혹은 누군가가 이선영을 자극한 것이 아닐까? 유가인을 찌른 것은 정말 이선영일까? 누군가 이선영의 손에 피 묻은 칼만 쥐여 줬을 가능성은 전혀 없는 것일까?

팀장의 말이 맞았는지도 몰랐다. 거짓말쟁이 양치기 소년도 한 번은 진짜 늑대를 만나게 되고, 그리고…… 어떻게 되었더라? 필호는 고개를 갸웃했다. 양치기 소년의 결말이 기억이 나지 않았다. 양들이 모두 죽고, 소년도 죽게 되던가? 그 동화가 그렇게 잔혹한 이야기였던가?

*

정희는 찢어질 듯한 비명 소리를 듣고 깨어났다. 그녀는 벌떡 일어나 숨죽인 채 귀를 기울였다. 아무 소리도 들리지 않았다. 꿈이구나. 집에 돌아오자마자 기절하듯 잠이 든 것이다. 땀에 젖은 옷을 벗다 만 채였다. 체급이 맞지 않는 상대와 싸우고 있는 기분이었다. 전력을 다해 발버둥치고 있었지만 혼자 허우적거리다 쓰러지고 말 뿐이다. 정희는 아무것도 없다는 것을 알면서도 어둠 속에서 침대를 더듬었다. 매트리스 모서리가 손에 잡힐 때까지, 구석구석.

꿈속에서 그녀는 아이가 죽던 날로 돌아가 있었다. 컨디션이 좋지 않을 때면 늘 꾸는 꿈이었다. 절대로 익숙해지지도 무뎌지지도 않는 충격과 공포. 하루도 빠짐없이 누군가는 죽고 다치고 사고를 당했다. 마음만 먹으면 더 잔혹하고 끔찍한 일을 당하는 사람들도 얼마든지 찾을 수 있었다. 그래도. 정희는 계속 묻지 않을 수 없었다.

왜 하필 내 아들이 죽어야 했을까.

열이 심해 처음 응급실에 데려갔을 때, 의사는 감기라고 했다. 정희는 속상함에 울음을 터뜨렸지만 심각하게 생각하진 않았다. 병원에서 주사를 맞은 아이는 곧 잠들었고, 자는 사이 열도 떨어졌다. 하지만 다음 날, 다시 열이 오르기 시작했다. 입원까지 시켰지만 아이는 계속 울기만 했다. 자지러지게 울기만 하는 아이 곁에서 정희와 성훈이 할 수 있는 것은 아무것도 없었다.

입원한 지 열흘이 되었을 때, 병원에서는 감기가 폐렴이 되었다고 했다. 아이는 숨 쉬는 것을 힘들어했다. 상태는 나아지는 것 같다가도 다시 급격히 나빠졌다. 지옥 같은 날들이었다. 3주 동안 아이는 물론 정희도 제대로 먹지도 자지도 못해 체중이 10킬로그램 가까이 빠졌다. 불안해진 정희와 성훈은 병원을 옮겼다. 옮긴 병원에서는 몇 가지 검사 끝에 암인 것 같다고 했다. 하늘이 무너지는 것만 같았다. 그 작은 몸에 암이라니.

확진을 위해 곧바로 더 큰 병원에 데려갔다. 암은 오진이었다. 심장병이라고 했다. 정확하게는 제한성 심근증. 심장의 이완 기능에 문제가 있어 호흡 곤란과 흉통, 전신 부종이 나타나는 병이었다. 약으로 할 수 있는 것은 증상을 완화하는 것뿐, 결국엔 심장 이식을 받아야 했다. 열병에 시달리는 아이를 안고 병원을 헤맨 지 한 달 만에 비로소 정확한 병명을 찾게 된 것이었다. 마음이 새까맣게 타 들어가는 것 같았지만 그래도 정희는 희망을 가졌다. 뭐가 문제인지 확실히 알았으니 이제 고칠 수 있을 것이라고 생각했다.

그때부터는 현실적인 문제들이 닥쳤다. 아이가 어려 아직 보험을 들어 놓은 것이 없었다. 정확한 병명도 모른 채 병원을 옮겨 다니는 동안 얼마 안 되는 저축은 이미 다 바닥나 있었다. 차를 팔고 전셋집도 내놓았지만 애초에 차는 중고였고, 전세금의 대부분은 은행 대출이었다. 정희는 회사를 그만두고 퇴직금을 받았다. 둘 중 하나는 벌어야 했기에 성훈은 꾸역꾸역 출근을 했지만 제정신이 아니기는 그도 마찬가지였다.

이식 받을 심장 기증자는 쉽게 나타나지 않았다. 아이는 하루하루 눈에 띄게 쇠약해졌다. 정희는 희망을 가지려 노력했지만 아이에게 죽음이 가까이 왔다는 생각을 떨쳐 버릴 수가 없었다. 정희는 밤마다 다른 사람의 불행을 위해 기도했다. 누군가 뜻밖의 사고를 당하기를. 그래서 경준이 이식 받을 심장이 생기기를. 정희의 간절한 기도 덕인지 마침내 뇌사 공여자가 나타났다. 병원 사회사업 팀의 지원을 받고, 아파트 전세 담보대출을 받아 수술비를 마련했다. 수술은 잘 끝났지만 이식 받은 심장의 거부 반응이 심했다. 재수술을 받아야 한다고 했다. 병원비가 계속 빠져나갔다. 또다시 누군가의 불행을 빌고 또 비는 끔찍한 밤들이 지나갔다. 두 번째 공여자는 뜻밖에도 빨리 나타났다.

"운이 좋은 케이스입니다."

의사가 몇 번이나 이야기했다. 운이 좋다고 말하기엔 좀 가혹한 측면이 있었지만 어쨌거나 정희와 성훈은 기뻐했다.

하지만 수술비를 마련할 수 없었다.

첫 번째 수술에서 지원을 받을 수 있었던 것은 2000만 원 상당의 수술비 정도였다. 수술 전에는 일주일 정도 소요되는 적합성 검사가 있었다. 수술 직후엔 중환자실에 열흘 가까이 있어야 했고, 그다음엔 무균실에 다시 열흘 이상 입원해야 했다. 병원에서 보내는 시간은 모두 돈으로 매겨졌다. 경준의 경우 예후가 좋지 않아 퇴원할 수 없어 입원 진료비와 약값이 계속 빠져나갔다.

수술비를 재지원 받는 것 역시 여의치 않았다. 심장은 다른 아이에게 이식되었다. 정희와 성훈은 커다란 침대에서 아이가 죽어 가는 것을 지켜봐야 했다. 처절한 무력감과 죄책감. 피를 토할 억울함……. 정희는 끝없이 후회하고 자책했다. 장기라도 꺼내 팔았어야 했다. 부잣집 아이를 유괴해 몸값을 요구하거나 은행 강도라도 했어야 했다. 담당 의사를 인질로 잡고 강제로 수술을 하도록 위협할 수도 있었을 것이다. 애초에 왜 좀 더 빨리 큰 병원에 데려가지 않았던 것일까. 돌이켜 생각하면 모든 것이 엉망진창이었다. 정희는 열병에서 시작된 경준이 죽음에 이르기까지의 과정을 역순으로 되짚어 올라가며 혹시 어디에선가 다른 선택을 했다면 아이가 죽지 않았을지도 모른다는 생각에 빠지곤 했다.

죽지 않고 살았다면, 이제 아이는 일곱 살. 학교에 입학할 준비를 하고 있겠지. 아이가 누리지 못한 삶이 너무나 많았다. 정희는 이를 악문 채 울음을 참았다. 죽을 때까지 안고 살아야 할 고통이었다. 턱이 뻐근할 정도로 이를 악물고 있던 정희는 힘을 빼고 크게 소리 내서 울기 시작했다. 집에는 성훈도 없었다. 통곡을 참아야 할 최소한의 이유조차 없다는 뜻이었다. 한참을 울다가 정희는 깨달았다.

경준을 잃은 뒤 그녀의 세상도 망가졌다. 사소한 기쁨도 작은 행복도 모두 요원해졌다. 달리 생각하면 무슨 일이 벌어진다 한들 그것에 견주면 아무것도 아니라는 뜻이었다. 그러니까, 성훈이 어떤 여자와 함께 사라졌다고 한들 이렇게 벌벌 떨 필요가 없었다. 정신 나간 여자처럼 울며 겁에 질려 있을 이유 역시 없었다.

정희는 식탁에 앉아 담담하게 성훈의 노트북을 열었다. 인찬이 말했던 안드로이드 기기 관리자 창이 열려 있었다. 성훈의 아이디와 비밀번호가 자동 로그인이 되도록 설정되어 있었다. 정희는 로그인을 눌렀다. 구글 지도로 현재 사용 중인 안드로이드 기기, 그러니까 성훈의 휴대폰 위치가 표시되었다. 인찬의 말대로 이 컴퓨터 프로그램은 성훈이, 정확하게는 성훈의 휴대폰이 집 근처에 있다고 알리고 있었다. 지하철역에서 멀지 않은 곳이었다. 마지막 위치 업데이트 시각은 오늘 오전 00:04.

정희는 인터넷 포털 사이트에 안드로이드 기기 관리자 기능에 대해서 검색해 봤다. 지금 한 것처럼 위치를 추적해 볼 수 있을 뿐 아니라 휴대폰에 저장된 개인 정보에 접근할 수 없도록 원격으로 휴대폰 화면을 잠그거나 아예 기기를 초기화하는 것도 가능했다. 정희는 인터넷에 설명된 방식에 따라 비밀번호를 새로 입력하고 휴대폰을 발견하는 사람이 볼 수 있는 메시지를 적어 넣었다.

— 당신 어딨어. 빨리 전화해. 일단 돌아와서

정희는 문장을 완성하기도 전에 전부 지웠다.

— 당신 정말 지애 아가씨랑

삭제.

— 이혼해도 좋아. 하지만 이런 식은

삭제.

— 곧 경준이 기일이

이번에도 삭제. 정희는 여보, 라고 적었다가 지우고 제발, 이라고 적었다가 또다시 지웠다. 그리고 간략하게 입력했다.

— 전화 줘요.

그 밑, 연락 가능한 전화번호 입력 칸에는 자신의 휴대폰 번호를 입력했다. 이제 성훈의 전화기에 정희가 입력한 메시지가 뜨고 그 전화기로는 정희에게밖에 전화를 걸 수 없을 것이다. 정희는 성훈의 휴대폰 위치가 표시된 노트북 화면을 휴대폰으로 찍었다. 구글 지도에 표시된 곳은 집 근처의 지하철역과 큰 제과점 사이, 도로 한복판이었다. 거기 성훈이 서 있을지도 몰랐다. 정희를 기다리면서. 놀랐지? 이제부터 열심히 살자. 그렇게 한바탕 울고 때리고 이 끔찍한 해프닝을 끝내는 것이다. 정희는 고개를 저었다. 그럴 가능성은 현실적으로도 확률적으로도 희박했다. 그녀의 삶이 그런 판타지로 작동한 적은 한 번도 없었다. 정희는 문득 억울해졌다. *어째서지? 한 번쯤은 그래도 되잖아. 인생에 딱 한 번쯤은.*

12

  지도에 휴대폰이 있다고 표시된 곳엔 아무것도 없었다. 정희는 그 일대를 서성이다 녹초가 되어 돌아왔다. 인찬은 성훈의 노트북에 이메일과 에스엔에스 계정이 모두 로그인되어 있다고 했다. 정희는 성훈이 에스엔에스를 하는 줄도 몰랐다. 그래서 더 궁금했다. 정희가 알지도 못했던 공간에서 성훈이 누구와 무슨 이야기를 나눴을지, 비공개로 고백해 놓은 속 이야기 같은 건 없을지.

  정희와 성훈은 아주 사이가 좋을 때에도 각자의 사생활을 존중하며 살아왔다. 정희는 잠시 망설였다. 이래도 될까? 만약 반대의 경우라면? 어떤 이유에서든 성훈이 자신의 일기장이나 휴대폰 따위를 뒤진다면? 썩 기분 좋은 일은 아니었다.

하지만 성훈에게 무슨 일이 생겼을지도 몰랐다. 그리고 여기에 그를 찾을 단서가 있을지도 몰랐다. 정희는 다시 노트북을 열었다. 인터넷 검색창에 트위터와 페이스북 주소가 찍혀 있었다. 정희는 먼저 트위터에 접속했다. 엄청나게 많은 글이 있었다. 어떻게 사용하는 것인지 직관적으로 파악이 되지 않았다. 정희는 포털 사이트에 트위터 사용법을 검색했다.

역시 그 많은 글들은 성훈이 작성한 것이 아니었다. 정희는 성훈이 직접 작성한 글들을 확인하기 위해 프로필을 눌렀다. 성훈이 작성한 멘션은 4년 전에 남긴 "시작합니다." 하나뿐이었다. 팔로잉 22명, 팔로워 8명. 모두 언론사나 기업 홍보 계정이었다. 소개도 사진도 없어 누군지 알 수 없는 팔로워가 두 명 있었지만 서로 주고받은 멘션은 없었다. 뭔가가 있을지도 모른다고 기대했던 정희는 조금 상심한 채 페이스북에 접속했다. 페이스북엔 친구가 서른네 명 있었다. 역시 성훈이 작성한 글은 없었다. 정희는 서른네 명의 친구 목록을 훑어봤다. 회사 사람이 몇 있었고, 나머지는 모르는 사람들이었다. 친구 목록의 가장 끝에 지애가 있었다.

정희는 지애의 이름을 눌렀다. 최근 것은 아니었지만 몇 개의 게시물이 있었다. 영호와의 결혼을 알리는 소식과 결혼사진, 신혼여행 사진도 있었다. 무심히 스크롤을 내리던 정희는 백화점 크리스마스트리 아래 서 있는 지애의 사진을 클릭했다. 지애는 버건디 컬러의 캐시미어 코트를 입고 화려한 성탄 트리 아래 서 있었다. 코트와 헤어, 화장까지 낯익은 모습이 었다. 2014년에 업로드한 사진이었다.

정희의 눈이 가늘어졌다.

'여자.'

정희는 입술을 잘근잘근 씹으며 초조하게 사진을 노려봤다.

'횡단보도, 그 여자.'

트리 아래 서 있는 지애 옆으로 성훈을 향해 손을 흔들던 여자의 모습이 그려졌다. 정희는 옆에 누가 있는 것처럼 "맞아." 하고 소리 내서 중얼거렸다.

그 여자를 언제, 어디서 만났었는지 마침내 기억이 났다.

신혼 초였다. 겨울이었고, 명동에 있는 백화점에서였다. 여자는 저 코트를 입고 있는 지애와 팔짱을 끼고 서 있었다. 지애의 친구라고 했다. 여고 동창이라고 한 것 같기도 했고, 대학 동기라고 한 것 같기도 했다. 둘 중 어떤 것인지가 중요한 문제는 아닐 테니 패스. 어느 쪽이든 두 사람은 자매처럼 다정해 보였다. 아무리 생각해도 이름은 한 글자도 기억나지 않았다.

정희는 지애의 페이스북 친구 목록을 살펴봤다. 페이스북은 신상의 많은 부분을 알려 줬다. 어떤 학교를 졸업하고, 어디서 일하고, 누구와 연애를 하고 있으며, 어떤 취향을 가지고 있는지…… 지애의 페이스북 친구는 백 명이 넘었다. 정희는 남자와 외국인을 제외하고 나머지를 살펴봤다. 하지만 정희가 찾는 여자는 없었다.

정희는 그날 무슨 이야기를 나눴는지 다시 한번 기억을 떠올려 봤다. 오래된 일이었다. 별로 남아 있는 기억이 없었다. 정희는 마감 세일을 노리고 지하 식품 매장으로 내려갔다가 백화점 푸드 코트에서 두 사람과 우연히 마주쳤다. 짧은 인사를 나눈 뒤엔 셋이 함께 지애가 가 보고 싶었던 디저트 카페로 이동했다. 세 사람은 아이스크림과 도넛을 주문했다.

그리고 자리에 앉아서…….

"명함!"

정희는 자기도 모르게 소리를 질렀다. 그날 여자와 명함을 주고받았었다. 정희는 안방으로 뛰어 들어갔다. 서랍장에 오래된 지갑이 있었다. 첫 월급을 받아 백화점에서 구입한 지갑이었다. 가죽이 낡았지만 버리기 아까워 사용 빈도가 낮은 포인트 카드나 의미 없이 받아 둔 명함들을 그 안에 모아 놓고 있었다. 정희는 기십 개의 명함과 카드를 바닥에 펼쳐 놓았다. 그리고 평범한 하드커버 재질로 만들어진 여자의 명함을 찾아냈다.

여자의 이름은 최백화. 경기도 의왕에 있는 사립 고등학교

학생 식당의 영양사였다. 그래, 맞아. 밥을 산처럼 쌓아 놓고 먹어 치우는 혈기왕성한 남자 고등학생들에 대해서 이야기를 했던 기억이 났다. 정희는 명함에 있는 휴대폰 번호로 전화를 걸었다.

"여보세요?"

웬 남자가 전화를 받았다.

"최백화 씨 휴대폰 아닌가요?"

"아닙니다."

전화가 뚝 끊어졌다. 정희는 발신 번호를 확인했다. 번호는 틀림없었다. 명함을 받은 것이 벌써 수년 전이니 번호가 바뀔 법도 했다. 정희는 시계를 봤다. 오후 5시. 고등학교라면 저녁을 주지 않을까? 정희는 명함에 적혀 있는 학교 식당으로 전화를 걸어보았다.

"네. 급식실입니다."

젊은 여자가 전화를 받았다. 주변이 몹시 시끄러웠다.

"거기 혹시 최백화 씨라고 계신가요?"

"누구요?"

"최백화 씨요."

"여기 일하는 아주머니들이 많아서 제가 이름은 하나하나 잘 모르고요."

여자는 소음 때문인지 고함을 지르듯 큰 소리로 말했다.

"영양사라고 했는데요."

"영양사는 김 선생님이랑 임 선생님, 두 분인데요."

"그럼 혹시 최백화 씨를 아시는 분이 계실까요? 칠팔 년 전쯤에 거기서 영양사로 근무하셨던 분인데요."

"글쎄요. 아, 잠시만요."

전화가 갑자기 다른 데로 연결되었다. 여자가 말도 없이 전화를 학교 행정실로 돌린 것이다. 정희는 처음부터 다시 시작해야 했다. 칠팔 년 전에 그곳에서 영양사로 근무했던 최백화를 아십니까. 사립학교라면 불가능한 일은 아니었다. 정희가 졸업한 사립 고등학교엔 그곳에서 직장 생활을 시작해 정년을 맞는 교사와 교직원들도 있었다. 전화를 받은 사람은 중성적인 목소리의 여성이었다. 그녀는 딱 잘라 모른다고 했다.

"거기서 근무했던 기록이 있는지 확인해 주실 수 있나요?"

정희는 최대한 공손하게 물었다.

"왜 그러시죠?"

"제가 꼭 원수를 갚을 일이 있어서 그래요."

"……"

정희는 어처구니없는 말실수를 했다는 것을 깨달았다. 은혜를 갚을 일이 있어 꼭 찾고 싶다고 읍소한다는 것이 그만 실언을 한 것이다. 정희는 당황해서 하마터면 전화를 끊어 버릴 뻔했다.

그때였다.

"전화번호 남겨 주시면 찾아보고 연락드릴게요."

여자가 말했다. 정희는 재빨리 여자에게 휴대폰 번호를 불러 줬다. 정희는 말실수를 정정하려다 그만뒀다. 여자가 듣지 못했을지도 몰랐다. 제대로 들었다고 해도 먼저 묻지 않는데 굳이 다시 짚어 줄 필요는 없다. 여자는 차분하게 정희의 전화번호를 확인했다.

"네, 맞아요. 꼭 좀 부탁드립니다."

정희는 꼼짝도 하지 않고 전화기 앞에 앉아 기다렸다. 하지만 전화는 울리지 않았다. 알아보는데 시간이 필요한 걸까? 정희는 초조하게 기다리며 '영양사 최백화'로 포털 사이트에 검색해 봤다. 옮긴 직장을 알 수 있지 않을까 하는 기대에서였다. 일치하는 단어로 검색되는 것은 없었다. '영양사'와 '최백화'가 따로따로 검색이 돼서 전국 각지의 영양사들과 최백화라는 이름을 가진 사람들의 정보를 검색할 수 있을 뿐이었다. 그래도 시간을 가지고 찾아보면 일치하는 것을 찾을 수 있지 않을까?

정희는 검색된 페이지를 하나씩 눌러 보며 이 문제를 영호에게 알려야 하는지 고민했다. 영호는 지애의 친구, 최백화에 대해 뭔가 알고 있지 않을까? 성훈과 함께 사라진 여자가 지애의 친구라면 영호의 말처럼 성훈과 지애가 함께 있는 것일까? 만약 그렇다면 어째서 연락을 하지 않는 걸까? 연락할 수 없는 상황에 처해 있는 것은 아닐까? 남매가 동시에? 정희는 진저리쳤다. 영호가 비슷한 질문을 퍼부어 올 것이다. 그래도 연락처를 알아낼 수만 있다면……. 정희는 결정을 내리지 못한 채 다시 지애의 페이스북 페이지에 접속했다. 페이지가 맨 처음으로 넘어갔을 때 정희의 휴대폰이 울렸다. 처음 보는 번호였다.

"이정희 씨?"

"네."

방금 정희와 통화했던 학교 행정실 직원이었다. 네비게이션의 안내 음성이 들려오는 것으로 짐작건대 운전 중인 것 같았다.

"당신 누구예요?"

여자가 물었다.

"……."

정희가 선뜻 대답을 내놓지 못하고 머뭇거리자 여자가 질문을 바꿨다.

"최백화랑 어떻게 아는 사이냐고요. 왜 찾는지는 알아야 연락처를 가르쳐 주든 말든 할 거 아니에요."

"그냥 좀 궁금한 일이 있어서요."

"그러니까 그게 뭔지를 묻는 거잖아요."

"……."

"여보세요?"

"남편이 이틀째 연락이 안 돼요."

정희는 어설프게 위악을 떠느니 솔직하게 대처하기로 했다. 만날 일도 없는 사람에게 쓸데없이 자존심을 세워서 얻을 게 뭔가.

"마지막으로 함께 있었던 사람이 최백화 씨인 것 같고요."

"정말이에요?"

"네."

"경찰에 신고는 했어요?"

"네. 하긴 했는데……."

"진지하게 받아 주질 않았군요."

"네."

"최백화, 지금 경기도 양주에 있는 희망 정신병원에 있어요."

"정신병원이요?"

"아, 입원한 게 아니고 거기 병원 식당에 영양사로 있어요. 검색해 보면 위치랑 전화번호, 찾을 수 있을 거예요."

"네. 고맙습니다."

"저기요. 혹시 말이에요."

"네."

여자는 말이 없었다. 정희는 잠자코 기다렸다.

"아니. 아니에요. ……꼭 찾았으면 좋겠네요."

"……."

"정희 씨."

"네."

"내 이름은 이지형이에요. 최백화한테 내가 알려 줬다고 해도 돼요."

'최백화'의 이름을 말할 때 목소리에 날 선 적의가 묻어 있었다. 그래선지 정희에게는 꼭 그렇게 하라는 소리처럼 들렸다. 여자는 전화기 너머로 "서영아!" 하고 불렀다. 재잘거리는 아이들의 목소리가 들려왔다.

"미안해요. 이제 끊어야겠어요."

여자는 정희가 뭐라고 대꾸를 하기도 전에 대뜸 "다시 통화해요." 하고는 전화를 끊어 버렸다.

13

지독한 질의응답의 시간이 끝났다. 시간이 얼마나 흐른 건지 알 수가 없었다. 철식은 몸을 웅크린 채 누워 있는 성훈을 내려다봤다. 성훈의 한쪽 어깨가 파르르 떨렸다. 그는 울고 있었다. 지하철역 앞에서 허리에 팔을 둘렀을 땐 키도 덩치도 철식보다 컸는데 지금은 어린아이처럼 보였다. 철식은 잠시 망설이다 성훈의 입에 다시 재갈을 물렸다. 성훈의 입이 순순히 벌어졌다가 닫혔다. 철식은 성훈의 마혈* 두 군데를 타격했을 뿐이다. 성훈은 쉽게 입을 열었다.

---

* 타격하거나 움켜쥐면 해당 경혈을 중심으로 부분적으로 강한 고통과 함께 마비되거나 힘을 쓸 수 없게 되는 혈.

5분도 채 지나지 않아 철식은 성훈이 자신이 가한 타격 때문에 입을 연 것이 아님을 깨달았다. 성훈은 계속 말했다. 다시 5분이 지났을 때 철식은 헛구역질을 했고, 성훈의 입을 막기 위해 그를 난타했다. 머릿속이 캄캄해졌다. 철식은 태어나처음으로 어디를 때리는지도 모르는 채 사람을 때렸다. 성훈은 정신을 잃었다. 먹은 것이 없는 철식의 위장에선 신물만올라왔다.

잠시 뒤 정신을 차린 성훈은 철식과 눈이 마주치자마자 다시 입을 열었다. 철식은 눈물을 감추기 위해 또다시 성훈의 좌측 장대혈*을 때려야 했다.

철식은 창고 한 켠에 볼록하게 솟아 있는 방수포를 벗겼다. 커다란 수조가 드러났다. 대형 횟집 입구에 놓여 있다 폐업과 함께 버려진 중고 수조였다. 수조 옆으로 커다란 드럼통이 두개 놓여 있었다. 수조의 상태가 좋지 않아 200리터짜리 드럼통을, 만약을 대비해 두 개나 준비했다. 뚜껑을 닫으면 완전히 밀봉할 수 있는 튼튼한 드럼통이었다.

눈에는 눈. 이에는 이.

---

* 타격하거나 자극을 주면 즉시 눈앞이 캄캄해지며 기절하는 '훈혈'의 한 자리. 젖꼭지 바로 위에 위치하며 좌측은 심장, 우측은 폐를 상하게 하고 가볍게 타격하면 기절하고 중수법을 쓰면 사망에 이르게 된다.

성훈에게 록혜가 겪은 것과 같은 고통과 죽음을 줄 생각으로 하나둘 준비한 것들이었다. 철식은 여태 흐느끼고 있는 성훈을 내려다보다 호스를 끌고 와 수조 안에 넣고 수도꼭지를 돌렸다. 굵은 물줄기가 수조 안으로 쏟아졌다. 철식은 수도꼭지를 얼굴에 대고 물을 마시고 머리를 적셨다. 정신이 번쩍 들 만큼 차가운 물이었다. 철식은 팔다리가 묶여 있는 성훈을 안았다. 성훈은 필사적으로 눈을 뜨고 철식을 봤다. 철식은 성훈의 시선을 피하지 않고 똑바로 쏘아봤다. 아내의 마지막을 봤을 눈이었다.

철식은 마대 자루로 성훈의 머리를 감쌌다. 그는 온몸을 바들바들 떨었다. 철식은 공포와 긴장으로 뻣뻣하게 굳은 성훈을 번쩍 들어 수조 안에 내려놓았다. 수도꼭지에서 흘러나온 물이 성훈의 몸을 덮으며 차올랐다. 볼품없이 구겨진 성훈의 몸은 수조에 꼭 맞았다. 성훈은 재갈을 문 채로 입을 벌려 수조 안의 물을 마셨다. 철식은 성훈의 목울대가 오르락내리락하는 모습을 차분하게 지켜봤다. 성훈은 굽이 있는 가죽 구두를 신고 있었다. 왼쪽만 뒤축이 많이 닳아 있었다. 철식은 성훈의 구부정한 걸음걸이를 떠올렸다. 물이 점점 차올라 성훈의 몸을 덮었다. 성훈의 머리에 씌운 마대 자루에서 공기 방울이 솟아 나오는 모습을 바라보던 철식은 문을 열었다.

보랏빛 하늘에 초승달이 걸려 있었다. 날이 밝아 오는 것인지 어두워지고 있는 것인지 알 수가 없었다. 멀리서 불빛들이 반짝거렸지만 주변에 사람은 보이지 않았다. 철식은 그것이 다행인지 아닌지를 가늠하지도 못한 채 열린 문 앞에 앉았다. 귀에 소금물이 들어간 것처럼 머리가 멍했다.

철식은 주먹을 여러 번 쥐었다 폈다. 피부가 가죽처럼 딱딱했다. 피부뿐 아니라 온몸의 장기가 단단하게 굳어 버린 것 같았다. 철식은 주머니에서 담배를 꺼내 물었다. 니코틴이 마른 기도를 타고 흘러 들어갔다. 허기와 갈증으로 느슨하고 둔감해졌던 신경줄이 팽팽하게 당겨지면서 귀가 뻥 뚫렸다. 철식은 뻑뻑해진 눈을 비볐다. 잠시 시야가 흐려졌다 서서히 밝아졌다. 철식은 다 태운 담배를 벽에 비벼 끄고 꽁초를 호주머니에 넣은 뒤 자리를 털고 일어섰다.

성훈은 이마로 수조를 짓찧으면서 온몸으로 발버둥치기 시작했다. 성훈의 몸은 생각보다 더 쇠약해져 있었다. 잠시 숨을 고르고 힘을 모은 성훈이 무릎을 세워 일격을 가했다. 둔탁한 소리와 함께 유리 수조에 금이 갔다. 성훈은 다시 한번 힘을 모았지만 소용이 없었다. 그는 몸을 뒤틀었다. 수조를 넘어뜨려 볼 생각이었다. 묵직해진 수조는 꼼짝도 하지 않았다. 성훈이 흐느끼는 동안 수조를 가득 채운 물이 균열을 파고

들었다. 조금씩 커지던 균열은 퍽 하는 소리와 함께 마침내 수조를 조각냈다. 깨진 유리 파편은 성훈의 팔을 긁었을 뿐이었다. 성훈은 얼굴에 씌워진 마대자루를 풀다가 유리 조각에 손을 벴다. 그는 외마디 비명을 지르고는 선홍색의 맑은 피가 흘러나오는 자신의 손가락을 쪽쪽 빨았다.

철식은 천천히 걷기 시작했다. 성훈이 게걸스럽게 제 피를 빨아 삼키는 소리가 조금씩 작아지다가 더 이상 들리지 않았다. 멀리서 반짝이던 불빛들이 빠르게 사라지고 있었다. 이제 달도 보이지 않았다. 날이 밝고 있는 거였다. 철식은 얼마 남지 않은 불빛들을 향해 비틀비틀 걸어갔다.

*

공 기사는 졸음을 쫓기 위해 보조 좌석에 던져 놓은 주스 병 쪽으로 손을 뻗었다. 딸기주스라니. 육십 평생 한 번도 마셔 본 적이 없는 음료였다.

"뭘 사 올 땐 좀 물어봐요."

이삿짐 정리가 끝난 뒤 잔금과 함께 주스 병을 내미는 여자에게 공 기사는 결국 한마디하고 말았다.

"우리 같은 사람들도 취향이 있어요."

좋아하는 것도 있고 싫어하는 것도 있고 절대로 먹지 않는 것도 있으며 못 먹는 것도 있다. 당연한 사실이지만 대부분 간과했다. 하지만 값없이 베푸는 친절이었다. 그런 것까지 시시콜콜 지적해 대며 상대를 무안하게 할 필요는 없다는 걸 공 기사 역시 잘 알고 있었다.

그래서, 뭐.

공 기사는 마음에 일어나는 거스러미를 뚝뚝 잘라 버렸다. 알면서도 반백 년 넘게 고치지 못했다. 여태 못 했으니 앞으로도 못 할 것이다. 더 나은 인간이 되고자 하는 욕망도 필요도 느끼지 못한 지 오래였다.

공 기사는 트레일러 트럭 운전을 하다 10년 전, 이삿짐센터를 시작했다. 내 집 마련이 요원한 세상이었다. 사람들은 자주 이사를 했다. 드러내 놓고 말은 안 하지만 야반도주를 하는 사람들도 심심찮았다. 빚쟁이들은 물론 경찰이 찾아온 적도 있지만 고객 정보를 누설한 적은 한 번도 없다. 고객과의 신의를 지켜야 한다는 일종의 직업윤리 같은 것이 전혀 없는 것은 아니었지만 더 솔직하게는 불필요한 일에 연루되는 것이 성가셨기 때문이다. 도망치는 사람에게도 말 못 할 사정이 있을 것이 아닌가. 개중에는 정말 나쁜 놈이 있을지도 몰랐지만 쫓는 자보다 도망자에게 마음이 더 가는 것은 어쩔 수가 없었다.

공 기사는 2년 전, 마포대교에서 처음 철식을 만났다. 인적이 드문 새벽이었다. 공 기사는 부산까지 이삿짐을 나르고 돌아오는 길에 다리를 건너던 철식을 쳤다. 졸음운전이었다. 지금도 그때를 생각하면 아랫배가 싸늘해졌다.

"괜찮아요?"

비스듬히 일어난 철식은 공 기사를 뿌리치더니 몇 발짝 걷다 다시 쓰러졌다. 공 기사는 철식을 안아 트럭에 태웠다.

"여기서 멀지 않은 곳에 병원 있어요. 정신 놓지 말아요. 알았죠?"

공 기사는 교통사고를 당한 사람이 정신을 놓지 않는 것이 의학적으로 어떤 소용이 있는지 알지 못했다. 하지만 그는 계속 그렇게 중얼거리며 철식의 목 밑에 손가락을 대 봤다. 맥이 힘차고 빠르게 뛰고 있었다.

공 기사는 놀란 가슴을 쓸어내렸다. 그래, 죽지 않았다. 그리고 그렇게 힘차게 뛰는 맥을 가진 사람이라면 쉽사리 죽을 것 같지도 않았다. 그때, 철식이 눈을 번쩍 떴다. 그는 3초가량 멍한 표정으로 공 기사의 얼굴을 쳐다봤다. 까만 구멍 같은 철식의 눈에 서서히 초점이 돌아왔다. 그는 허공에 손을 내저였다. 공 기사는 철식이 자신을 밀어내려 한다는 것을 깨달았다.

"잠깐만."

공 기사는 트럭 밖으로 몸을 내미는 철식을 붙잡았다.

"죽은 아들이 생각나서 그래."

"……"

"안 죽었으면 아저씨 나이쯤 됐을 거야."

"……"

"교통사고로 죽었어요. 아저씨가 그냥 이렇게 가면 죽은 아들이 또 다친 것 같은 기분이 들어서 그래."

공 기사답지 않은 장광설이었다. 공 기사 스스로도 놀라고 있었다. 그의 아들은 열 살 때 교통사고로 죽었다. 뺑소니였다. 범인은 아직도 잡히지 않았다. 모르긴 몰라도 공소시효가 지나도 한참 전에 지났을 것이다. 이따금 불쑥불쑥 울화가 치밀어 "썩을 놈" 하고 욕을 뇌까리긴 했지만 분노도 슬픔도 무뎌져 있었다. 솔직히 이제는 아들의 얼굴도 가물가물했다. 공 기사는 몇 안 되는 친구들에게조차 아들의 죽음에 대해 이야기해 본 적이 없었다.

"……"

"아저씨 혹시 벙어리야?"

"……"

철식은 고개를 가로저었다.

"잠깐만 앉아서 이거 한 잔만 마시고 가요."

공 기사는 보온병 뚜껑에 커피를 한 잔 따라 줬다. 믹스 커피에 설탕을 더 넣고 끓인 달짝지근한 커피였다.

"어려서부터 하도 배가 곯아서 이제는 먹고 싶어도 많이 못 먹어. 그래도 힘을 내야 하니까 이렇게 달게 마셔요."

철식은 말없이 커피를 받아 들었다. 공 기사는 철식이 커피를 마시는 모습을 보고서야 안심했다.

"아프면 전화해요. 이사할 일 있어도 전화하고. 내가 싸게 아니, 공짜로 해 줄게."

공 기사는 문을 열고 나가는 철식에게 명함을 내밀었다. 철식은 명함을 받아 호주머니에 넣더니 담요를 벗어 놓고 차 문을 열고 나갔다. 공 기사는 밤길을 달릴 때 가끔, 철식을 떠올렸지만 얼마간이었다. 기억력도 젊고 건강할 때나 쌩쌩한 법이다.

공 기사가 북한 말씨로 걸려온 철식의 전화를 받은 것은 한 달 전이었다. 3분도 채 안 되는 통화를 하면서 공 기사는 여러 번 놀랐다. 먼저는 그가 누군지 기억이 나지 않았고, 기억이 났을 땐 의아했다. 후유증을 호소하기엔 시간이 한참 지나지 않았는가.

"아저씨 이사해?"

"비슷합니다."

철식은 모월 모일 즈음, 드럼통에 밀봉한 물건을 옮겨 달라고 했다. 느낌이 좋지 않았다. 그 안에 무엇이 들었는지 물었을 때 철식은 대답하지 않았다. 공 기사는 철식이 어째서 자신에게 이런 부탁을 하는지 알 수 없었다. 신고해 버리면 어쩌려고? 철식은 마치 오래 알고 지내며 신뢰를 쌓아 온 사람을 대하듯 거침없이 부탁해 왔다. 거절당해도 상관없다는 생각인지 거절당하지 않을 것임을 알고 있는 것인지 모호했다. 어쩌면 둘 다였는지도 모르겠다.

공 기사는 딸기주스를 단숨에 마셔 없앴다. 몸에 당이 돌자 또다시 불안이 엄습해 왔다. 더 나은 인간이 되는 것을 포기한 것과 더 나쁜 인간이 된다는 것은 완전히 다른 문제였다. 공 기사는 입안 여기저기에 달라붙은 딸기 씨를 씹어 먹었다. 지금이라도 그냥 가 버릴까. 뭐라고 할 사람은 아무도 없었다.

그때 휘적휘적 이쪽으로 걸어오는 철식이 눈에 들어왔다. 보는 사람의 가슴을 서늘하게 하는 걸음걸이였다. 철식은 한 걸음씩 내딛을 때마다 빠르게 풍화되는 사람처럼 걸어와 보조석 문을 열고 공 기사 옆에 앉았다.

"가죠."

철식이 속삭이듯 말했다. 고래고래 소리를 지른 사람처럼 목이 쉬어 있었다.

"그냥 가?"

철식이 고개를 살짝 끄덕였다. 가슴이 덜컥 내려앉았다. 물리적으로 느껴지는 안도감이었다. 공 기사는 대답 대신 시동을 걸었다. 적막을 가르며 요란하게 엔진이 돌았다. 철식은 좌석에 몸을 깊이 기대고 앉았다. 팔짱도 끼지 못한 손이 허벅지 밑으로 스르르 흘러내렸다. 철식은 얼굴을 창 쪽으로 돌린 채 눈을 감았다. 공 기사는 조용히 핸들을 꺾었다. 그는 잘했다고, 잘 생각했다고, 손을 뻗어 머리라도 쓰다듬어 주고 싶은 마음을 가까스로 억눌렀다.

부모는 자식을 맹신한다. 그렇다고들 했다. 철식의 부탁을 받았을 때 공 기사는 죽은 아들을 떠올렸고, 그 눈먼 믿음을 흉내 내고 싶었다. 철식에게 아무것도 묻지 않은 것은 그래서였다. 공 기사의 아이는 유순했다. 그 애는 너무 어린 나이에 아무것도 해 보지 못하고 죽었다. 아니, 사실은 잘 기억이 나지 않았다. 분하고 안쓰러운 마음이 기억을 제 마음대로 뒤바꾼 것인지도 몰랐다.

드럼통에 사람을 밀봉해 어딘가로 '운반'하려던 계획에 실패하고, 혹은 그러기를 포기하고 돌아온 철식을 보며 공 기사는 깨달았다. 믿음이 아니라 바람이다. 부모가 어떤 일이 있어도 자식의 편에 설 수 있는 것은 자식이 결국에는 옳은 선택을 내리기를 바라기 때문일 것이다. 너무나 간절히 바라기 때문에, 먼저 믿어 버리는 것이다.

공 기사는 시큰해진 콧날을 손등으로 훑으며 콧물을 삼키듯 훌쩍거렸다.

"그런데 어디로……."

목적지를 묻기 위해 고개를 돌리던 공 기사는 입을 다물었다. 철식의 입이 살짝 벌어져 있었다. 잠이 든 것이다. 공 기사는 팔을 뻗어 앞으로 쏠린 철식의 왼쪽 어깨를 밀어 좌석 안쪽으로 밀어 넣었다. 잠투정도 없는 순한 아이처럼 철식은 작은 숨소리를 내며 더 깊은 잠 속으로 빠져들었다.

14

　병원은 산 밑에 있었다. 번화가에서 벗어난 조용한 곳이었다. 병원으로 들어가는 길목에 버스 정류장과 작은 모텔이 마주 보고 있었다. 그제야 정희는 버스를 타고 올 수도 있었음을 깨달았다. 병원 홈페이지에서 정희가 확인한 것은 직원 조직도에 최백화의 이름이 있다는 것과 병원 주소뿐이었다. 정희는 일어나자마자 집 앞에서 택시를 잡아타고 곧장 달려왔다. 정희가 사용하고 있는 신용카드는 전부 성훈의 명의로 되어 있었다. 카드값을 내야 하는 사람 역시 성훈이었다. 사라진 성훈을 찾는 일조차 성훈의 도움이 없이는 불가능하다는 뜻이었다.

　정희는 정문에서 내리기로 했다. 단 몇 미터라도 제 힘으로 걸어가고 싶다는 쓸데없는 오기가 발동했다.

"여기서 세워 주세요."

택시 기사가 갓길에 차를 세우며 룸미러로 정희를 힐끗 쳐다봤다. 정희는 한 손으로 목을 감쌌다. 목이 꽉 잠겨 있었다. 기분이 가라앉을 때는 몸의 컨디션도 마찬가지였다. 눈앞은 침침해졌고, 귀는 멍했으며, 후각과 미각, 촉각도 둔해졌다.

정문에서 4층짜리 빨간 벽돌로 지어진 병원 건물까지 가기 위해선 농구 골대와 축구대, 배드민턴 네트까지 설치된 널찍한 운동장을 가로질러야 했다. 환자들의 실외 활동에 신경을 쓰고 있는 병원임을 알 수 있었다. 정희도 약을 타러 병원에 갈 때마다 주 3회, 40분 이상 땀이 나는 운동을 하라는 처방을 받았다. 일주일에 세 번 이상 운동을 하러 갈 정도의 의욕적인 인간이 병원에 오겠느냐고 신경질을 내긴 했지만.

정희가 잡목이 우거진 길을 지나 병원 건물에 다다랐을 때 사립 고등학교 로고가 찍힌 소형 버스 한 대가 정문으로 들어왔다. 버스는 정희를 가로질러 병원 건물 앞에 멈췄다. 버스에서 교복을 입은 학생들이 쏟아져 나왔다. 병원으로 노래와 연주 자원 봉사를 온 고등학생들이었다. 정희는 학생들 사이를 비집고 병원 안으로 들어갔다. 로비 역시 악기 가방을 멘 학생들로 북적거렸다. 인솔 교사로 보이는 젊은 남성과 여성이 안내 데스크에서 병원 직원과 이야기를 나누고 있었다.

정희는 아이들을 피해 화장실로 들어갔다. 널찍한 내부엔 세면대는 물론 앉아서 쉴 수 있는 소파까지 구비되어 있었다. 정희는 세면대 앞에 붙은 거울을 보고 정자세로 섰다. 그녀는 뺨에 달라붙은 머리칼을 귀 뒤로 넘긴 뒤 눈을 크게 뜨고 거울 속의 창백한 여자를 쳐다봤다. 자신이 어떤 얼굴로 최백화를 만나게 될지 알고 싶었다. 생기 없이 푹 꺼진 뺨에는 울긋불긋 뾰루지가 올라와 있었고 입술 색깔은 거무죽죽했다. 정희는 구겨진 티셔츠를 반듯하게 펴고 30도가량 돌아간 스커트를 돌려 버클이 제자리로 오게 만들었다.

최백화가 병원에 없을지도 몰랐다. 형사는 누군가, 성훈과 함께 있는 사람이 정희의 번호로 인찬에게 문자를 보냈을지도 모른다고 했다. 그 '누군가'가 최백화일 수도 있었다. 그럴 가능성이 있다는 것을 알면서도 정희는 무작정 쳐들어왔다. 복잡하게 생각할 건 없었다. 최백화가 병원에 없다면 전화번호나 집주소를 알아내면 된다.

어떻게? 어떻게든.

최백화가 여기 있다면 문제는 훨씬 간단했다. 물어보면 되니까. 그날 저녁, 성훈을 만나 어디로 간 것인지. 지금 성훈은 어디서 뭘 하고 있는지. 그리고 대체 두 사람은……. 정희는 드라마에 나오는 여자들처럼 최백화를 닦아세우는 장면을 상상해 봤다. 정희는 손을 닦으며 최백화가 뭐라고 대답을 하든 동요하지 않겠다고 다짐한 뒤 화장실 밖으로 나왔다.

로비도 안내 데스크도 모두 텅 비어 있었다. 정희는 데스크에 서서 잠시 기다리다 벽면에 붙어 있는 층별 시설 안내도를 살펴봤다. 식당은 2층에 있었다. 정희는 내부 계단을 통해 2층으로 올라갔다. 재활 프로그램실, 정신보건 요원실, 휴게 공간과 식당이 있는 2층과 3층은 복층으로 트여 있었다. 계단 문을 열고 들어서자마자 아이들의 노랫소리가 들려왔다. 청아한 목소리와 악기 소리가 높은 천장으로 웅장하게 울려 퍼졌다. 정희는 계단 옆에 붙어 있는 안내도를 보고 식당을 향해 움직였다.

불투명한 유리창이 붙어 있는 방들을 지나 탁 트인 휴게 공간으로 들어섰을 때 정희의 시선을 끈 것은 3층에서부터 떨어지는 커다란 인공 폭포였다. 두 층이 복층으로 트여 있는 것도 폭포 때문이었다. 폭포 가까이에 만들어진 간이 무대에서 아이들이 노래를 부르고 있었다. 환의를 입은 환자들과 의료진, 방문객들로 보이는 사람들이 무대를 둘러싸고 서서 아이들을 바라보고 있었다. 2층에 자리를 잡지 못한 사람들은 3층 난간 가까이에서 무대를 내려다보고 있었다.

"Isn't she lovely. Isn't she wonderfull. Isn't she precious."

앞을 볼 수 없었던 싱어송라이터 스티비 원더가 딸을 낳은 기쁨을 표현한 노래였다. 그녀가 정말 사랑스럽지 않나요. 놀랍지 않나요. 정말 소중하지 않나요. 정희는 고등학교 때 영어 수행 평가로 이 노래를 외워 부른 적이 있었다. 영어 가사를 외우는 것보다 음정을 맞추는 게 어려워 애를 먹었던 기억이 떠올랐다. 교복을 입고 서서 노래를 부르고 악기를 연주하는 아이들은 사랑스러웠다. 스스로의 아름다움을 알지 못하기에 더 빛나는 아름다움. 잠시 멍하니 무대 쪽으로 시선을 두고 있던 정희는 석연찮은 느낌에 위를 올려다봤다.

분명히 누군가……

정희는 그대로 얼어붙었다. 지애였다. 지애가 3층 난간에 서서 정희를 내려다보고 있었다. 두 사람은 잠시 서로를 뚫어져라 쳐다봤다. 시간이 일시적으로 정지한 것 같았다. 정희의 척추로 찌릿찌릿한 것이 스치고 지나갔다. 정희는 정강이에 힘을 주고 신발 속에서 발가락을 꼼지락거렸다. 정희는 두 발에 제대로 힘이 들어간다는 것을 확인한 뒤 달리기 시작했다. 계단은 오른쪽. 정희가 움직이기 시작하자 지애도 뒤뚱뒤뚱 걷기 시작했다. 정희는 자신이 빠를 것이라 자신했다. 무릎까지 오는 원피스 디자인의 환의를 입고 슬리퍼를 신고 있는 지애는, 만삭이었으니까.

＊

지하철역 앞 김밥 가게엔 벌써 사람들이 줄을 서 있었다. 한 줄에 1500원. 식재료의 출처가 의심스러울 만큼 가성비가 좋아 아침부터 밤까지 손님이 끊이지 않는 곳이었다. 필호는 줄 서기를 포기하고 사건 현장인 굴다리 근처 산책로로 향했다. 약간의 허기가 주는 예민함이 도움이 될 때가 있었다. 한 가지 생각에 집중하는 데 가장 좋은 방법은 일상에 매몰되지 않는 것이다.

유가인은 아직 의식을 회복하지 못했다. 의사는 수술은 잘 끝났으니 일단 기다려 보자고 말했다. 유가인이 발견된 주변 일대를 수색했지만 특별히 이상한 점은 발견할 수 없었다. 맥 가이버 칼을 구입한 사람은 원로 군인이었다. 한정판으로 구입해 가지고 있던 것을 4년 전 탈북자 출신의 개인 안마사에게 선물로 줬는데 지금은 그 안마사와 연락하지 않는다고 했다. 표철식이라는 안마사의 연락처를 받아 전화를 해 보니 받지 않았다. 선물받은 칼을 분실했을 가능성이 높았다. 경찰서가 보이는 횡단보도 앞에 섰을 때 전화벨이 울렸다. 미영이었다.

"사건 현장에 있던 마대 자루에서 휴대폰이 하나 발견됐습니다."

"마대 자루? 이선영이 가지고 다니던 거 말야?"

"예. 휴대폰 외관은 멀쩡한데 배터리가 나갔어요. 서에 동일 모델을 쓰는 사람은 없고요."

휴대폰의 주인이 누구인지 아직 알아내지 못했다는 뜻이었다. 필호는 눈살을 찌푸렸다. 결론부터 말하고 되짚어 가는 필호와 달리 미영은 항상 시간 순서대로 차근차근 이야기했다. 같은 시간에, 같은 정보를 주고받는다고 해도 필호는 애가 탔다. 여러 번 시정을 요구했지만 고쳐지지 않았다. 성질이 급한 그만 괴로운 일이었다.

"모델명 문자로 보내. 내가 충전기 구해서 들어갈게."

"네. 선배님, 그런데요."

"뭐."

"아닙니다. 일단 들어오세요."

미영은 휴대폰 케이스 안쪽에 붙은 사진을 보고 있었다. 가족사진이었다. 남자와 여자, 그리고 아이. 콕 집어 뭐라 표현할 수 없지만 꺼림직한 느낌이 드는 사진이었다. 휴대폰으로 찍은 사진을 스티커 형태로 출력해 붙인 것으로, 케이스를 열지 않으면 볼 수 없는 위치에 붙어 있었다. 부부의 얼굴엔 억지로 만들어진 경직된 미소가 그어져 있었다. 병원 침대에 환의를 입고 앉아 있는 아이만 다른 세상에 있는 것처럼 활짝 웃고 있었다. 미영은 다시 사진을 봤다. 엄마로 짐작되는 여자가 묘하게 낯이 익었다. 사적으로 아는 사이는 아니었다.

형사에게 낯이 익다는 건 대개 좋은 의미가 아니었다. 범죄자
나 용의자 혹은 피해자…….

— 야. 김 형사. 휴대폰. 모델명.

필호가 메시지를 끊어 보내며 재촉해 왔다. 미영은 휴대폰
의 모델명을 찍어 필호에게 전송했다.

"이거 버려도 되는 거예요?"

청소 용역업체에서 파견된 아주머니가 미영에게 구겨진 종
이를 흔들어 보였다. 아주머니는 필호의 책상 근처에 서 있었
다. 아주머니가 들고 있는 것은 작성하다 만 가출 신고서였다.

"아뇨."

미영은 벌떡 일어섰다. 그녀는 스티커 사진 속의 여자를 어
디에서 봤는지 기억해 냈다. 범죄자도 용의자도 피해자도 아
니었다. 아직은.

"이쪽으로 주세요."

미영은 가출 신고서를 받아 들었다. 단정한 글씨로 빈칸이
채워져 있었다.

신고자: 이정희.
관계: 아내.

미영은 아찔한 낭패감을 느꼈다. 유가인은 누군가 납치되어 구타당하고 있다는 내용의 신고를 한 뒤 이선영의 칼에 찔렸다. 아직 비어 있는 연결고리들이 많았다. 논리적으로 꿰어 맞춰야 할 부분도, 단순 확인이 필요한 일들도 있었다. 하지만 그녀는 직관적으로 결론을 예감할 수 있었다. 남편에게 무슨 일이 생긴 것이 분명하다며 울먹이던 스티커 사진 속의 이 여자, 이정희의 말은 사실일지도 몰랐다.

15

3층 난간에 서 있던 지애는 사라지고 없었다. 노래 한 곡이 끝나자 사람들의 박수 소리가 들려왔다. 난간 쪽에 모여 있던 사람들의 대열이 흐트러졌다. 병실로 돌아가는 사람, 화장실에 가는 사람, 아래층으로 내려가려는 사람들이 한꺼번에 로비로 모여들었다. 정희는 필사적으로 사람들 사이로 파고들며 환의를 입은 만삭의 임산부, 지애를 찾았다.

재활치료실과 입원실로 갈라지는 복도에서 서성대던 정희는 비상계단으로 향하는 문을 열었다. 다시 1층으로 내려가 입원 환자 명단을 확인하는 것이 더 빠를 것이라는 판단에서였다. 지애는 언제 임신을 한 것일까. 유부녀가 임신한 것이 이상한 일은 아니었다. 하지만 영호는 지애가 임신 중이라는 사실을 말하지 않았다. 그는 어째서 집을 나간 만삭의 아내가 피 한 방울 섞이지 않은 처남과 함께 있다고 생각한 것일까. 영호는 두 사람이 함께 있을 것이라 확신하고 있다고 했다. 정희는 한 방향으로 내달리는 생각을 애써 다른 쪽으로 끄집어내려 애썼다.

하지만 소용이 없었다. 생각은 한번 만들어진 길을 따라 제멋대로 몸집을 불리며 굴러갔다. 최백화는 그저 연결 고리였을 뿐이다. 성훈은 최백화를 통해 남편과 싸우고 가출한 지애와 만났다. 지애와 성훈은 전화기를 껐다. 두 사람은 각자의 배우자에게 연락할 수가 없었다. 그들은 더 이상 숨길 수가 없다고 생각했다. 무엇을? 지애 배 속에 있는 아이의 아버지가…… 아냐. 정희는 손으로 입을 막았다. 목구멍을 치받고 올라오는 감정을 물리적으로 밀어 넣으려는 것처럼. 정희는 난간을 잡고 미끄러지듯 주저앉았다. 과호흡이었다.

"하아, 하아, 하아……."

정희는 흐트러진 호흡을 가다듬고자 애썼다. 가슴이 묵직해졌다. 두 손과 발은 차라리 도려내고 싶을 만큼 차갑게 식었다. 정희의 거친 숨소리가 빈 계단의 벽을 치며 울렸다.

"언니."

지애였다. 정희는 소리가 들려오는 쪽을 향해 눈을 치켜떴다. 지애가 한 층 위에서 난간을 붙잡고 주춤주춤 내려오고 있었다.

"괜찮아요?"

정희는 대답 대신 계단 벽에 뒤통수를 기대고 앉았다.

"언니."

지애는 정희를 걱정하고 있었다. 걱정하고 있으니 도망치지 않을 거였다. 지애는 정희에게 조금 더 가까이 다가왔다. 조금만, 조금만 더. 정희는 조바심을 감추며 가만히 주먹을 쥐었다.

"여긴 어떻게 온 거예요?"

지애가 물었다. 정희는 대답하기 위해 입을 뻐끔거렸다.

"……"

"오빠는요? 오빠는 괜찮아요?"

마침내 지애가 손에 닿을 만큼 가까이 다가왔을 때 정희는 지애의 팔을 붙잡았다.

'잡았다……!'

묘한 안도감이 스치고 지나가자 화가 치밀었다. 정희는 지애의 팔을 거칠게 잡아당겼다. 그러자 지애의 볼록한 배가 정희의 허벅지 위에 닿았다. 정희는 몸을 움츠리며 진저리쳤다.

"미안해요."

어째서 미안하다고 하는 것인지, 왜 성훈의 안부를 묻는 것인지, 모든 것이 혼란스러웠다. 정희는 다시 입을 뻐끔거렸다. 물속에 있는 것처럼 호흡이 힘들고 말도 나오지 않았다.

스스로 뺨이라도 올려붙이고 싶은 심정이었지만 기껏해야 무른 주먹을 쥐어 볼 수 있을 뿐이었다. 정희는 지애의 얼굴에 대고 몇 마디 더 중얼거렸다.

"뭐라고요?"

정희는 꿈을 꾸고 있는지도 모른다고 생각했다. 열심히 달리지만 앞으로 나아가지 못하고, 목청껏 비명을 질러 보지만 아무런 소리도 나오지 않는 악몽을 꾸고 있는 것인지도 몰랐다.

"지금 백화라고 했어요?"

뭐라고요?와 괜찮아요?를 번갈아 반복하던 지애의 안색이 변했다.

"백화가 여기 있는 걸 알고 온 거예요?"

"하아, 하아……."

"오빠랑은 이야기해 봤어요?"

알 수 없는 말들 투성이었다. 정희는 있는 힘을 다해 지애의 팔을 꽉 붙잡았다. 일단은 빌어먹을 호흡을 진정시켜야 대답이든 질문이든 할 수 있을 거였다.

"언니, 조금만 참아요."

지애가 목 안으로 손을 집어넣었다. 목걸이가 끄집어져 나왔다. 지애는 목걸이에 달린 펜던트를 뽑았다. 주사기였다. 내용물을 알 수 없는 액체가 주사기 안에 3분의 2가량 채워져 있었다. 왜? 정희는 순간적으로 지애가 자신을 살해하려 한다고 생각했고, 온몸으로 거절의 의사를 표현했다. 하지만 소용이 없었다.

"미안해요, 언니."

주사기가 정희의 팔에 꽂히는 순간, 정희의 양 입꼬리로 침이 흘러내렸다.

그리고, 암전.

*

"북에서 했디요?"

"네."

침대에 누워 있는 여자의 뺨 아래가 붉어졌다. 서점례는 최근 탈북에 성공한 20대 여성의 얼굴을 이리저리 돌려 가며 살펴봤다. 7년 전 북에서 지인에게 공짜로 시술했다는 눈썹 문신이 파랗게 변색되어 있었다.

"다행히 덮어쓸 수 있갔시오."

레이저로 지워야 할 경우엔 병원을 소개해 줬다. 그리고 다시 시술하러 오면 눈이나 코, 양악 수술에 대해 언급해 보고 반응을 살폈다. 앞트임을 하면 세련된 인상이 될 것 같다거나 코끝을 조금 만져 주면 이목구비가 또렷해 보일 것 같다는 식이다. 양악을 무서워하는 경우엔 다른 시술이나 미용 주사를 권했다. 인기 있는 남한의 여자 연예인이 비슷한 시술을 받았다는 이야기를 해 주면 효과적이었다. 모든 정보 사이사이엔 자신의 소개를 받고 왔다고 말하면 할인을 받을 수 있다는 말을 흘렸다. 거짓말은 아니었다. 할인된 금액 안에 커미션도 포함되어 있다는 사실을 말하지 않을 뿐.

이 여자는 쌍꺼풀 수술도 했다. 역시 북에서 한 솜씨였다. 북한에서도 쌍꺼풀 수술은 유별난 게 아니었다. 서점례가 탈북에 성공한 10여 년 전부터 이미 그랬다. 수술 비용은 약 2~3달러. 쌀 1~1.5킬로그램 정도를 살 수 있는 돈이었다. 시절이 수상하면 배를 곯기도 하니 부담이 되는 액수였지만 절대 엄두를 내지 못할 만큼 불가능한 돈도 아니었다. 하지만 불법이기 때문에 의사들이 환자 집에 수술 도구를 가지고 가 몰래 시술했다. 적발된 사람은 공식적으로 반성문을 쓰고 자아비판을 하거나 강제 노역을 해야 했다. 성형수술이 부의 상징으로 여겨지기 때문이었다.

그런 위험을 감수하고도 쌍꺼풀 수술에 눈썹 문신까지 한 여자라면 충분히 승산이 있다고 봐도 좋았다. 여자는 자연 눈썹과 점막 아이라인, 입술 반영구 화장을 하고 싶다고 했다.

"입술은 안 해도 되갔시오."

서점례는 여자에게 입술 모양이 예쁘고 혈색도 좋은 편이니 유행에 따라 립스틱을 잘 골라 바르는 것이 좋겠다고 조언

했다. 무턱대고 이것저것 권하기보다 적정한 수준에서 잘라 내는 것이 장기적으로 봤을 땐 더 이득이었다. 믿을 만한 사람이라는 인상을 줄 수 있고, 그런 신뢰를 쌓고 나면 그보다 훨씬 더 비싼 시술을 권해도 의심 없이 따라왔다.

"힘 빼요. 가만히 있디 않으믄 눈이 많이 붓습니다."

여자는 주먹을 꽉 쥔 손을 가슴께까지 올렸다.

"손 더 올리믄 안 됩니다."

"네, 죄송해요."

"이렇게 겁먹은 손님 주먹에 얼굴을 맞은 적이 있디요."

"……"

"내가 맞는 것은 상관없지마는 하마터면 바늘로 눈알을 찌를 뻔했습니다."

점례의 대답에 여자는 더 겁을 먹고 계속 발끝을 꼼지락거렸다.

"많이 아픕니까?"

"아뇨. 무서워서. 눈이요. 눈을 찌를 것 같아서요."

"이름이 뭐였지요?"

"선주요. 김선주."

"그래요, 김선주 씨. 내가 거기 눈을 찌를 일은 없시오. 어 더렇게 보이는지 모르갔지만 이 일을 한 지 10년 가까이 됩니 다."

나이가 많아서, 아직도 선명하게 남아 있는 북한 억양 때문에 사람들은 점례의 실력을 의심하고 불안해했다. 북한에서 외과 의사였다는 경력을 굳이 써 붙여 놓은 것은 그래서였다. 점례는 탈북 후 남한에서 다시 의대에 진학하려다 한 달 만에 포기했다. 러시아어를 주로 쓰는 북한과 달리 남한의 의학 용어는 전부 영어로 되어 있었다. 공부를 시작하려면 영어를 먼저 배워야 했다. 배우자고 들면 엄두를 못 낼 만큼 엄청난 일은 아니었다. 하지만 그럴 여유를 부릴 수가 없었다. 그녀에게는 당장 보살핌이 필요한 자식이 셋이나 있었다. 비록 아들을 잃었으나 남은 두 딸은 대학에서 의학과 한의학을 공부하고 있었다.

점례가 붉게 부어오른 여자의 눈두덩에 얼음 팩을 올려놓았을 때였다.

"성공하셨네요."

김선주가 말했다. 순전한 감탄이었다. 번듯한 오피스텔을 보고 하는 말일 거였다. 그래, 성공이라면 성공이었다. 끼니 걱정에 밤잠을 설치던 그녀가 이제 평양 간부들이나 살 법한 곳에 일터를 두고 있으니까.

"고생 많이 했디요."

사설 아카데미에서 한 달 속성으로 기술을 배워 수료증을 땄다. 손재주와 눈썰미가 있어 일을 배우는 것은 어렵지 않았다. 처음에는 기구를 들고 다니며 출장 서비스를 했다. 나이가 많아 취업이 쉽지 않았기 때문이다. 점례는 아파트 게시판에 광고지를 붙이고 저렴한 가격에 여러 명을 해 주는 식으로 세를 넓혔다. 임대 아파트 상가 한쪽에 커튼을 쳐 놓고 손님을 받기도 했다. 밤낮 없이 일했지만 힘든 줄도 몰랐다. 수술에 비할 바가 못 됐다. 무조건 현금 거래를 했기 때문에 불룩해진 지갑을 들고 집으로 돌아가는 즐거움도 있었다. 뭣보다 혼자 할 수 있는 일이었다. 그녀는 악착같이 손님을 받았다.

"내가 손이 빠릅니다. 점막에 색소를 넣는 것은 시간 싸움이디요."

손도, 판단도 빨랐다. 그렇게 살아왔다. 신속하게, 실수 없이. 후회나 미련이 남기 전에 다른 바통을 쥐고 달리면서. 점례는 김선주에게 성형외과와 피부과를 소개한 뒤 시술을 받을 생각이 있으면 자신에게 먼저 연락하라고 했다. 조금이라도 싸게, 잘 받을 수 있게 이야기해 놓겠다고.

"동포끼리 도와야디요."

김선주는 고마워했다. 바보 같은 여자였다. 그 동포들을 피해 탈출했다는 것을 그새 잊어버린 것이다. 거실에서 점례의 휴대폰이 울렸다.

"받으세요."

"일없습니다."

다시 전화벨이 울렸다.

"받으세요, 괜찮아요."

"금방 오갔습니다. 붓기가 어지간히 가라앉으면 얼음 팩 내려놓고 쉬고 있어도 됩니다."

점례는 거실로 나가 소파 테이블에 있는 전화기를 집어 들었다. 미스터 킴, 김영호였다. 점례는 긴장했다. 그는 이렇게 연달아 전화를 거는 사람이 아니었다.

"여보세요?"

미스터 킴은 왜 전화를 늦게 받았느냐는 추궁도 없이 곧바로 본론으로 넘어갔다.

"일이 잘못됐습니다."

철식이 김성훈을 그냥 놓아줬다는 소식이었다.

"확실한 겁니까?"

점례는 소파에 앉으려다 말고 우두커니 서서 생각했다. 대체, 왜?

"일단 전후 사정을 들어 볼 생각입니다."

미스터 킴은 점례가 일을 제대로 처리했는지 확인했다. 점례는 방에 있는 김선주를 의식하며 목소리를 낮췄다. 점례는 어젯밤, 아들을 차가운 저수지에 수장시킨 여자의 머리를 둔기로 내려치고 목을 조른 뒤 번개탄을 피워 질식시켜 죽였다.

"예. 일없습니다."

점례는 건조하게 대답했다. 허무할 정도로 잘 끝났다. 여자의 집에 들어서던 순간부터 숨이 끊어지는 순간까지를 차근차근, 아무런 감정의 동요 없이 복기할 수 있을 정도였다. 그런데 김성훈이 살아 나왔다고? 그는 죽어야 했다. 그 여자, 최백화의 집 곳곳엔 김성훈의 지문과 족적, 머리카락, 소지품들이 남아 있었다. 그는 철식의 손에 살해당한 뒤 행방불명돼야 했다. 그래야 점례와 미스터 킴이 그를 위해 준비해 놓은 역할 — 내연녀를 죽이고 도망친 끔찍한 남자 — 에 충실할 수 있었다! 그런데 왜 또다시 살아남아 일을 복잡하게 하고 여러 사람을 괴롭히는 것인가.

점례는 잠시 낙담했다.

"이제 새로운 계획을 말해 주겠습니다."

미스터 킴은 조용조용 이야기했다. 점례는 숨죽여 들었다.

"구멍수*가 될 수 있갔시요. 그럼 일은 누가……. 리홍식이 가요? 내가 안 가 봐도 되갔습니까? 아, 그렇구만요. 알갔습니다. 등탈** 없이 알아서 잘 하갔지마는……."

점례는 잔소리처럼 들릴 것이라는 것을 알면서도 덧붙였다. 제대로 수습하지 못하면 점례까지 위험해질지도 몰랐다.

---

* 돌파구.
** 뒤탈.

"무중에* 놓친 것이 있디 않는지 잘 살펴봐야 합니다. 명줄이 질긴 자가 아닙니까."

"예."

미스터 킴은 짧게 대답하고 전화를 끊었다.

"이거 미안하게 됐습니다."

점례는 시술실 문을 열었다. 김선주는 화장대 거울 앞에 서서 헤어밴드에 눌린 머리를 매만지고 있었다.

"저도 이런 일을 배울 수 있을까요?"

김선주는 북한 억양을 쓰지 않으려고 애쓰느라 지나치게 천천히 말했다. 그게 둔한 인상을 남긴다는 건 왜 모를까.

"겁이 그렇게 많아서 할 수 있갔습니까?"

"혼자 왔어요. 돈이 필요해요. 북한에 가족들이 있어요. 도와주세요."

점례는 뭐라 대답해야 할지 망설였다. 공석이 있긴 했다. 겁이 많은 걸 오히려 잘 써먹을 수 있는 자리. 죽은 자의 자리를 누군가는 채워야 했다. 점례는 김선주의 옆얼굴을 봤다. 겁은 많지만 마취도 없이 눈썹을 만들고, 쌍꺼풀 수술을 했으며 탈북에 성공했다. 게다가 아직 북에 남아 있는 가족이 있

---

* 무심결에.

었다. 어쩌면 좋은 파트너가 될 수 있을지도 몰랐다.

"일단 리터치 할 때까지 생각해 보고, 그래도 하겠다 싶으
믄 방법을 찾아 주겠습니다."

"정말요? 고맙습니다."

김선주가 반색했다.

"그럼 리터치는…… 2주 뒤 토요일, 괜찮을까요?"

점례는 달력을 쳐다봤다. 아들의 기일이었다. 1년에 단 한
번, 점례가 무슨 일이 있어도 일을 하지 않는 날.

"그날은 안 됩니다. 금요일은 어떻습니까?"

"네. 좋아요. 혹시 일이 생기면 전화드릴게요."

"알겠습니다."

김선주가 나간 뒤 점례는 벽에 붙여 놓은 스케줄 표를 봤
다. 아직 예약자가 하나 더 남아 있었다. 사주 위에 관상이 있
다. 눈썹 디자인을 배울 때 강사가 해 준 말이었다.

"하지만 관상 위에 있는 게 있어요. 심상이에요."

그녀는 오래전 가르침을 떠올리며 마음을 다잡았다. 괜찮
다. 그러니, 진정하라. 가슴의 울렁거림과 떨림이 차츰 가라앉
으면서 구겨졌던 인상도 바르게 펴졌다.

초인종이 울렸다.

점례는 상냥한 미소를 머금은 얼굴로 마지막 예약자를 맞
았다.

16

정희가 가장 먼저 본 것은 하늘이었다. 하늘에 뭉게구름이 떠 있는 진짜, 하늘. 누군가 낮은 목소리로 중얼거리고 있었다.

"······믿음은 바라는 것들의 실상이요, 보이지 못하는 것들의 증거니 선진들이 이로써 증거를 얻었느니라. 믿음으로 모든 세계가 하나님의 말씀으로 지어진 줄을 우리가 아나니······."

성경이었다. 기도가 아니라 누군가 성경을 읽고 있었다. 정희는 자기가 죽은 것인지도 모른다고 생각했다. 정확하게는 삶과 죽음 사이의 어딘가에 버려진 것이 아닐까 생각했다.

요란한 진동 소리에 정희는 무의식적으로 손을 뻗으며 고개를 돌렸다. 침대 옆에 놓인 서랍장 위에 정희의 휴대폰이 놓여 있었다. 정희는 몸을 일으켰다. 아이보리 컬러의 시멘트 벽과 대리석 문양의 타일이 깔린 바닥. 정희는 고개를 들어 다시 하늘을 쳐다봤다. 나뭇잎이 날아오다 허공에서 딱 멈췄다. 침대 바로 위의 천장이 통유리로 되어 있었다. 정희가 덮고 있는 면 이불에는 온통 '희망 정신병원'이라는 정직한 문구가 새겨져 있었다. 그녀는 죽지 않았고 죽어 가는 중도 아니었다. 정희는 휴대폰을 들어 잠금을 풀었다. 문자메시지가 도착해 있었다.

— 안녕하십니까. ○○○입니다.
금년 신입/경력 편집자 채용에 지원해 주셔서 진심으로 감사드립니다.
귀하의 자질과 역량에도 불구하고 제한된 모집 인원으로 인해 인연을 맺지 못하게 되었음을 안타까운 마음으로 전해드립니다.
더 좋은 곳에서 청운의 꿈을 펼치실 것이라 확신하며 귀하께서 보여 주신 열정에 보답할 수 있도록 최선을 다하는 ○○○가 되겠습니다.
감사합니다.

장문의 메시지였다. 면접을 보고 나온 뒤부터 시작된 악몽이 정희의 머릿속으로 빠르게 스쳐 지나갔다. 잠을 잘못 잔 것처럼 목 뒤가 뻐근했다. 정희는 팔목을 만졌다. 지애가 주삿 바늘로 찌른 자리에 반창고가 붙어 있었다.

"에피펜입니다. 항알러지제."

정희는 소스라치게 놀랐다. 멀리 벽 쪽에 놓인 소파에서 영호가 일어났다. 영호는 테이블에 있던 리모컨을 들어 허공 을 겨냥하고 눌렀다. 스피커가 꺼지면서 성경을 읽던 목소리 가 사라졌다.

"제가 몇 가지 음식에 알러지가 있어 지애도 항상 에피펜 을 소지하고 있거든요. 처남댁이 알러지 반응을 일으킨 줄 알 고 찔렀는데, 찌르고 나서야 그게 아닐 수도 있다는 걸 깨달 았나 봐요. 잔뜩 겁을 먹은 채 저에게 연락을 했더군요. 몸은 괜찮으세요? 너무 오래 주무셔서 걱정하고 있었습니다."

"오래 잤다고요?"

"네. 꼬박 하루를 주무셨어요. 의사 부를까요?"

"아뇨, 괜찮아요. 그보다······."

정희는 영호의 입을 통해 일이 어떻게 된 것인지 알 수 있 었다. 지애는 영호와 다툰 뒤 (성훈이 아닌) 친구 최백화에게 갔고, 최백화가 일하고 있는 병원에 최백화 여동생의 이름으 로 입원했다. 보호자의 이름엔 최백화를 적어 넣었다. 영호가 지애를 추적할 수 없었던 것은 그 때문이었다. 추적. 그다지 듣기 좋은 단어는 아니었다. 묵묵히 듣고 있던 정희의 신경이 예민해졌다.

"지애도 지금 입원 중입니다. 조산의 위험이 있어 두고 봐야 한다고 합니다."

그래, 임신. 정희는 영호를 노려봤다.

"왜 아가씨가 임신했다는 걸 말하지 않았죠?"

"처남댁은 지애가 여기 있다는 걸 왜 저에게 알리지 않은 겁니까?"

"질문은 내가 먼저 했어요."

정희와 영호는 서로의 말을 잘라 가며 날 선 공방을 주고받았다. 이제 영호의 차례였다. 하지만 영호는 대꾸 없이 정희를 봤다. 가면처럼 무표정한 얼굴 뒤의 속 얼굴은 여유롭게 웃고 있을 것만 같았다. 그는 가출한 아내를 찾았다. 신경전을 벌여 봐야 불리한 것은 정희였다.

"혹시,"

정희는 말을 멈추고 떨리는 손을 맞잡아 이불 안으로 밀어 넣었다. 비상계단에서 거침없이 몸집을 불려 가며 그녀를 습격했던 불온한 생각이 다시 덮쳐 왔다. 바보 같은 생각이야. 하지만 그러니까 더더욱, 확인하고 싶었다.

"이상한 생각이라는 거 나도 아는데요. 혹시 아이 아버지가,"

"아닙니다."

영호가 재빨리 말을 잘랐다. 그는 재차 아니라고, 아니라고, 두 번이나 말했다.

"아이는 미국에서 가졌습니다. 제 아이가 아닐 수도 있지만 생각하시는 그런 일은 아닙니다. 믿으셔도 됩니다."

정희는 영호를 만나고 처음으로 경계심 없이 그를 바라봤다. 그는 정희가 무슨 상상을 하고 있는지 짐작했지만 어떻게 그런 생각을 할 수 있느냐고 놀라거나 비난하지 않고 담백하게 사실만 확인해 줬다. 어처구니없게도 순식간에 긴장이 풀어졌다. 정희는 그가 치부를 드러내도 좋을 만큼 친밀한 가족, 어쩌면 그 이상처럼 느껴지기까지 했다. 진정해. 정희는 스스로를 다그쳤다. 오버하지 마.

"아이에 대해서는 지애가 나중에 이야기하자고 했었어요. 처남댁이 아직 많이 힘들어하시니까, 나중에 이야기하자고요."

"나도 몰랐어요."

"예?"

"여기 아가씨가 있는 줄 몰랐다고요. 나는 아가씨를 찾으러 온 게 아니에요. 아가씨 친구를 찾아왔어요."

영호는 고개를 갸웃했다. 이해하는 데 노력이 필요한 이야기이긴 했다.

"최백화요. 아시죠?"

"네. 여기서 일한다는 건 저도 오늘 알았습니다."

"그이가 그 여자랑 같이 사라졌어요."

정희는 망설였던 이야기를 꺼냈다.

"같이 사라졌다니, 그게 무슨 뜻입니까?"

"말 그대로예요. 같이 사라졌어요. 내가 봤어요."

그때 정희의 뇌리에 뭔가가 스쳤다.

"혹시 그이도 여기 입원해 있나요?"

"아뇨."

영호는 정희의 시선을 피하더니 잠시 뜸을 들이다 자신이 아는 한 아니라고 덧붙였다. 그럴 가능성도 있다는 걸 깨닫고 신중하게 대답을 내놓은 것 같았다.

"형님이랑 백화 씨, 둘이 같이 어디로 가는 걸 보셨다고요? 어디에서요?"

"그이 회사 앞에서요. 최백화 씨는 여기 있나요?"

"아뇨. 어제부터 연락이 되지 않는다고 합니다. 출근도 하지 않았고요. 지애가 저에게 연락한 것도 그 때문입니다. 달리 도움을 청할 데가 없어서요."

정희는 차근차근 정리해 봤다. 최백화는 지애를 자신이 일하고 있는 병원에 입원시킨 뒤 성훈을 만나 함께 사라졌다. ……뭔가가 잡힐 듯 잡히지 않는 느낌이었다. 조바심이 났다. 익숙한 배우들이 등장할 뿐 내용은 제대로 파악이 되지 않는 이상한 영화를 감상하고 있는 기분이었다.

영호 역시 뭔가에 골몰해 있었다. 정희는 이 병원에 성훈이 입원을 가장해 숨어 있는 것은 아닌지 확인해 보고 싶었다. 먼저 병원에 잘 설명해야 했다. 정신 나간 여자 취급을 받을지도 몰랐다. 하지만 지금은 체면 차릴 때가 아니었다. 새삼 그런 걸 의식하는 것도 우스운 일이고. 하지만 그런 취급만 받고 아무것도 알아내지 못할 수도 있었다. 정희는 영호의 얼굴을 힐끗 봤다. 그가 자신을 도와줄 수 있을지도 모른다는 생각이 들었다. 그녀는 결정적인 순간마다 고물차처럼 퍼져 버리는 자기 자신에 진절머리가 났다.

"저기……."

정희는 영호를 부르다 말고 고개를 돌렸다. 정희의 휴대폰이 진동하고 있었다. 이번에는 문자메시지가 아니라 전화였다. 무심히 휴대폰 쪽으로 시선을 두었던 정희는 다급히 휴대폰을 향해 손을 뻗었다.

휴대폰 액정에 깜빡이고 있는 발신자명은 "남편"이었다.

*

미영이 충전한 김성훈의 휴대폰으로 이정희와 통화를 마쳤을 때, 필호가 돌아왔다.

"이정희 씨 지금 외출 중이고, 돌아오면서 들르겠다고 합니다. 남편하고는 아직도 연락이 되지 않는다고 하네요. 구글 기기 관리자로 안드로이드 전화기 위치를 추적해 봤나 봐요. 자기한테만 전화를 걸 수 있게 해 뒀더라구요."

미영은 필호에게 휴대폰 액정을 보여 줬다. 보기보다 제법이네. 필호는 생각했다.

"실종으로 간주하고, 수사 시작해야 하지 않을까요?"

"이정희 씨 서에 오면 이야기해 보기로 하지."

"네. 이선영은 뭐랍니까?"

이선영을 진찰한 신경정신과 전문의는 이선영에게 폐품과 쓰레기를 자신의 소유물로 인식하며 집착하는 성향이 있다고 했다.

"일종의 강박장앱니다. 저장강박이라고 혹시 들어 보셨어요?"

의사는 차근차근 설명해 줬다.

"예. 들어 보긴 했는데……."

"쉽게 말해 사용 여부에 관계없이 물건을 계속 저장하고, 그렇게 하지 않으면 불쾌하고 불편한 감정을 느끼는 겁니다. 이선영 환자의 경우도 치료가 필요한 상태인 것으로 보입니다."

"왜 그런 거죠?"

"원인을 일원화할 수는 없지만 대체로 저장강박은 가치판단과 의사결정 능력이 손상된 사람들에게 나타납니다. 자신

에게 무엇이 필요하고 불필요한지 판단하지 못하고 일단 저장
해 두고 보는 것이죠."

"판단을 못 한다면 뇌의 문제인가요?"

"네. 의사결정이나 행동 계획을 주관하는 뇌의 전두엽 부
위가 제 기능을 못하는 겁니다. 하지만 앞서 말씀드렸다시피
원인을 일원화할 수는 없습니다."

이선영은 유가인이 자신의 폐품에 손을 댔다는 사실에 대
단한 적개심을 표현했다.

"저장강박증자들이 물건을 저장하는 데 집착하는 것은 그
것을 자신의 정체성의 일부로 받아들이기 때문입니다. 그러니
까 이선영 환자는 폐품을 빼앗겼을 때 자기 자신이 공격을 당
했다고 느꼈을 겁니다."

유가인 역시 쉽사리 물러서지 않았을 것이다. 유가인은 폐
품을 팔아 생계를 유지하고 있었다. 이미 여러 번 비슷한 문
제가 있었다. 폐품 다툼은 필호가 가장 피하고 싶은 류의 사
건이었다. 폐지 1킬로그램에 60~80원. 잘 쳐 준다는 곳도
100원 이상은 되지 않았다. 거기에 생계를 걸고 살아가는 사
람들의 싸움이었다. 그 절실함과 살벌함에 필호는 매번 울렁
증을 느꼈다.

그는 어렸을 때부터 경찰이 되고 싶었다. 나쁜 놈들을 때
려잡는 경찰이 멋있었기 때문이다. 막연한 동경만으로 직업

을 선택한 것은 아니었다. 삶이 그렇게 간단한 방식으로 작동하지 않는다는 걸 모를 나이도 아니고. 하지만 그것을 실감하는 것은 다른 문제였다.

폐품 때문에 하마터면 사람이 죽을 뻔했다. 피해자 유가인은 도가 지나칠 정도로 주변 사람들을 성가시게 하는 여자였지만 그렇다고 누군가 그녀를 두고 칼을 맞아도 싸다고 생각했다면 그건 너무 가혹한 일이었다. 칼을 휘두른 이선영은 저장강박증 환자로 가족조차 외면하는 노숙자였다. 분명 더 있을 것이다. 더 기구하고, 더 기막히며 더 절박하고 살벌한 일면들이…….

"이정희 씨 남편이 납치를 당했거나 사고를 당했다고 쳐. 그래도 이상하지 않아?"

"뭐가요?"

"누가, 왜 아내를 사칭해서 동료한테 문자를 보내냔 말야. 범인이 그랬다고 해도 이상하고, 김성훈 본인이 그랬다고 해도 이상하잖아."

"이상하라고 보낸 거 아닐까요?"

어떻게 생각해도 이상한 일이라면 바로 그 점을 노린 것이 아니겠냐는 것이었다.

"그러니까 김성훈이 일부러 그렇게 보냈다는 거야? 뭔가 잘

못되었다는 걸 알려 주기 위해서?"

추측일 뿐이었다. 여전히 명쾌하지 않았다. 사건으로 인지할 만한 근거 역시 부족했다.

"저는 이 '뭔가'와 '칼' 사이에 휴대폰 주인이 연관되어 있는 것은 아닌가, 하는 생각이 듭니다."

미영은 필호가 밑줄 그어 놓은 단어를 손으로 짚어 가며 말했다.

"어떤 연관?"

필호가 물었다. 미영은 유 여사가 봤다는 납치, 감금된 사람이 김성훈일 수도 있지 않을까 생각했지만 심증과 억측일 뿐 근거로 삼을 만한 내용이 없어 "글쎄요." 하고 대답을 얼버무렸다.

"일단 휴대폰이 발견된 주변 시시티브이를 확인해 보겠습니다. 이선영이 어떻게 이 휴대폰을 주웠는지 알 수 있을지도 모르죠."

"이정희 씨 언제 온다고?"

"저녁에 온답니다. 늦으면 연락하라고 제 휴대폰 번호……. 아, 지금 문자로 보내야겠네요."

필호의 휴대폰이 진동했다. 이선영의 담당 의사였다.

"네, 선생님."

"좀 오셔야겠어요."

의사는 필호가 전화를 받자마자 숨도 쉬지 않고 말했다.

"이선영 환자가 입고 있던 옷 안감에서 필로폰이 나왔어요."

"필로폰이요?"

"네. 혹시 몰라서 더 만지거나 하진 않았어요. 오래 가지고 있었던 것 같고, 일부는 오염됐어요."

"양이 얼마나 됩니까?"

"50그램이 좀 안 될 것 같아요."

거래를 어떻게 하느냐에 따라 다르지만 대충 시가 1억이 넘는 양이었다. 이건 또, 뭐지?

"이게 뭔지 알고 있었는지는 아직 잘 모르겠어요. 검사해 봐야겠지만 필로폰을 투약한 것 같진 않습니다. 그런 흔적은 없어요."

이선영은 비닐에 꼼꼼하게 포장된 필로폰을 옷 안에 바느질해서 가지고 있었다고 했다. 투약한 것도 아니고 오염될 정도로 오래 가지고 다니면서도 거래를 하지 않았다면 대체 왜 가지고 있었던 것일까? 주운 옷을 입은 것일 수도 있었다. 필호는 일단 가겠다고 하고 전화를 끊었다. 살인미수에 마약소지. 이선영이 인지하고 있었든 그렇지 않든 골치깨나 아프게 생겼다.

17

명랑해지는 첫 번째 비결은 명랑한 척 행동하는 것이다.

— 윌리엄 제임스

조 원장은 병원 엘리베이터 내부 거울에 새겨진 문구를 가만히 쳐다봤다. 말장난 같지만 볼 때마다 억지로라도 웃는 얼굴을 만들게 된다. 그도 한때는 상투적인 인사를 건네는 사람들, 자신의 감정을 숨긴 채 가식적인 미소를 지어 보이는 사람들을 부정적으로 생각했다. 그런 것에 익숙해지는 자기 자신을 징그럽게 생각하고 경계하기도 했다.

하지만 언젠가부터 그는 투박한 진심에 감동하는 것보다 공들인 형식에 마음이 흔들리는 일이 더 많아졌다. 알맹이 없는 말과 행동, 순도 100퍼센트의 가식에는 더 지독한 노력이 필요했다. 다른 사람을 위해 한 번 더 생각하고 자신을 검열하며 애쓰는 건 욕 먹을 일이 아니었다. 남에게 여과 없이 드러내도 좋을 만큼 아름다운 진심을 간직하기 어렵다면 그걸 감추려는 노력이라도 해야 했다.

조 원장은 거울에서 시선을 떼다 눈이 마주친 남자와 눈인사를 나누었다. 남자는 멍청한 표정으로 조 원장을 향해 고개를 조금 움직일 뿐이었다. 그 남자였다. 사무장 김영호의 처남. 인사를 나누고 명함도 주고받은 적이 있었지만 이름은 기억이 나지 않았다. 그는 다 구겨진 옷을 입고 있었다. 무슨 일이 있는 걸까?

"예."

조 원장은 그가 자신에게 말을 거는 줄 알고 뒤돌아봤다.

"아니오. 택시를 탔습니다."

그는 고개를 떨군 채 힘없는 목소리로 통화를 이어 갔다. 오른손에 작은 쇼핑백을 들고 있었지만 몸에 가려져 내용물이 뭔지는 알 수 없었다.

"예. 아닙니다. 예."

상사나 대하기 어려운 어른과 통화를 하는 듯 몹시 예의 바른 말투였다. 그는 신경이 온통 전화기로 가 있는지 자신을 돌아본 조 원장을 의식하지 못했다.

"9층입니다."

안내 음과 함께 엘리베이터 문이 열리자 그가 내렸다. 닫히는 문 사이로 넋이 나간 표정으로 바닥을 내려다보며 걸어가는 그의 모습이 보였다. 사무장의 방은 8층이었다. 그런데 왜 9층으로 가는 거지? 조 원장은 조금 이상하다고 생각했지만 금세 잊었다. 그는 10층에서 내려 진료실 창가에 서서 커피 한 잔을 마셨다. 햇빛이 좋은 오후였다. 창밖 아래를 내려다보던 조 원장은 안경을 찾아 썼다. 병원 앞 화단에 백발의 노인이 지팡이를 들고 서 있었다. 단정하게 빗어 넘긴 머리에 멀끔한 차림을 한 노인은 조 원장의 환자, 박말복이었다.

얼마 전 조 원장은 저 볼품없이 마른 노인, 박말복에게 디스크 진단을 내렸다. 말복은 무료로 치매 선별 검사를 받을 수 있다는 브로커의 꼬임에 넘어가 병원에 찾아왔다. 치매 선별 검사는 70세 이상 노인이면 누구나 동네 보건소에서도 받을 수 있다. 그런데도 솔깃해서 브로커의 손을 잡고 따라오는 건 무지하거나 외롭기 때문이다. 환자 모집 전문 영업을 하는 브로커들은 환자를 데려올 때마다 성과급을 받아 갔다. 7일 이상 입원 시 10만 원, 그 미만은 5만 원, 통원 환자의 경우 방문 시마다 치료비의 10퍼센트가 지급됐다. 브로커들은 모두 실명 대신 암호화된 바코드를 가지고 있었다. 자금 추적과 단속을 피하기 위해 지급 역시 모두 현금으로만 이뤄졌다.

교사 출신이라는 노인 말복은 멀끔하고 단정해 보였다. 말복은 안정적인 조직 생활을 오래 해 왔기 때문에 오히려 세상에 서툴고 순진했다. 브로커들에게는 만만하기 이를 데 없는 타깃이었을 것이다. 말복은 진료 의자에 앉자마자 대뜸 최근 오래 알고 지내 온 고향 후배에게 사기를 당해 전 재산을 잃었다고 했다. 조 원장은 당황한 기색을 보이지 않으려 애썼다. 친절하게 대하되 사적인 이야기는 나누지 않는다는 것이 조 원장 스스로가 만든 규칙이었다. 말복은 젊은 나이에 아내를 잃고 홀로 키워 온 외동딸이 결혼을 앞두고 있다며 착잡한 표정을 지었다.

"아직 딸애한테 말을 못했어요. 어떻게 말을 꺼내야 할지 모르겠어."

"왜 치매를 의심하셨어요?"

조 원장은 한도 끝도 없이 이어지는 노인의 말을 자르고 본론으로 들어갔다.

"한 달 전인가……. 정신을 차리고 보니까 내가 천안에 가 있는 거야. 거기가 내 고향이에요. 예전에 살던 동네에 가 봤는데 다 변했더라고. 이상하다, 하다가 퍼뜩 정신이 들었어요. 그리고 말이지요, 이따금 불같이 화가 나. 불같이. 알아요? 활활. 내 몸이 활활 타고 있다는 걸 나중에 깨달아요. 꼭 뭐에 썐 것 같아. 어제도 지하철에서 생판 모르는 사람하고 언성을 높이며 싸우다가 젊은 청년들한테 끌려갔어요. 기력이 없어서 며칠을 앓았어."

노인의 눈가에 질척한 눈물이 고였다. 조 원장은 10여 분간 치매 선별 검사를 했다. 기억력이 안 좋긴 했지만 깜빡깜빡하는 수준이었다. 나이에 비하면 오히려 양호한 편에 속했다. 예전에 살았던 곳에 가서 어슬렁거리거나 감정 조절이 잘 되지 않는 것, 자신의 생각이 맞다고 주장하며 비상식적인 고집을 부리는 건 우울증 때문이었다. 마음에 병이 들어 감정 통제가 힘들고 판단력도 흐려진 거였다. 하지만 조 원장은 말복에게 엑스레이와 MRI, 신경 기능 검사, 근력 검사, 통증 검사, 적외선 체열 검사 등을 받게 한 뒤 허리에 문제가 있다고 말했다.

"퇴행성 척추 질환입니다. 나이 드신 분들 대부분 그렇죠. 그래서 머리가 무겁고 잠도 잘 못 주무시는 거예요. 다리가 저리고 정신이 맑지 못한 것 역시 척추 때문입니다."

스스로도 무슨 소리인지 알 수 없는 이야기였다. 하지만 말복은 주의 깊게 들었고 일주일에 세 번, 교정 치료와 운동 치료, 물리치료를 받으러 나오라는 말에 공손히 그러겠다고 대답했다. 조 원장은 말복에게 항우울제 성분이 함유된 진통제를 처방했다. 규칙적으로 외출하고 물리치료를 받다 보면 기분이 나아질 것이고 그건 말복에게 나쁜 일은 아닐 거라고,

조 원장은 스스로를 설득했다. 말복은 착실하게 통원 치료를 받았다. 말복은 자꾸 여기저기가 아프다고 했다. 조 원장은 이제 슬슬 신경 성형술을 권해 볼까, 생각하고 있었다.

진료가 없는 날이었다. 어디가 안 좋아서 예약 없이 병원에 온 것일까? 그런데 왜 들어오지 않고 화단에서 멀쩡한 꽃을 잘근잘근 밟고 있는 거지? 조 원장은 잠시 망설이다 병원 밖으로 내려갔다.

조 원장이 말복을 부르려고 할 때였다. 뒤에서 누군가 그의 이름을 불렀다. 조 원장은 멈칫했다. "원장님"도 "여보"도 "아빠"도 아닌, "진철아!" 하고, 이름을 불린 것이 너무 오랜만이었기 때문이다. 조 원장은 뒤를 돌아봤다. 바쁘게 제 갈 길을 가거나 통화를 하고 있는 사람들뿐이었다. 중저음의 목소리로 그의 이름을 불렀을 만한 사람은 보이지 않았다.

이후 한참 동안 조 원장은 그 순간을 떠올렸다. 환청이었을까. 다른 사람을 부른 것인지도 몰랐다. 잠시 두리번거리던 그는 등 뒤로 까만 그림자가 짙어지는 것을 느끼고 고개를 들어 위를 올려다봤다. 뭔가를 더 생각하기도 전에 노인의 몸 위로 한 남자가 떨어졌다. 조 원장은 본능적으로 뒷걸음질 치다 엉덩방아를 찧으며 넘어졌다. 사람들이 여기저기서 짐승처럼 비명을 질러 댔다.

조 원장은 그대로 얼어붙었다. 화단에 서 있던 말복을 덮친 것은 조금 전 그와 함께 엘리베이터를 타고 있던 남자였다. 끔찍한 충격과 함께 불현듯 그의 이름이 떠올랐다. 그는 사무장 찰리 킴, 김영호의 처남. 김성훈이었다.

2부

18

"와, 그랬습니까."

록혜의 목소리에 철식은 눈을 떴다. 아내가 곁에 앉아 있었다.

이건, 꿈이야.

철식은 빠르게 깨달았다. 아내는 다시 물었다. 어째서 남자를 놓아주었느냐고. 원망도 질책도 아니었다. 어린아이처럼 순진한 얼굴로, 록혜는 철식의 대답을 기다리고 있었다.

"당신은 그런 사람이 아니디 않습니까."

철식의 가슴이 철렁했다. 꿈이라는 것을 알고 있었다. 말을 걸어오는 저 여자가 허상이라는 것 또한 잘 알고 있었다. 그래도 서운한 마음은 어쩔 수가 없었다.

"실수디요? 수조가 그렇게 어방없이* 깨질지 몰랐디요?"

철식은 그런 실수를 하는 사람이 아니었다. 죽이자고 마음을 먹었다면 그렇게 허술하게 처리하지 않았을 거다.

"아니믄 불쌍했습니까? 살아도 산 것 같디 않은 사람을 보니 마음이 쓰였습니까?"

"……"

철식이 대답을 않자 록혜는 예? 하고 반문했다. 이번에도 틀렸다. 철식은 그런 것에 동요하거나 마음을 쓰는 류의 인간이 아니었다.

"그보라요. 내가 맞디요?"

록혜의 입가에 장난스러운 미소가 머금어졌다. 서운함은 이제 원망이 됐다. 사람은 좀처럼 변하지 않는다. 철식이 인간에 대해 거의 유일하게 믿고 있는 사실이었다. 혹시나, 하는 마음에 현혹되어 사람을 믿는 우를 범하지 않으려 노력해 왔다. 지금도 그 생각에는 변함이 없었다. 하지만. 가끔씩 사람은 자신의 본성을 거스르는 선택을 한다. 그런 실수를 하는 사람, 그런 것에 동요하고 마음을 쓰는 사람을 그리워하는 마음 때문에 판단력이 흐려지는 것이다.

철식은 쓸쓸하게 웃었다. 한 번도 해 보지 않았고, 어쩌면

---

* 어이없이.

앞으로 다신 하지 않을 선택을 하게 되는 사람의 마음 같은 걸 너는 끝내 알지 못했구나. 철식도 궁금한 것이 있었다. 그는 김성훈을 보내 준 뒤 대답하기 괴로운 질문들을 마음속에서 계속 매만지고 있었다. 고심 끝에 철식이 고개를 들었을 때, 록혜는 이미 사라지고 없었다.

"……."

묵직한 통증과 함께, 철식은 꿈에서 던져지듯 깨어났다.

19

신경외과 전문의 조 원장이 찰리 킴을 만난 것은 7년 전이었다. 조 원장은 10여 년 전, 개인 병원을 개업하며 저금리의 엔화 대출로 5억 원가량의 빚을 졌다. 걱정이 없던 것은 아니었다. *엄살 떨지 마.* 조 원장은 스스로를 다독였다. 유별난 일도 아니었다. 개업 의사의 4분의 3은 빚을 안고 시작했다. 통상 원화에 '0' 하나가 더 붙는 것으로 계산하는 엔화의 가치가 절반 가까이 떨어진 건 하늘의 계시가 분명했다. 조 원장은 신이 자신을 돕고 있다고 생각했다. 그는 성실하게 일했고, 이자와 원금을 꼬박꼬박 갚아 나갔다.

하지만 엔화는 생각보다 빨리 제 가치를 회복했다. 개원 1년이 지나자 빚은 두 배로 늘었다. 200여 만 원이었던 한 달 이자는 500만 원에 육박했다. 더 오를지도 몰랐고, 어쩌면 다시 떨어질지도 몰랐다. 정신이 가파르게 무너진 것은 그 때문이었다. 불예측성과 거절감. 엔화가 오를 때마다 조 원장은 세상으로부터, 그가 어머니의 배 속에서부터 믿어 온 신에게로부터 버림받았다는 생각이 들었다. 그것은 불경한 생각이었고 사탄이 보내는 거짓 메시지였다.

그는 매일 밤, 눈물을 흘리며 회개했다. 악순환이었다. 심신이 괴로웠으므로 원망이 생겼고, 원망 때문에 죄책감이 들었고, 죄책감 때문에 심신은 더 피폐해졌다. 부활절을 앞둔 봄, 조 원장은 새벽 기도에 다녀오다 오토바이에 치이는 교통사고를 당했다. 맨몸으로 아스팔트 바닥을 구르면서 안경이 떨어져 나갔다.

"괜찮아요?"

그를 친 남자가 헬멧을 쓴 채 다가왔다. 오토바이 경광등 때문에 시야가 누렇게 뭉개졌다. 조 원장은 짧은 순간, 삶의 장막 너머를 봤다. 벼락같은 두려움에 정신이 번쩍 들었다. 구급차에 실려 응급실 침대로 옮겨지는 동안 조 원장은 삶에 대한 의욕과 미련으로 충만해졌다. 죽지 못해 살고 있다는 괴로움은 적어도 이렇게 죽고 싶진 않다는 강렬한 열망으로 뒤바뀌었다.

큰 사고는 아니었다. 시간이 지나면서 서서히 이성이 돌아왔다. 온몸이 아프고 쑤시긴 했지만 어디가 부러지거나 영영 망가진 것은 아님을 알 수 있었다. 가해자는 도망가지 않았고 구급차가 바로 달려왔으며 의사는 적절한 조치를 취해 줬다. 사고 조사를 위해 나온 보험회사 직원은 조 원장에게 입원을 권했다.

"이참에 한 일주일 푹 쉬시죠."

보험회사 직원이 계산해 준 바에 따르면 보험료가 하루 50만 원 가까이 나왔다. 일주일이면 300만 원이 넘었다. 병실에 누워 있는 동안 조 원장은 새벽 기도에 다닌 보람이 있다고 생각했다. 잠시 쉴 필요가 있었다. 그런 필요가 채워진 것이라는 생각에 울컥하기까지 했다. 그렇게 병원에서 일주일을 보냈다. 더 있고 싶다는 유혹도 있었지만 그에게는 빚더미에 깔린 병원이 있었다. 퇴원 준비를 하고 있을 때였다. 병실로 멀끔하게 차려입은 남자가 찾아왔다. 그는 조 원장에게 사람 좋은 웃음을 지어 보이며 인사를 건넸다.

"차 한잔하시겠습니까?"

두 사람은 병실 침대 옆에 마주 보고 앉았다. 남자가 준비해 온 허브티에서는 비릿한 풀 내음이 났다. 처음에 조 원장은 그가 보험 설계사인 줄 알았다. 남자가 서류 봉투를 내밀었을 때 조원장은 새로운 보험 상품의 카탈로그라고 생각했다. 나중에 살펴보고 필요하면 연락을 주겠다고 한 것은 그래서였다.

"아뇨, 지금 열어 보시죠."

남자가 말했다. 그는 다시없을 제안이라고 했다. 절대로 후회하지 않을 거라고.

"궁금하신 게 있을 겁니다. 지금 설명해 드리겠습니다."

조 원장은 시계를 봤다. 선뜻 거절의 의사를 표현하기 어려운 사람이었다. 조 원장은 서류를 열어 보았다. 이야기를 좀 들어 본다고 해서 나쁠 것은 없었다. 하지만 봉투 안에 든 것은 카탈로그가 아니었다.

"찰리 킴이 누굽니까?"

"접니다."

'권리약정서'라는 서류의 제목엔 찰리 킴이 '갑', 조 원장이 '을', 그리고 병원은 '사업장'으로 표기되어 있었다. 말로만 듣던 '사무장 병원'을 제안받았다는 걸 깨닫기까지는 오래 걸리지 않았다. 약정서는 '을'의 근무 조건부터 소유권에 이르는 6조의 항목으로 이루어져 있었다.

"이게 무슨 짓입니까?"

상식 밖의 무례한 행동에 조 원장은 어안이 벙벙해졌다. 무턱대고 타인을 '을'로 표기한 서류를 면전에 들이대다니.

"흥분하지 말고 서류를 끝까지 읽어 보시고, 제 이야기를 들어 보세요."

우리나라에서는 의사 면허가 없는 사람은 병원을 개설할 수 없으며 의사라 해도 하나 이상의 병원을 소유할 수 없다. 찰리 킴은 조 원장을 '바지 원장'으로 내걸고 본격적으로 장사를 해 볼 생각이었다. 그는 저돌적이었고 공격적이었다. 조 원장은 지쳐 있었다. 찰리 킴과 이야기를 나누는 동안 조 원장은 더 이상 빚 문제에 대해 생각하지 않고 월급을 받으며 환자를 보는, 안온한 삶으로 돌아가고 싶다는 유혹에 흔들렸다.

일주일 뒤, 그는 찰리 킴에게 채권을 팔고 자신의 병원이었던 곳에 원장으로 채용되었다. 표면상 달라진 점은 없었으나 그 외의 모든 것이 달라졌다. 이제 조 원장에게는 병원 운영권, 건물의 소유권은 물론 직원 인사권, 진료 전반에 대한 권한마저도 없었다. 채권을 탕감한 대신 기본급 없이 월 매출의 15퍼센트를 받기로 했다. 그나마도 건강보험 진료비는 포함되지 않았다. 과잉 진료와 불법 환자 유인이 불가피했다.

"새로운 도전이 되실 겁니다."

찰리 킴이 말했다. 과연 그랬다. 하루 종일 진료실에 앉아 환자들에게 '영업'을 하다 보면 우습게도 한동안 잊고 있었던 의사로서의 사명감이 울화처럼 치밀었다.

'의술은 인술이다. 의사는 하늘이 내리는 것이다.'

하지만 울화는 울화일 뿐이었다. 그것은 삶을 좀먹었지만 삶 전체를 뒤집어엎지는 못했다. 죄책감을 느끼고 괴로워하고 있다는 심리적 만족감은 오히려 계속해서 '영업'을 해 나갈 원동력이 되었다. 조 원장은 환자들에게 성실하게 고가의 비급여 치료를 권했고, 그에 합당한 인센티브를 받았다. 그는 점점 담대하고 노련해졌다. 이혼 전문 변호사를 만나 상담을 받던 아내는 잠잠해졌고, 하나뿐인 딸은 무사히 원하던 특목고에 진학했다.

"모든 건 마음먹기에 달렸습니다."

찰리 킴은 언제나 그렇게 심약한 조 원장을 독려했다. 실제로 병원에서는 마음만 먹으면 환자와 그 보호자를 상대로 얼마든지 돈을 뽑아 먹을 수 있었다. 생사여탈에 관한 정보를 일방적으로 이쪽이 가지고 있기 때문이다. 찰리 킴은 보험 설계사, 변호사, 사채업자, 브로커가 한 라인으로 연결된 '팀'을 가지고 있었다. 조 원장 역시 그 팀의 일부였다. 팀 안에서 조 원장의 역할은 허위 진단서를 써 주는 일이었다. 조 원장은 인간관계를 끈끈하게 하는 것은 정이나 신의가 아니라 실리와 필요라는 것을 배웠다. 찰리 킴은 그런 쪽에 몹시 영리했다. 그는 신중하게 사람을 들였으며 철저하게 숫자와 문서로 관계를 유지하고 정리했다.

팀원들은 서로를 속속들이 알지 못했기 때문에 오히려 각자의 위치에서 열심히 일할 수 있었다. 돌이켜 생각하면 화가 났다. 조 원장은 찰리 킴에게 만만한 먹잇감으로 보였고, 그

판단이 틀리지 않았음을 스스로 증명하고 있었다. 그는 이따금 생각했다. 이 모든 것이 끝장나는 방법은 두 가지뿐이었다. 첫째, 팀원들 중 누군가가 이 돈독한 사슬을 끊고 나가 찰리 킴의 등에 칼을 꽂는 것. 적어도 조 원장은 그럴 수가 없었다. 그 사실을 가장 잘 알고 있는 것은 조 원장 자신이었다. 둘째, 천벌. 이런 말을 하면 찰리 킴은 비웃을 것이 분명했다.

하지만 조 원장은 그 비웃는 얼굴을 향해 다시 한번 진지하게 말할 수 있었다. 천벌, 하늘이 내리는 큰 벌을 두려워해야 한다고. 조 원장은 여전히 교회에 나갔지만 더 이상 믿음은 남아 있지 않았다. 알맹이는 다 빠져나갔다. 그는 다양한 신의 모습을 봐 왔다. 목사의 말과 달리 최후에 남은 것은 감사가 아니라 두려움이었다.

조 원장의 환자 박말복은 병원 앞 화단에 서 있다가 병원 9층에서 투신한 찰리 킴의 처남, 김성훈에게 깔려 즉사했다. 비어 있던 9층 브이아이피 병실 창문을 열고 뛰어내린 김성훈은 살아 있다. 적어도 아직까지는. 하마터면 조 원장 역시 피해자가 될 뻔했다. 간발의 차이로 생사가 갈렸다. 김성훈이 한 발짝만 옆으로 이동해 뛰어내렸더라면 조 원장이 죽었을지도 몰랐다. 예기치 못한 사고에 잠시 허둥대는 듯했던 찰리 킴은 곧 평소의 침착하고 잠잠한 얼굴을 되찾았다.

조 원장은 신이 드디어 찰리 킴에게 경고한 것이라고 생각하고 잠시 흥분했으나 곧 두려워졌다. 찰리 킴과 그는 한 팀이었다. 찰리 킴의 등에 칼이 꽂히면 그의 몸에서도 피가 날 것이 분명했다. 조 원장은 두 손을 맞잡았다. 그러자 지난 5년간 그의 마음속에서 가장 많이 되뇌어졌던 기도문이 습관처럼 튀어나왔다.

"엘리 엘리 라마 사박다니.* 라마 사박다니……"

---

* "나의 하나님, 나의 하나님, 어찌하여 나를 버리시나이까."(「마가복음」 15 : 34)

20

이럴 때는 살아온 날들이 주마등처럼 스쳐 지나간다던데. 중환자실 복도에 앉아 정희는 생각했다. 아, 그건 자신이 죽을 때였나. 생각이 아무렇지도 않게 섬뜩한 방향으로 뻗어 나갔다. 이상할 것도 없었다. 이런 상황에서 논리적이고 이성적인 생각을 하는 게 더 이상한 일이다. 9층 창문 밖으로 뛰어내린 성훈은 곧바로 인근 대학병원으로 후송되었고, 열 시간 가까이 수술을 받았다.

수술 후 이틀이 지난 지금도 정희는 성훈을 몇 겹의 유리벽 너머로만 볼 수 있었다. 그는 기괴한 장비들에 둘러싸인 침대에 누워 있었다. 언뜻 보기에도 얼굴이 너무 부어서 가까이에서 봐도 알아보지 못할 것 같았다. 정희는 모든 것이 고

약한 농담 같다고 생각하다가 정말 그랬으면 좋겠다고 간절히 바라 보기도 했다. 하지만 잠시뿐이었다. 그녀는 금세 현실로 고꾸라졌다. 헛되고 무용한 바람이라는 걸 누구보다 그녀 자신이 잘 알고 있었다.

영호가 나서서 많은 일을 처리해 줬다. 성훈이 실려 온 병원까지 정희를 데려온 것도, 함께 경찰을 만나 준 것도, 성훈으로 인해 목숨을 잃은 노인의 유가족을 만나 빠르게 장례식장을 섭외하고 장례 준비를 해 준 것도 모두 영호였다. 노인의 빈소는 그의 고향인 천안에 차려졌다. 가 봐야 할까? 멱살을 잡으면 잡히고, 뺨을 때리면 맞아야 하는 것 아닐까? 그게 성훈의 아내로서 해야 되는 일이 아닐까?

"제가 알아서 하겠습니다. 처남댁은 아무것도 걱정하지 말고 계세요."

영호는 병원에 따로 병실을 얻어 주겠다고 했다. 성훈의 상태가 좋아질 때까지 그곳에 가서 쉬고 있어도 된다고.

"아뇨, 괜찮아요."

병실이라면 지긋지긋했다. 차라리 복도에 앉아 있는 게 좋았다. 무엇보다 성훈과 물리적으로 멀어진다는 게 마음이 놓이지 않았다. 병실 밖, 가장 가까운 곳에서 그를 지켜야 했다. 쉽게 답을 찾을 수 없는 질문들이 머릿속에서 들끓었다. 이틀 동안 연락이 없었던 성훈은 어째서 영호가 일하고 있는 병원에 찾아갔을까. 병원 9층에 빈 병실이 있다는 것은 어떻게 알았을까? 정희는 성훈이 왜 그곳을 '마지막' 장소로 선택했는지 짐작조차 할 수 없었다.

"저하고 뭔가 상의하고 싶으셨던 게 아닐까요?"

영호는 자책했다. 상의한다고? 뭘? 경찰은 성훈이 빈 병실을 발견한 것은 우연일 거라고 말했다. 우연. 참으로 다재다능하고 무책임한 말이었다.

"댁에 연락을 하시는 게 어떨까요?"

영호가 조심스럽게 물었다. 친정 식구들의 도움을 받으라는 것이었다. 정희의 친정은 전주였다. 몇 년 전 이혼한 부모님과 남동생 부부가 아직 전주에 살고 있었다. 정희는 영호가 무슨 이야기를 하는지 이해했다. 정희가 혼자 성훈의 병실을 지키고 있는 것이 마음에 걸린 것이다.

"아뇨. 괜찮아요."

대학에 오면서부터 떨어져 지낸 부모님과 남동생은 더 이상 허물없는 관계가 아니었다. 그렇다고 달리 연락할 만한 사람도 떠오르지 않았다. 정희는 다시 한번 괜찮다고 대답했다. 어차피 혼자 감당해야 할 일이다. 오랜 시간 그렇게 살아왔다.

"형님 회사에는 제가 연락했습니다. 와 볼 필요는 없다고 했습니다. 동료분들께서 한마음으로 걱정하고 기도하겠다고 전해 달라고 하셨습니다. 그리고,"

영호는 고해라도 하듯 얼굴도 들지 못한 채 이야기했다.

"지애는 아직 모릅니다."

"그래요."

정희는 이해했다. 지애는 만삭이었다. 지애가 안다고 상황이 변화하는 것도 아니었다.

"아, 그리고 최백화 씨는, 제가 연락해 봤는데 전화를 받지 않더군요. 지애가 최백화 씨 여동생한테 연락해 본다고 했습니다. 처남댁이 최백화 씨를 찾고 있다는 이야기는 하지 않았습니다."

"네."

정희는 멍하니 대답했다. 최백화에 대해서는 까맣게 잊고 있었다. 이제 질문이 하나 더 추가됐다. 어째서 성훈은 죽기를 결심하고 최백화를 만난 것일까? 아니, 최백화를 만난 뒤에 죽을 결심을 한 것일까? 최백화를 찾으면 전후 사정에 대해서 들어 볼 수 있을지도 몰랐다. 하지만 그보다는 성훈의 회복이 우선이었다.

"일이 있어서 가 보겠습니다. 무슨 일이 생기거나 필요한 것이 있으시면 전화 주세요."

"네, 그럴게요."

정희는 잠시 벽에 고개를 기댄 채 앉아 있다가 의자 위에 발을 올려놓고 무릎을 안았다. 무릎에 포개진 두 팔 위에 턱을 내려놓자 복도 끝에 놓여 있는 커다란 화분이 눈에 들어왔다. 그녀는 집 거실에 있는 화분을 떠올렸다. 살아 있을까? 이름도 기억나지 않는 그 관엽식물은 정희가 자살을 시도한 뒤 집으로 돌아왔을 때 성훈이 사 온 것이었다. 정희는 뒤늦게 자신이 성훈에게 얼마나 나쁜 짓을 저질렀는지 깨달았다. 위세척을 끝내고 깨어났을 때 성훈은 불같이 화를 냈다.

"내가 얼마나 무서웠는지 알아?"

그는 정희가 그 두려움을 상상도 하지 못할 거라며 침대 옆에 선 채 어린아이처럼 울었다. *당신, 제대로 복수했어.* 성훈이 깨어나면 정희는 그렇게 말해 줄 생각이었다.

성훈이 창문 밖으로 뛰어내리기 전 가지런히 벗어 놓은 구두 안에 자필 유서가 있었다. 오랫동안 가지고 다닌 듯 봉투가 구겨져 있었다. 그가 봉투 모서리가 닳을 만큼 오래 품고 다닌 말은 "미안합니다."가 전부였다. 지나가다가 발을 밟거나 어깨를 부딪친 사람한테도 할 수 있는 무게 없는 말이었다.

정희는 거실 티브이 장식장 옆에 놓아둔 화분이 꼭 살아 있었으면 좋겠다고 생각했다. 아직 기회가 있다면 흙이 마르지 않게 잘 살필 것이다. 때가 되면 분갈이를 하고 영양제도 놓아 주면서 잘 키울 수 있을 것 같았다. 그런데 여보, 그런 사사로운 고민에 골몰하는 삶은 이미 지나가 버렸다고 생각했어. 그리고 이제 성훈은 그것을 완전히 끝장내려 하고 있었다. 정희는 무릎을 한 번 더 꽉 감싸 안은 채 최백화를 찾아갔던 병원 복도에서 들었던 아이들의 노래를 허밍으로 흥얼거렸다.

"아이가 사랑스럽지 않나요. 놀랍지 않나요."

학창 시절 정희는 우등생은 아니어도 모범적인 편이었다. 뭐든 열심히 하지만 간신히 중간 정도를 하는 존재감 없는 여자애. 그래도 그 열심이 온통 헛된 것만은 아니었는지, 시험공부를 위해 외웠던 노래 가사 대부분이 선명하게 떠올랐다.

'론디.'

정희는 불현듯 깨달았다. 그녀가 사랑스럽지 않나요?(Isn't she lovely?) 이 질문은 익명의 다수를 향한 것이 아니었다.

Isn't she lovely

Life and love are the same

Life is Aisha

The meaning of her name

Londie, it could have not been done

Without you who conceived the one

That's so very lovely made from love

정말 사랑스러운 아이 아닌가요.

생명과 사랑은 같은 것.

생명은 바로 우리 딸 아이샤.

우리 딸 이름의 뜻이 바로 생명이랍니다.

그리고 론디, 아마 불가능했을 거예요. 이 생명을 잉태한
당신이 아니었다면

사랑으로 만들어진 저토록 사랑스러운 아이를 만나는
것은.

아이의 이름은 아이샤. 아내의 이름은 론디. 이 노래는 막
아버지가 된 행복한 남자가 아내와 함께 그 기쁨을 나누고 사
랑을 고백하는 내용이었다. 정희의 마음을 막고 있던 가림막
이 더 이상 버티지 못하고 무너져 내렸다. 정희의 입에서 참았
던 울음이 터져 나왔다. 성훈이 아니었다면 불가능했을 것이
다. 경준을 낳고, 기르고, 뜻하지 않게 일찍 헤어진 것 모두.

정희는 양팔로 가슴을 감싸 안았다. 남편은 언제나 정희의
뒤에 묵묵히 서 있었다. 정희는 성훈의 긴 팔이 그녀의 몸을
휘감아 가슴 위쪽을 압박해 오던 묵직한 느낌을 떠올렸다. 익
숙한 체취와 촉감. 한때는 모든 걱정과 두려움을 누그러뜨렸
던 그 따뜻한 포옹. 이제 다시는 느껴 보지 못할 순간이라는
걸, 정희는 짐작하고 있었다. 그녀는 희망이 없다는 느낌이 어

떤 것인지 너무나 잘 알고 있었다. 이제부터 상황이 어떤 식으로 치달아 갈지 역시 감히 확신할 수 있었다. 가슴이 조여왔다. 정희는 손으로 눈을 가린 채 조용히 흐느꼈다. 하지만 그녀는 아직 모르고 있다. 어떤 의미에서도 이것은 끝이 아니며 가장 나쁜 일도 아니고, 그렇게 말할 수 있는 일들은 아직 시작도 되지 않았다는 걸 차마 상상도 하지 못하고 있다.

21

점례는 최백화의 장례식장을 찾았다. 오후 예약을 비우기 위해 하루 종일 밥 먹을 시간도 없이 손님을 받아야 했다. 참을 수 없이 허기가 졌다. 그녀는 플라스틱 용기에 담겨 나온 육개장에 밥을 말아 퍼먹기 시작했다. 최백화의 시신은 오늘 오전에 발견되었다. 고양이 한 마리가 최백화의 집 앞에 죽어 있었다고 했다. 죽은 고양이를 치우지 않는 걸 이상하게 여긴 이웃 주민이 파출소에 신고했다.

"평소에 길고양이들 밥을 챙겼대."

"은혜를 갚았네."

점례는 고개를 박고 한 숟가락, 한 숟가락 꼭꼭 씹었다. 신기하게도 재료 하나하나의 맛이 느껴졌다. 고사리, 토란대, 숙주나물, 대파, 표고버섯, 느타리버섯……. 요리다운 요리를 한 지도, 식사다운 식사를 한 지도 너무 오래됐다. 딸들이 지방에 있는 대학으로 뿔뿔이 떠난 뒤 점례에게 식사는 끼니를 때우는 것, 그 이상도 이하도 아니었다.

"흐흐흐흐흑. 흐흐흑. 흑. 흑."

방 안쪽에서 울음소리가 터져 나왔다. 점례는 소리가 나는 쪽을 돌아봤다. 유족들이 문상객과 끌어안고 있었다. 점례의 아들 영광의 시신은 보름이나 물속에 처박혀 있었다. 그녀는 최백화의 시신 역시 좀 더 늦게 발견되기를 바랐지만 어쩔 수 없는 일이었다. 김성훈은 9층에서 던져지고도 아직 숨이 붙어 있었다. 바퀴벌레 같은 놈이었다. 미스터 킴은 성훈이 다시 일어나기 힘들 거라고 했지만 장담할 수 없는 일이다. 시체에서도 알을 까는 것이 바퀴벌레다.

점례의 아들은 미스터 킴에게 고용되어 일하던 중 사망했다. 점례를 찾아와 그 사실을 알려 준 것이 바로 미스터 킴이었다. 한국 이름 김영호, 영어 이름 찰리 킴이라 불리는 그 남자를 아들은 '미스터 킴'이라 불렀다고 했다. 그는 점례의 아들이 그가 차명으로 구입한 중고 수입차를 몰고 저수지로, 바다로 뛰어들었다고 했다.

"이번이 네 번쨉니다."

심장이 한 뼘쯤 아래로 떨어지는 것 같았다. 점례는 그때까지 아들이 자동차 정비소에서 일하고 있는 줄 알았다. 놀란 점례에게 미스터 킴은 천천히 설명해 주었다. 첫째, 지난 세 번 모두 급발진 사고로 처리되었다. 둘째, 덕분에 보험금으로 약 1억 5000만 원을 받았다. 셋째, 아들 몫인 5000만 원은 차명 계좌에 입금되어 있었다.

"이런 경우 뭔가 이상하다는 심증이 있어도 물증을 잡지 못하면 보험회사에서는 보험금을 지급하는 수밖에 없죠. 아드님은 이쪽에 꽤 재능이 있는 편이었습니다."

미스터 킴의 말투엔 거침이 없었다. 그는 마치 이 모든 일에서 무관한 사람처럼 적나라한 단어들을 사용했다.

"일이 이렇게 되어 저도 무척 속상합니다."

내내 일관된 어조로 무정하게 말하던 미스터 킴이 돌연 울먹였다. 시시각각 변하는 미스터 킴의 얼굴을 보며 점례는 생각했다. 이자는 정말 무서운 사람이다. 그는 강하게만 보이려고 하지 않았다. 때에 따라 두려움과 혼란스러운 맨얼굴을 드러냈다. 더 놀라운 것은 그 모든 것이 진심이라는 것이었다.

"와 나한테 이런 말을 하는 겁니까."

미스터 킴은 그녀에게 자신의 '파트너'가 되어 달라고 했다.

"동업자가 되잔 말입니까?"

나보고 아들 대신 차를 몰고 물속으로 뛰어들라는 것인가.

점례의 생각을 짐작한 듯 그는 고개를 가로저었다. 그러고는 물었다.

"북한이 세계에서 자살률이 제일 낮은 나라라면서요?"

그럴지도 모르지. 점례는 생각했다. 얼어 죽고, 굶어 죽고, 맞아 죽는 일은 허다해도 자살은 흔치 않았다. 자살이 당과 수령에 대한 엄중한 배신행위로 간주되기 때문이었다. 이유 여하를 불문하고 자살한 사람은 모두 적대 계층으로 분류되며 남겨진 가족들 역시 연좌제에 옭아매였다.

"그걸 묻는 꿍꿍이가 뭡니까?"

뭔가를 알고 묻는 걸까? 점례는 질문의 의도를 한번에 파악할 수 없었다. 아들이 이 남자에게 그런 이야기까지 한 걸까? 점례가 아이들을 데리고 도망친 건 군인이었던 남편이 그 흔치 않은 자살을 선택했기 때문이었다. 그는 군량미를 빼돌려 팔았다는 누명을 썼고 그 억울함을 호소하며 목을 맸다. 도둑질이 누명이었다면 자살 역시 조작된 것일지도 몰랐다. 남편은 자존심과 억울함 때문에 목숨을 내놓을 만한 인간이 못 됐다. 하지만 그녀는 미심쩍은 내막을 밝히기보다 떠나는 쪽을 선택했다.

탈출 과정은 지난했다. 지뢰밭을 걷는다는 것이 어떤 것인지 몸소 체험할 수 있었다. 아이들을 브로커에게 먼저 보낸 뒤 혼자 수용소로 끌려가다 트럭에서 뛰어내리기까지 했다.

그래도 운이 좋았다고 생각했다. 다시 아이들을 만났고 모두 무사히 탈출에 성공할 수 있었으니까. 하지만 그녀는 그렇게 넘어온 땅에서 피 같은 아들을 잃었다.

"이제부터 제 꿍꿍이를 설명해 드리겠습니다."

미스터 킴이 가까이 다가왔다. 점례는 귀를 열어 둔 채 차분하게 생각을 정리해 봤다. 이자의 말을 믿어도 좋은 걸까? 경찰에 신고하면 아들이 외제차 탈취범이라는 오명은 벗길 수 있을 것이다. 하지만 이자의 말이 사실이라면 아들은 사기꾼이라는 또 다른 오명을 뒤집어쓸 것이다. 세 번의 '작업' 끝에 아들이 벌었다는 5000만 원 역시 날아가겠지.

정신없이 들끓던 점례의 머릿속이 돌연 조용해졌다. 아들은 이미 죽었다. 썩어 분토가 될 일밖에 남지 않은 주검일 뿐이었다. 점례는 오랜 시간 군인이었고, 외과 의사였다. 그녀는 죽음보다 생존의 편에 서는 데 익숙했고, 그러기 위해선 선택과 집중이 불가피함을 잘 알고 있었다. 도려낼 것은 도려내고, 봉합할 것은 봉합해야 했다.

"우리 백화랑은 무슨 사이세요?"

머리를 산발한 노파가 걸신들린 듯 육개장을 퍼먹고 있는 점례에게 다가왔다. 노파의 몸에선 시큼한 술 냄새가 풍겨 왔다.

"동료였습니다."

"아, 병원 식당에 계시는구나."

점례는 긍정도 부정도 하지 않았다. 미스터 킴은 말했다. 최백화가 아들과 함께 '작업'을 하다 일이 잘못되자 혼자 도망쳤다. 점례는 최백화에게 그날의 일에 대해 시시콜콜 묻지 않았을 뿐 아니라 필요한 경우 협업하기도 했다. 그것이 미스터 킴과의 계약 조건이었다. 하지만 미스터 킴은 점례에게 언젠가 반드시 되갚을 기회를 주겠다고 했다. 그리고 그는 마침내 약속을 지켰다.

"국 좀 더 드릴까요?"

노파가 점례에게 물었다.

"아닙니다."

점례는 일어섰다. 배 속이 얼얼하고 든든했다. 그녀는 티슈를 뽑아 입가를 닦았다. 시뻘건 고추기름이 묻어났다. 장례식장을 떠나기 전 점례는 누군가 자신을 부르는 듯한 기척을 느끼고 뒤를 돌아봤다. 기묘하게 늘어진 그림자가 저쪽까지 뻗어 있을 뿐이었다. 갑자기 명치를 얻어맞은 것처럼 구역질이 치밀었다. 점례는 목구멍을 치받고 올라오는 구토를 삼켰다. 그녀는 언제나 죽기보다 살기를 선택했고 일단 결심하면 그 결정에 후회하지 않았다. 앞으로도 그럴 생각이었다. 그것이 삶이라는 전쟁터에서 살아가는 그녀의 전술이었다.

22

금자는 오랜만에 찾아온 아들에게 차 한 잔을 따라 줬다. 잠시 잠깐 아들이었던 성훈이 맨발로 그녀를 찾아왔다. 그녀는 성훈이 작별 인사를 하러 왔다는 것을 알 수 있었다.

"겨우살이라는 풀이야. 몸에 좋대."

겨울에도 산다고 겨우살이라 불리는 이 식물이 겨울을 나는 방법은 숙주를 찾는 것이었다. 다른 나무에 기생해 살면서도 광합성만큼은 스스로 했다. 숙주인 초목이 시들어도 푸른 잎을 틔우는 것은 그 때문이었다. 금자는 성훈에게 묻고 싶었다. 나랑 닮았지? 성훈은 차를 마시지 않고 찻잔을 들고만 있었다. 금자의 시야가 흐려졌다. 금자는 초점을 잃지 않으려 눈을 깜빡이다 물었다.

"성훈아, 많이 아팠니?"

성훈은 고개를 푹 숙였다. 성훈의 하얀 발등 위로 대답 대신 눈물이 후둑후둑 떨어졌다. 성훈은 어렸을 때부터 잘 울었다. 금자가 그렇게 키웠다. 속내를 알 수 없어 주변 사람들, 특히 아내를 집요하고 지독하게 만드는 류의 남자는 되지 말라고 가르쳐 왔다. 덕분에 성훈은 그녀를 닮았다는 소리를 들으며 자랐다. 딸은 아빠를, 아들은 엄마를 닮았구나. 아무것도 모르는 사람들은 쌍둥이 남매에 대해 그렇게 말하곤 했다.

금자는 겁이 많고 소심한 여자였다. 늘 다른 사람들의 시선을 의식하며 살아왔다. 훌훌 떨쳐 버리고 당당하게 살고 싶었지만 마음처럼 잘 되지 않았다. 그녀의 삶에는 왕왕 주어진 자질 이상의 허들이 놓였다. 선을 보고 짧은 연애 끝에 결혼한 남편과는 처음부터 사이가 좋지 않았다. 하지만 이혼할 엄두를 내지 못해 견디며 살았다. 남편이 버스 사고로 죽었을 때, 그녀는 슬프기보다 막막했다. 이제 혼자 어떻게 아이를 키워야 하나.

그녀는 남편의 장례식장에서 같은 사고로 아내를 잃은 남자를 만났다. 그에게도 금자의 딸, 지애와 비슷한 또래의 사내아이가 있었다. 금자는 남자와 서로 도움을 주고받다 결혼을 결심했다. 그는 성격이 원만했다. 뜨거운 연애의 감정은 없었지만 안정적인 친밀감은 느낄 수 있었고, 결혼 생활에 실제 중요한 건 그런 것임을 두 사람 모두 잘 이해하고 있었다.

이번에도 문제는 금자의 성정이었다. 또 다른 남자의 아내가 된다는 것과 또 다른 아이의 어머니가 된다는 건 완전히 다른 차원의 허들이었다. 그녀는 생면부지의 사내아이를 자신의 딸과 같은 마음으로 키울 자신이 없었다. 금자는 딸을 사랑했지만 아직 엄마로서의 삶을 온전히 받아들이지 못하고 있었다. 친자식도 그런데 하물며…… 스스로 자신이 없는 만큼 재혼할 남자에 대한 의심도 컸다. 그가 자신의 딸을 친딸처럼 대해 줄지 신뢰할 수 없었다. 이란성 쌍둥이로 두 아이의 호적을 정정하자는 생각은 그런 불신과 두려움에서 비롯된 임기응변이었다.

남편은 아들에게서 생모의 기억을 영영 빼앗는 것이 좋을지 잠시 고민했지만 결국 금자의 뜻에 따랐다. 미안해하는 금자에게 그는 오히려 진지하게 고민해 줘서 고맙다고 말해 줬다. 금자는 소심하고 진지해서 피곤한 여자였다. 그녀는 자주 생각했다. 억지로 넘어야 할 허들 앞으로 끌려가지만 않았다면 작은 것에 만족하며 살았을 것이다. 그 안에서 희노애락을 찾고 전전긍긍하며 알뜰살뜰 살았을 것이다.

하지만 인생은 금자의 뜻대로 되지 않았다. 재혼한 남편 역시 택시 운전을 하다 사고를 당했다. 그녀는 '남편을 둘이나 잡아먹은 여자'라는 악의적인 비난에서 스스로 자유로울 수 없었다. 그녀에게는 아직 고등학생인 쌍둥이 남매가 남아 있었다. 아이들은 잘 자랐다. 자신들이 조금 특별하다고 생각하면서, 하나같이 둘처럼 자라 왔다. 딸보다 실제로는 한 살이 많은 성훈은 (그 때문인지) 일찍 철이 들었고, 남편을 잃은 금자에게 남편 못지않은 의지가 됐다.

그때 딸의 친가 쪽에서 사람이 찾아왔다. 아들이 죽은 뒤 재혼한 며느리, 그리고 손녀와 인연을 끊었던 시어머니가 금자 모녀에게 유산을 남겼다는 소식이었다. 유산 상속을 위해 시댁에서 요구하는 것은 하나였다. 딸 지애의 호적을 다시 친부 밑으로 옮길 것. 금자는 잠시 고민했다. 그녀에게는 그 돈이 필요했다. 금자는 남매를 앉혀 놓고 사실을 고백했다. 금자는 아들이 자신이 고아가 되었다고 생각하지 않기를 바랐다. 하지만 정작 크게 충격을 받은 것은 지애였다. 지애는 금자가 돈 때문에 성훈을 버렸다고 비난했다.

시댁에서 받은 돈으로 금자는 야식집을 차렸다. 성훈은 대학에 입학하자마자 완전히 독립했다. 덕분에 지애는 성훈의 대학 등록금으로 모아 두었던 돈으로 유학을 갈 수 있었다. 성훈은 가끔 연락을 해 오긴 했지만 모자 사이는 서서히 멀어졌다. 그리고 그렇게 멀어진 관계를 되돌리는 것은 쉽지 않았다.

"서양에서는 크리스마스에 이 겨우살이나무를 문에 걸어 둔대. 너도 영화나 뭐 그런 데서 본 적이 있을 거야. 동그란 풀 장식."

금자는 호흡을 가다듬고 다시 입을 열었다. 금자는 긴장했다. 이건 서두였다. 그녀는 여전히 진짜 하고 싶은 이야기를 하기 위해 이런 장황한 서두가 필요한 사람이었다.

병원에서는 환자들에게 겨우살이나무, 미슬토를 주사로 놓아 줬다. 면역력을 강화해 준다고 했다. 제약업체에서 나온 직원이 홍보 동영상을 틀고 미슬토의 전설과 효능에 대해 설명해 줬다. 금자는 열심히 듣고 기억해 뒀던 것들을 아들에게 전했다.

"그 사람들이 왜 이걸 문에 걸어 놓는지 아니?"

서로에게 호감이 있는 남녀가 미슬토가 걸린 문 앞에서 마주치면 두 사람은 키스를 하는데, 이런 전통은 옛 종교인들이 미슬토가 기적을 일으키는 신성한 식물이라고 믿었던 것에서 유래했다고 했다.

"전쟁 중인 적군들도 미슬토 나무 근방에서 마주치면 그 날 하루는 무기를 내려놓고 싸움을 하지 않았대."

그래서 미슬토는 우정과 친선, 영원한 행복과 사랑의 약속을 의미한다고 했다. 금자는 아들의 정수리에 미슬토 잎 한 장을 얹었다. 그녀는 아들과 화해하고 싶었다. 아들에게 용서를 구하고 싶었다. 그래서 그가 아무것도 원망하지 않고, 누구도 증오하지 않는 마음으로 떠날 수 있기를 바랐다. 금자는 죽어서 저세상에 가 두 명의 남편을 다시 만난다면, 하는 상상을 해 보곤 했다. 그녀에게 선택의 기회가 주어진다면 금자는 망설임 없이 성훈의 아버지를 선택할 거였다. 하지만 이제 너무나 면목이 없어졌다.

"할머니!"

최 간호사가 홀로 우두커니 앉아 있는 금자를 불렀다.

"여기 계셨어요? 한참 찾았잖아요."

최 간호사는 금자에게 다가갔다. 그녀는 금자에게 왜 찻잔이 두 개냐고 묻는 대신 "좋은 시간 보내셨어요?" 하고 물었다. 금자가 초점 없는 눈으로 최 간호사를 바라봤다. 이 여자가 누구지. 그러자 일순간 모든 것이 와르르 무너지면서 머릿속이 아득해졌다.

"갔어. 왔다가 금방 갔어."

금자가 간신히 대답을 내놓았다. 그러자 또다시 와르르. 금자는 누가 왔다 갔는지 잊었고, 그것을 잊었다는 안타까운 낭패감을 느꼈으나 그 역시 금세 희미해졌다.

"다음에 더 좋은 시간 보내시면 되죠."

최 간호사가 다정한 목소리로 말했다. 금자는 고개를 가로

저었다.

"안 돼. 못 와. 이제 영영 못 와."

최 간호사는 금자를 일으켰다.

"이제 저녁 식사 하셔야죠."

금자는 비어 있는 자리를 물끄러미 바라보다 일어섰다.

"왜요?"

금자는 헤어지기 싫은 사람과 억지로 헤어져야 하는 사람처럼 계속 뒤를 돌아봤다. 최 간호사는 어쩌면 금자가 뭔가를 알고 있는지도 모른다고 생각했다. 말로 설명할 수 없는 방식으로 저 멀리에서 일어난 일을 알아차린 것인지도 모른다고. 그녀는 조금 전, 금자의 사위에게 전화를 받았다. 그는 금자의 상태에 대해 물었고 금자의 아들이 죽었다는 소식을 전해 줬다.

그녀가 금자의 담당 의사에게 어떻게 소식을 전할지 물어보겠다고 하자 금자의 사위는 "모르시는 것이 좋겠습니다."라고 말했다. 금자가 최 간호사에게 몸을 기대 왔다. 치매 환자는 계속 기억을 잃는다. 가까운 기억에서부터 사라지는 경우가 대부분이었다. 최 간호사는 어차피 잊어버릴 테니 소식을 전해 줘도 되지 않을까, 망설이던 마음을 접었다. 결국 잃게 될 기억이라고 해도 아들을 앞세웠다는 건 모르는 채 두는 게 좋지 않을까.

"오늘 저녁은 닭죽이래요. 닭죽 좋아하시죠?"

"응."

금자는 큰 감흥 없이 대답했다. 최 간호사는 잠시 금자의 얼굴을 봤다.

'그래, 설사 알린다고 해도 내가 왜? 내가 굳이 왜?'

최 간호사는 그러고 싶지 않았다. 그녀는 주름진 금자의 얼굴에서 시선을 거두고 앞을 바라보며 식당까지 곧장 걸었다.

*

아이를 잃은 딸이 이번에는 남편을 잃었다. 혜순은 이른 아침, 낯선 남자의 전화를 받았고, 그가 헛소리하고 있는 것이라고 생각했다. 남자는 사위의 매제라고 했다. 혜순은 택시를 잡기 위해 대로로 뛰어나갔다. 한 사람의 인생이 이토록 가혹해도 된단 말인가. 그래도 된다고 한들 그것이 왜 그녀의 딸이어야 한단 말인가. 혜순은 알 수 없는 죄책감을 느꼈다. 자신이 뭔가를 크게 잘못했고, 그 죗값을 딸 정희가 대신 받는 것만 같았다. 혜순은 죄책감을 나눠 질 사람을 떠올리고 전화를 걸었다.

"여보세요? 나예요."

몇 년 전 이혼한 남편은 부산에서 전화를 받았다. 그는 보증을 잘못 서 퇴직금을 전부 날린 뒤 부산에 있는 아파트에서 경비원으로 일하고 있었다. 남편의 잘못된 선택 때문에 딸이 필요할 때 도움 한 번 주지 못했다. 경준이 끝내 죽고 난 뒤 혜순과 남편은 지난한 다툼 끝에 합의 이혼했다. 혜순에게 소식을 전해 들은 남편은 꽉 잠긴 목소리로 차편을 알아보겠다고 했다. 혜순은 아들에게도 전화를 걸었다.

"무슨 일이세요?"

이른 아침, 문자메시지도 생략하고 걸려 온 전화에 아들은 놀란 목소리로 전화를 받았다. 아들은 아이들을 유치원에 보내고 회사에 전화한 뒤 혜순을 데리러 오겠다고 했다.

"아니, 각자 움직이자."

기다리고 있을 시간이 없었다. 혜순은 다가오는 택시를 향해 손을 흔들며 전화를 끊었다. 서울까지 가자는 말에 곧바로 대답을 내놓지 못하던 기사는 목적지가 장례식장이라고 하자 "그럽시다." 하고 대답했다. 혜순은 뒷좌석에 몸을 기대자마자 눈을 감았다. 룸미러로 자신을 힐긋거리는 택시 기사의 시선을 느낄 수 있었다.

혜순은 눈을 감은 채 35년 전 겨울, 정희를 낳았을 때를 떠올렸다. 몹시 추운 날이었다. 갱년기 건망증으로 돌아서면 까마득한 일들 투성이었지만 이상하게도 그즈음의 기억만큼은 바로 얼마 전의 일처럼 선명했다. 아직 젊은 몸과 마음이 겪은 일이기 때문일 것이다. 손에 닿을 듯 가까워진 기억을 더듬던 혜순의 머리 가죽이 뻣뻣해졌다. 정희에게 이 젊은 날들의 기억은 너무 가혹했다. 오랫동안 생생하게 남아 가혹하게 굴 것이라는 점에서 더 그랬다.

혜순은 딸이 있을 종합병원 장례식장 입구에 서서 축축해진 손바닥을 허리춤에 문질러 닦았다. 손을 잡아 줘야 할 테니까. 더 이상 아이의 엄마도, 누군가의 아내도 아니지만 아직 삶이 끝난 것이 아니라고 딸에게 말해 줘야 할 테니까. 혜순은 여기, 너를 다른 이름으로 불러 줄 사람이 있다고, 너는 내 딸이라고, 누구보다 먼저, 누구보다 오래 너를 그렇게 불러 온 여자가 여기 왔다고, 딸의 두 손을 단단히 붙잡고 말해 줄 생각이었다.

하지만 혜순은 딸의 손을 잡아 줄 수 없었다. 으스러지는 정신을 다잡으며 준비해 온 말 역시 하나도 해 줄 수가 없었다. 품이 큰 상복을 입고 서 있는 정희의 곁으로 건장한 남자 형사들이 먼저 다가갔다.

"김성훈 씨가 최백화 씨를 살해한 혐의를 받고 있습니다."

혜순의 머릿속이 그대로 얼어붙었다. 사람들이 모두 미동도 없이 서 있었다. 잠시 시간이 멈춘 것 같았다. 차라리 그랬으면 좋았을 것이다. 이해하고 받아들이는 데 시간이 필요한 말들이었다. 하지만 형사들은 꽝꽝 얼어붙은 혜순의 머리통에 또다시 해머를 들이댔다.

"이정희 씨. 두 사람이 내연 관계였다는 사실을 알고 계셨습니까?"

사위가 바람을 피웠고, 내연 관계였던 여자를 죽인 뒤 괴로워하다 스스로 목숨을 끊었다는 것이었다. 혜순은 자리에 털썩 주저앉았다. 그녀는 딸을 볼 면목이 없었다. 딸의 삶에 비하면 그녀의 인생은 너무 순탄한 것처럼 느껴졌다. 너무나 부당하고 가혹했다. 하지만 혜순에게는 그것을 거둬 갈 능력도 지혜도 없었다. 이런 삶을 주고 싶었던 것이 아니었다. 그래도 혜순은 차마 딸을 낳지 말았어야 한다는 생각을 하지는 못했다. 태어나지 말았어야 했다. 내가 태어나지 말았어야 했어. 응어리진 가슴을 치며 혜순은 겨우 그런 생각을 할 수 있을 뿐이었다.

23

《잇 데일리》 김가비 기자의 파티션 벽에는 목이 없는 닭 사진이 붙어 있다. 토르소 작품도 합성도 아닌 실사였다. 이 기괴한 닭의 이름은 '미라클 마이크'. 1945년, 미국 콜도라도주의 한 농부가 목을 잘못 잘라 머리가 잘린 채로도 살아남게 됐다. 한쪽 귀와 뇌의 대부분이 몸에 붙어 있었다고 하니 그 고통이 죽느니만 못했을 것이다. 농부는 점안기로 노출된 식도에 우유 섞인 물을 넣어 주며 18개월 동안이나 닭을 살려 뒀다. 처음에는 연민이었을지도 모른다. 그다음에는 호기심이 동했을지도 모르고. 하지만 결국에는 돈 때문이었다. 농부는 '미라클 마이크'를 데리고 공연을 다니며 1인당 25센트씩 입장료를 받았다.

김가비는 졸업 후 2년 넘게 취업 준비를 한 끝에 《잇 데일리》에 입사해 이제 4년 차에 접어들었다. 처음에는 머리 잘린 닭의 심정에 동일시하며 책상에 사진을 붙여 뒀다. 가까스로 목숨만 붙은 채 고통당하는 닭대가리에 동병상련하는 심정으로. 퇴근에서 출근까지 열 시간이 채 되지 않는 날이 대부분이었다. 제대로 먹지도 자지도 못한 채 출근 준비를 하던 어느 날, 그녀는 머리 잘린 닭의 식도에 묽은 우유를 부어 가며 전전긍긍하는 절박하고 악독한 농부의 심정을 이해할 것도 같았다.

가끔은 이런 생각도 했다. 정말 악질적인 건 25센트를 주고 머리 잘린 닭을 보러 왔던 사람들이 아닐까? 그리고 기자란 기껏해야 "자, 여기 단돈 25센트면 머리 잘린 닭을, 그 가엾은 닭을 끌고 다니는 변태 같은 놈을 볼 수 있습니다!" 하고 외쳐 대는 머저리일 뿐인 건 아닐까? 물론 그 이상을 꿈꾸는 저널리스트도 있을 것이다. 단순해 보이는 사건 속의 복잡다단한 진실을 탐사하고 보도하는 일을 숙명처럼 생각하는 사람도 분명 어딘가에는 있을 것이었다. 그래야만 했고, 또 그러기를 바랐다. 하지만 그녀에게는 그런 야망이 없었다. 서글프지만 인정하지 않을 수 없었다.

김가비는 이제 막 작성을 마친 기사를 노려봤다. 오탈자는 없는지, 문단은 잘 나눴는지, 제대로 띄어 쓰고 이상한 높임법이나 부적절한 용어를 사용하진 않았는지, 꼼꼼하게 살펴봤다. 사악한 세상이다. 닭장 같은 파티션 안에서 기천 개의 기사를 쓰며 뼈저리게 깨달은 바였다. 야망은커녕 최소한 해서는 안 되는 짓을 하지 않는 것만도 버겁다는 것이, 그녀의 솔직한 심정이었다.

*

한 남자의 삐뚤어진 사랑,
내연녀 살해 후 투신자살한 유부남

잇 데일리/김가비 기자

23일 오후 8시 40분 동대문구 제동의 한 단독주택 A 씨의 집에서 A 씨가 숨져 있는 것을 A 씨의 이웃 주민이 발견, 경찰에 신고했다. 방에는 타다 만 번개탄이 발견됐고 A 씨의 사망 원인은 일산화탄소 중독으로 확인됐다. A씨의 머리와 목, 어깨 등에서 둔기로 맞은 상처를 발견한 A 씨의 여동생은 사건을 경찰에 의뢰했다.

경찰은 A 씨의 통화 내역과 A 씨의 집과 자동차에서 발견된 지문 등을 토대로 같은 날 분당의 한 병원에서 투신한 B씨와 A 씨가 내연 관계인 사실을 확인했다. B 씨는 이틀 전인 21일 밤, 내연녀인 A 씨를 둔기로 때려 기절시킨 뒤 방에 번개탄을 피워 살해하고 죄책감에 괴로워하다 이틀 뒤 스스로 목숨을 끊은 것으로 추정된다.

살해 용의자가 숨진 것으로 확인되면서 사건은 곧바로 종결됐지만 B 씨가 내연녀 A 씨를 살해하고 자살을 선택한 이유에 궁금증이 집중됐다. 조사 결과 B 씨는 유부남으로 이혼녀인 A 씨와 수개월 전부터 내연 관계를 지속해 왔다. 경찰은 상대가 유부남이라는 사실에 부담감을 느낀 A 씨가 최근 결별을 통보했고, 이를 받아들이지 못한 B 씨가 아내와 이혼하겠다며 A 씨를 설득하는 과정에서 다툼이 벌어진 것으로 보고 조사를 계속하고 있다.

*

조사를 계속하고 있다는 건 가비가 그냥 적어 넣은 말이었다. 가해자 사망이 확인됨과 동시에 수사는 '공소권 없음'으로 종결. 경찰이 더 할 수 있는 것은 없었다. 기사 전송을 누르기 전, 가비는 관련 기사를 링크했다. 이틀 전 그녀가 '분당에서 투신한 B 씨'에 대해 쓴 기사였다.

*

70대 노인, 디스크 치료 받으러 병원 찾았다
투신남(男)에 깔려 사망

잇 데일리/김가비 기자

홀로 키운 외동딸의 결혼식을 석 달 앞 둔 전직 교사가 병원에서 투신자살한 남성과 충돌해 숨지는 비극적인 일이 일어났다. 24일 분당 경찰서에 따르면 23일 오후 5시경 경기도 분당구의 한 병원 9층 병실에서 김모(30대·남) 씨가 뛰어내렸다. 김모 씨는 병원 1층 화단에 서 있던 박모 씨(70대·남) 바로 위로 떨어졌다. 김 씨의 머리와 어깨가 박 씨의 머리에 부딪혔고, 이에 박 씨는 목뼈가 부러진 것으로 알려졌다. 고령에 디스크 치료까지 받고 있던 박 씨는 그 자리에서 숨졌고, 자살을 시도한 김 씨는 병원으로 긴급 이송되었지만 결국 사망했다.

초등학교 교사 출신인 박 씨는 40대에 얻은 외동딸을 홀로 키워 왔다. 사고 당시 박 씨는 디스크 치료를 받기 위해 병원을 찾았던 것으로 알려졌다. 병원 관계자에 따르면 박 씨는 최근 노인성 치매와 디스크 진단을 받았으나 이 사실을 딸에게 알리지 않은 채 치료를 받고 있었다. 결혼을 앞둔 딸에게 걱정을 끼치고 싶지 않았던 박 씨는 결국 불의의 사고로 딸의 결혼식에 참여할 수 없게 되어 안타까움을 더했다.

김 씨가 극단적인 선택을 한 이유는 아직 확인되지 않았다. 경찰이 병원 내 폐쇄회로를 확인한 결과 김 씨는 홀로 병원을 찾았으며 지하 출입구에서 엘리베이터를 타고 9층에서 내렸다. 김 씨는 병원 간호사와 의사의 눈을 피해 계단을 이용해 비어 있는 9층 VIP 병실로 들어갔고, 안에서 문을 잠근 채 창문을 열고 뛰어내린 것으로 보인다.

안타깝지만 박 씨 유족이 김 씨 가족에게서 보상받을 길은 없는 것으로 확인되었다. 당사자인 김 씨가 사망한 데다 유족은 법적 책임이 없기 때문이다. 단, 범죄피해자보상법에 따라 피해자가 사망 또는 중장해를 당한 경우 가해자가 누군지 모르거나 돈이 없어 배상받지 못하면 국가가 최대 3000만 원 범위 내에서 구조금을 대신 지급한다. 경찰 관계자는 "투신 자살하는 사람과 충돌할 확률은 아마 번개에 맞을 확률(600만 분의 1)보다 낮을 것"이라며 "너무나도 안타까운 불운에 유가족도 할 말을 잃은 상태"라고 안타까워했다.*

*

유부남에게 결별 선언을 했다가 살해당한 여자. 투신자살을 시도한 살인자에게 깔려 객사한 노인. 내연녀의 결별 통보를 받아들이지 못하고 자기 자신까지 세 사람을 죽이고 떠난

---

* 다음 기사를 참고하여 재작성. https://www.donga.com/news/article/all/20121022/50282042/1

남자……. 기사 속에 등장한 인물들의 면면을 살펴보던 가비는 새삼 진저리쳤다.

하지만 언제나 그렇듯 정말 끔찍한 사람은 그녀가 작성한 기사 바깥에 있을 거였다. 내연녀를 살해하고 자살(하며 노인을 객사하게)한 김 씨의 아내. 어떤 의미에서 그녀의 악몽은 이제 막, 시작된 셈이다. 머리가 반 이상 날아가고도 숨통이 완전히 끊어지기 전까진 고통당할 수밖에 없는 것. 그것이 죽지 못한 자들의 숙명이니까.

24

새벽 4시 5분.

정희는 침대에서 가까스로 몸을 일으켜 앉았다. 일어나야
겠다는 생각을 하고도 한 시간이 지나 있었다. 이제 문을 열
고 부엌으로 나가 냉장고 문을 열어야 했다. 시간이 얼마나
더 필요한지 짐작조차 할 수 없었다. 일상적 시공간 밖으로
튕겨져 나가면 단 몇 미터를 걸어가는 일에도 굳센 의지와 용
기가 필요했다. 아이가 죽기 전까진 몰랐던 일이다. 이번에 새
롭게 알게 된 것도 있었다. 자기 위해선 조금이라도 먹어야 했
다. 너무 기력이 없으면 잠조차 잘 수 없다. 삶이 아직도 보고
싶지 않은 속살을 드러내 가며 그녀에게 뭔가를 가르쳐 줬다.
이건 몰랐지? 이것도 몰랐을 거야. 진저리가 날 정도였다.

정희는 베개 밑에서 진동하는 휴대폰을 꺼냈다. 음성메시지 다섯 건. 그녀는 스피커폰으로 음성메시지를 확인했다. 첫 번째 메시지는 정희의 어머니가 남긴 것이었다.

"잘 있니? 밥은 먹었어? 아무 말이라도 좋으니 답장 좀 해 줘."

정희는 어머니가 그녀를 본가로 데려가겠다는 것도, 이 집에 남겠다는 것도 모두 거절했다. 하지만 그녀의 어머니는 장례식이 끝나자 정희의 집으로 밀고 들어왔다.

"화를 내든 울든 잠을 자든 네 마음대로 해."

어머니는 없는 사람처럼 있기만 하겠다는 말장난 같은 소리를 하며 고집을 부렸다. 정희는 어머니가 무엇을 걱정하는지 알고 있었다.

"엄마. 나는 이미 3년 전에 아이를 잃은 엄마예요."

"……."

"자식을 잃는다는 게 어떤 건지 안다는 뜻이에요."

정희는 어머니에게 그런 고통을 주지 않겠다고 약속하고서야 어머니를 돌려보낼 수 있었다. 어머니는 울면서 갔다. 별로 좋은 방법이 아니었다. 하지만 어쩔 수 없었다. 어머니 옆에서 화를 내거나, 울거나 잠을 자는 어린아이는 이미 오래전에 사라졌으니까.

"두 번째 메시지입니다."

"제수씨."

인찬이었다.

"김 대리는 그럴 사람이 아닙니다."

그는 대뜸 말했다.

"나는 입사 이후 계속 김 대리랑 같이 일했어요. 함께 출장 가서 한 방을 쓰며 며칠씩 시간을 보내기도 했죠."

잠시 침묵.

"하지만 일이 이렇게 되고 보니 정말 친했다고 말할 수 있나 싶네요."

인찬의 목소리가 갑자기 작아졌다. 정희는 전화기를 쳐다봤다. 그녀는 이미 그런 자격을 물을 처지가 아니었다. 메시지는 거기서 끊어졌다.

그리고 세 번째 메시지. 다시 인찬이었다.

"전화가 끊어졌네요."

그는 길게 한숨을 쉬더니 말을 이어 갔다.

"……남자들끼리 있으면 아내나 자식들은 상상도 못 할 이야기를 나누기도 합니다. 그런데 김 대리는 그런 농담조차도 견디질 못했어요. 유연하게 받아치지도 못하는 놈이었죠. 김 대리는 그럴 사람이 아닙니다. 김 대리는……"

주변이 시끄러웠다. 그는 술을 마신 듯했다. 인찬은 거듭 성훈이 그런 사람이 아니라고 말했다. 그 믿음은 인찬의 것이었다. 그녀는 거기까지 관여할 생각이 없었고, 그럴 힘도 없었다. 정희는 손을 뻗어 종료 버튼을 눌렀다.

장례식장에 경찰이 나타난 뒤로 정희는 다시 그곳으로 돌아가지 않았다. 성훈으로 인해 두 사람이 죽었다. 불행하고 끔찍한 일이었다. 최백화의 경우는 화단에서 숨진 노인의 경우와 달랐다. 미필적고의가 아닌 고의적 살인. 정희는 험한 일을 당할지도 모른다고 생각했고, 감히 피할 생각은 하지도 못했다. 하지만 양쪽 유가족 모두 (뒤에서는 어떨지 모르겠지만 어쨌든 면전에서는) 정희를 동정했다. 조사를 받으러 경찰서에 갔을 때 스쳐 간 젊은 여자는 정희에게 삿대질을 하며 "알고 보면 저 여자도 피해자"라고 했는데 그녀가 최백화의 동생인지 노인의 딸인지는 확인하지 못했다.

최백화의 집 안은 물론 차 안도 말끔하게 닦여 있었다. 지문은 모두 뭉개져 있었고 차 안의 블랙박스 역시 사라지고 없었다. 하지만 최백화의 가방에는 성훈과의 통화 내역이 남아 있는 휴대폰이 들어 있었다. 경찰은 없애 봐야 어차피 통화 내역 조회가 될 것이라는 걸 알았기 때문에 그냥 뒀을 거라고 했다. 그런가? 어떻게? 통장이 없어도 거래 내역을 조회할 수 있는 것과 비슷한 이치일까? 눈을 감으면 경찰이 말해 준 '단서'들, 자극적으로 까발려진 인터넷 기사들이 정희의 머릿속에서 조각조각 이어 붙으며 제멋대로 시뮬레이션되었다.

성훈이 최백화의 결별 통보를 받아들이지 못해 불같이 화를 내다 그녀를 때리고 결국 죽이기까지 하는 모습은 눈을 질끈 감고 건너뛰었다. 아무리 마취총을 맞은 것 같은 상태라고 해도 거기서부터 시작할 수는 없었다. 하지만 정희는 이상하게도 성훈이 최백화의 차 안에 남아 있을 지문을 닦아 내고 블랙박스를 없애 버리는 모습, 그러고는 다시 '사건 현장'으로 돌아와 최백화의 방에 남았을 지문을 닦아 내는 모습은 어렵지 않게 상상할 수 있었다. 그가 꼼꼼하게 청소를 하고, 외출 전 차 키나 지갑을 찾으려고 허둥대던 모습과 겹쳐졌기 때문이다. 믿어지지 않을 만큼 낯선 모습이 가장 친숙한 모습을 근거로 그려졌다.

그때까지만 해도 성훈은 스스로 목숨을 끊을 생각 같은 건 하지 않았을 것이다. 수습할 수 있을 거라고 생각했을까? 아무 일도 없었던 것처럼 돌아올 수 있을 거라고? 돌아온다고? 어디로? 여기로? 정희는 몸서리쳤다. 그러니까, 투신할 때 가슴에 품고 있던 '미안합니다.'라는 말조차 정희를 향한 것이 아니었다.

그러고 나서…….

이 부분에 다다르면 정희는 마음뿐 아니라 머리까지 혼란스러워졌다. 왜 그는 영호가 일하는 병원으로 찾아가 투신한 것일까? 가장 궁금한 것은 이것이었다. 그는 어째서 이 문제에 대해 단 한 번도 정희에게 언급하지 않았을까. 사랑하는 사람이 생겼다고, 다른 삶을 살고 싶다고, 그러니 이혼하자고. 가슴 안쪽에서 계속해서 뭔가가 뜯겨져 나가는 것 같았다. 정희는 멍하니 천장을 바라보다 휴대폰을 들어 남아 있는 두 개의 음성메시지를 마저 확인했다.

"이봐요. 나 기억하죠? 나한테 최백화의 연락처를 물었잖아요. 물어보고 싶은 게 있어요. 아니, 하고 싶은 말이 있어요. 전화 좀 해 줘요."

정희에게 최백화의 연락처를 알려 준 사립학교 교직원이었다. 자기가 알려 줬다고 말해도 된다고 뇌까렸던 여자, 이지형. 하지만 정희는 그녀에게 해 줄 대답도, 듣고 싶은 말도 없었다. 마지막 메시지는 영호가 남긴 것이었다.

"접니다."

그러고는 조용했다. 끊어진 건가? 정희는 액정을 봤다. 하지만 시간이 계속 매겨지고 있었다.

"식사는 잘 하시는지 궁금합니다. ……지애는 아직 모릅니다. 도저히 말을 할 수가……."

맥락 없는 문장들을 띄엄띄엄 늘어놓더니 다시 침묵. 그래, 어디서부터 말을 해야 할지 알 수 없겠지.

"흐흐흐흑. 흑흑흐흐흑……."

영호가 흐느끼기 시작했다. 모든 것이 지긋지긋했다. 정희는 생각했다. 그러니까 이제, 끝내자. 갑자기 든 생각은 아니었다. 끊어질 듯 끊어지지 않는 영호의 울음소리를 들으면서 정희는 차근차근 삶을 정리하기로 결심했고, 그 결심을 재고했다. 그리고 다시 한번 확신을 얻었다. 그러자 마음이 편해졌다. 오래전부터 내내 가슴속에 맺혀 있던 응어리가 스르르 녹아 사라지는 기분이었다.

정희는 어머니와 했던 약속을 지키지 못할 것이다. 어머니는 고통스러워하겠지만 결국에는 이겨 낼 것이다. 그렇지 못한다 해도 어쩔 수 없었다. 30년 넘게 살면서 많은 약속을 해 왔다. 대부분 지키지 못하거나 지킬 수가 없었다. 그러니까 이것은 그녀가 지금껏 살면서 파기해 온 약속들 중 최악도 아닐 것이다.

*

"흑흑, 흐흐흑……"

눈물이 영호의 온 얼굴을 적시고 손등을 따라 뚝뚝 떨어졌다. 영호는 전화기를 내려놓은 채 손바닥으로 얼굴을 가리고 오열했다. 그의 부드러운 손을 타고 굵은 눈물이 뚝뚝 떨어졌다. 진심 어린 슬픔과 안타까움으로 가슴이 조여 왔다.

요즘 그가 가장 좋아하는 순간이었다. 비극의 목격자가 흘리는 눈물과 카타르시스……! 몸이 조금씩 떨려 왔다. 그리고 그 떨림에 몸을 맡긴 채 영호는 거의 전율했다.

"형님은 정말 좋은 분이셨습니다."

아내와 아이를 위해 죽고 싶다고 말했던 가장이었고, 아무것도 해 주지 못한 채 살아 있는 것보다 죽어서라도 뭔가를 남길 수 있다면 그것이 낫지 않겠느냐고, 확신을 구하던 남자였지.

"저는 형님이 너무 가엾습니다."

그때 성공했다면 얼마나 좋았을까?

"제 도움이 필요하시면 언제든지……."

몇 마디 더 웅얼거렸지만 그것은 더 이상 알아들을 수 있는 말이 아니었다. 그는 전화기를 꼭 쥔 채 울음을 삼키고 신중하게 별표 버튼을 눌렀다.

"녹음되었습니다."

영호는 전화기를 내려놓고 감정을 추슬렀다. 너무 몰입한 나머지 가슴팍이 뻐근했다. 따로 감정을 잡을 필요도 없었다. 대답 없는 이정희의 전화기에 대고 "접니다." 하는 순간 공포탄도 없이 와르르 무너졌다. 감정이 가라앉자 그는 조금 머쓱해졌다.

김성훈의 마지막은 지긋지긋했고 섬뜩했으며 동시에 어딘가 좀 감동적이기도 했다. 너무 많은 변수들이 있었다. 아찔하게 신경줄을 조여 오던 짜릿한 순간들을, 그는 모두 안녕히 보냈다. *내가 이긴 거야.* 영호의 머릿속에서 아드레날린이 가늘게 피어올랐다.

　　"한치 두치 세치 네치 뿌꾸빠뿌꾸빵"

　　영호의 책상 서랍에서 휴대폰이 울리기 시작했다. 그가 가지고 있는 아내의 구형 휴대폰이었다. 아내는 그가 늙은 의사를 바지 원장으로 걸어 놓은 강원도의 요양 병원에서 출산을 준비하고 있었다.

　　"찰리?"

　　수신 버튼을 누르자마자 사랑스러운 아내의 목소리가 흘러나왔다. 뭘 하고 있었기에 이렇게 늦게 전화를 받은 것이냐는 투정. 영호는 잠시 그 아름다운 음성을 음미했다.

　　"여보세요? 영호 씨?"

　　"응. 듣고 있어."

　　"오빠는?"

　　마른 입술을 혀로 핥으며 영호는 속으로 대답했다.

　　네 오빠는 죽었어.

　　그리고 그녀는 영영 그 죽음의 진실에 대해 알지 못할 것이다.

25

아침 일찍 철식이 일하고 있는 안마시술소로 한 중년 여성
이 찾아왔다. 커다란 케이크를 들고서였다. 그녀는 '중국 언니'
를 찾았다. 안쪽에서 마사지를 하고 있던 조선족 아주머니가
불려 나왔다. 여자는 '중국 언니'가 마사지 도중 가슴에 단단한
것이 잡힌다는 것을 지적해 준 덕에 종양을 발견했다고 했다.

"너무 고마워서 인사하러 왔어요."

"고맙긴요."

"항암하고, 수술하면 괜찮아진대요."

"예에."

다시 침묵.

"잘 끝내고 다시 올게요."

결국 아픈 여자가 먼저 웃어 보였다. 가족 없이 혼자 사는 여자라고 했다.

"다행히 암 보험을 들어 놓은 것이 있었어요."

"손에 쥔 것 없는 가족 열이 있음 뭐해. 제대로 된 보험 하나가 낫지."

"그건 그래요. 정말 그래요."

모두가 약속이라도 한 것처럼 연신 고개를 끄덕였다. 여자가 떠난 뒤 조선족 아주머니는 선물받은 케이크를 잘라 모두에게 나눠 줬다. 철식은 단것을 좋아하지 않았지만 그래도 먹었다. 홍차를 넣고 만들었다는 케이크에서는 비누 냄새가 났다. 철식은 인상을 찌푸린 채 사람들을 쳐다봤다. 모두가 맛있게 먹고 있었다.

"왜?"

"아닙니다."

철식은 포크를 쥐고 케이크 한 조각을 꾸역꾸역 다 먹어치웠다. 메마른 위장으로 음식이 들어가자 배 속이 아우성쳤다. 목구멍에서 신물이 올라왔다. 철식은 잊고 있던 사실을 깨달았다. 그는 직관적인 사람이었다. 좋고 싫은 것이 분명했다. 하지만 아내의 죽음은 모든 것을 꺾어 버렸다. 호오의 기준은 모호해졌고 기호도 사라졌다. 이제 철식은 가타부타 의견을 내놓기보다 내심 불편해도 참고 넘어가는 쪽에 익숙해져 있었다.

"더 먹갔니?"

조선족 아주머니가 크림이 묻은 플라스틱 칼을 든 채 물었다.

"아뇨."

철식은 대답하고 자리에서 일어섰다. 그는 조금 전, 오후 예약이 취소되었다는 연락을 받았다.

"먼저 들어가 보겠습니다."

철식은 사물함에서 지갑을 꺼내 품에 넣은 뒤 휴게실 밖으로 나왔다. 아주 사소한 것부터 되찾아 오면 된다. 입에 맞는 것, 그렇지 않은 것. 그렇게 기억을 떠올리고, 연습하고, 다시 익숙해지면 된다. 어려운 일은 아니었다. 부정한 일도 아니고. 그렇지 않니?

"네?"

계단을 올라오고 있던 손님이 걸음을 멈춘 채 대답인지 질문인지 모를 외마디 비명을 질렀다. 잔뜩 겁을 먹은 얼굴이었다. 철식이 크게 소리 내서 말하고 있었던 것이다.

"미안합니다……."

철식은 고개를 푹 숙였다. 그만둬. 그는 도망치듯 계단을 내려가며 스스로를 다그쳤다. 아무 때나 혼잣말하고 망자에게 말을 거는 일부터 그만둬. 벽 뒤로 모든 것을 미뤄 놓고 산지 너무 오래됐다. 복수와 응징 이후의 삶에 대해 생각하지 않는 것이 철식의 결의였고, 다짐이었다.

하지만 이제 다 끝났다.

다른 삶을 살아야 했다. 김성훈을 (죽이지 않고) 놓아준 것은 그런 결심의 첫 단추였다. 누가 강요한 것도 명령한 것도 아니었다. 그래. 그런데, 왜……. 철식은 나른한 피로감과 허무함을 느끼며 하늘을 올려다봤다. 좀 더 참을 건지, 한바탕 쏟아질 작정인지 결정하지 못한 듯 얼룩덜룩한 구름이 듬성듬성 찢어져 있었다.

*

저러다 타 죽을 것 같다.

철식은 까만 옷을 입고 아파트 입구에 서 있는 여자를 보며 생각했다. 그녀는 꼭 벼락을 맞고 꺼슬꺼슬 말라죽은 나무 같았다. 그는 사람을 그렇게 빤히 보는 것이 무례한 일이라는 자각조차 하지 못한 채 마치 자기 자신을 보듯 여자를 봤다. 얼굴이 점점 찡그려졌다. 그새 구름이 전부 걷히고 시야가 흐려질 만큼 따가운 햇빛이 쏟아지고 있었다.

"표철식 씨?"

느닷없는 호명에 철식은 눈을 가늘게 떴다. 하얗게 뭉개졌던 여자의 얼굴이 비로소 눈에 들어왔다. 김성훈의 아내였다. 그가 김성훈을 협박할 때 죽여 버리겠다고 협박했던 여자, 이정희. 여길 왜 온 거지? 당황한 철식은 뒤로 돌아서라는 명령이라도 받은 것처럼 신속하게 돌아서서 걷기 시작했다. 그리고 곧바로 후회했다. 이게 무슨 바보 같은 짓인가. 본능적으로 몸이 먼저 움직였다. 좀처럼 뛰지 않던 심장이 정신없이 뛰기 시작했다.

"표철식 씨 맞죠? 날 알아요?"

철식은 현기증을 느꼈다. 모르는 척 지나쳤어야 했다. 하지만 여자가 누군지 알아차린 순간, 머릿속이 하얗게 지워졌다. 그는 대답도 없이 무작정 걸었다.

"성록혜 씨 때문에 왔어요."

정희가 소리쳤다. 그녀의 입에서 발음된 아내의 이름에 철식은 또 한 번 멈칫했다. 역시 머리를 거치지 않고 나온 몸의 반응이었다. 이제 심장은 흉골을 뽀개고 나올 기세로 뛰고 있었다. 철식은 좀 더 빠르게 걷기 시작했다. 다른 대안을 찾을 수 없었다. 그의 머릿속에는 어서 빨리, 이곳에서 벗어나야 한다는 생각뿐이었다.

"내 남편이 죽었어요."

철식은 놀라 휙 돌아섰다. 정희가 기척도 없이 코가 닿을 듯 가까이 와 있었다. 정희의 몸에서 입안에 아직 남아 있는 홍차 크림 냄새 같은 것이 훅 끼쳐 왔다. 철식은 황급히 한 발 짝 뒤로 물러섰다. 그리고 손등으로 눈가를 훔쳤다. 얼굴이 땀으로 흠뻑 젖어 있었다. 축축한 손을 티셔츠에 문지르면서 철식은 김성훈이 맹렬하게 제 피를 빨던 소리를 기억해 냈다. 살고 싶어, 살고 싶어, 하는 악다구니와도 같았던 소리. 그 소리를 들으며 허무함인지 안도인지 모를 서늘한 감정을 곱씹으며 보랏빛 어둠 속을 걸어 나왔던 그날 새벽에 대해서도.

그날 이후 철식은 막연하게 상상해 왔다. 김성훈은 집으로, 사랑하는 아내에게로 돌아갈 것이다. 김성훈은 지난 이틀간 어디서 무슨 일을 겪었는지 아내에게 털어놓을 수도 있을 것이다. (철식은 그러기를 바랐다.) 그러자면 꽤 긴 시간이 필요할 것이다. 하지만 그의 아내는 참을성 있게 들어 줄 것이다. 먼저 울음을 터뜨리는 것은 김성훈일 것이다. (철식은 그러기를 바랐다.) 부부는 철식이 이미 잃었고, 돌이킬 수 없으며 그런데도 이따금 어처구니없을 정도로 간절히 바라는 모습으로 살아갈 수도 있을 것이다. (철식은 간절히, 그러기를 바랐다.) 철식이 김성훈을 놓아준 대가로 취한 것은 그런 상상과 바람뿐이었다.

그런데 죽었다고?

철식은 스스로도 놀랄 만큼 엄청난 낭패감과 당혹감을 느꼈다.

성록혜의 남편은 무덤에서 반쯤 썩다 나온 사람 같았다. 이승에서도 저승에서도 받아들여지지 않아 그 경계 어디쯤에서 헤매고 있는 것 같은 남자. 그는 묘한 시선으로 정희를 빤히 쳐다봤고, 정희가 이름을 부르자 도망치더니 성훈이 죽었다는 소식에 소스라치게 놀란 얼굴로 정희를 향해 돌아섰다. 놀라고 당혹스러운 감정을 적나라하게 드러내는 남자의 얼굴에 정희는 뭐라 표현할 수 없이 묘한 위로를 받았다. 이 사람 역시 아내를 잃었다. 이 사람은, 배우자를 잃는다는 게 어떤 건지 아는 사람이었다. 무슨 말을 해야 할지는 모를 테지만 적어도 무슨 말을 하지 않아야 될지는 분명히 알고 있는 사람…….

"집이 여기 3층 맞죠? 잠깐 들어가서 이야기해요."

정희는 이 남자에게 할 말이 있어서 찾아왔다. 길에서 하고 싶은 이야기는 아니었다. 그렇다고 한가롭게 카페 같은 곳에서 나눌 만한 이야기도 아니었다. 정희는 남자가 거절할 경우 어떻게 설득해야 할지 생각하고 있었다. 하지만 남자는 정희를 한번 깊이 쳐다보더니 순순히 앞장섰다.

어두컴컴한 집 안으로 들어서면서 정희는 재킷 안쪽을 만졌다. 그녀의 재킷 안에는 칼집이 있는 중간 사이즈의 장미 칼 한 자루가 들어 있었다. 뭘 어쩌겠다는 생각까진 없었다. 그저 흉기를 하나쯤 지니고 있어야 할 것 같아 무작정 쑤셔 넣은 것이었다. 정신 똑바로 차려. 남자가 열어 주는 문 안으로 들어서면서 정희는 잠시 숨을 멈추고 정신을 바짝 조였다. 그녀는 신발을 벗고 서서 좁은 거실을 둘러봤다. 냉장고 옆에 벽 쪽으로 붙여 놓은 작은 식탁이 있었다.

"이쪽으로 와서 앉아요."

마치 자기 집에 들어온 것처럼 정희가 말했다. 철식은 식탁 아래에서 의자를 꺼내 정희와 조금 떨어져 앉았다. 정희는 조용히 심호흡했다. 궁금한 것이 많았다. 성훈과 언제부터 어떻게 아는 사이인지, 정희를 만난 적이 있는지, 그런 게 아니라면 아까 그 눈빛은 무엇인지, 어떻게 알아보고 도망친 건지……. 머릿속에서 많은 말들이 한꺼번에 떠올라 뒤엉켰다. 그녀는 일단 자신이 어떻게 여기까지 왔는지 설명하기로 했다.

"남편의 회사에서 보낸 남편의 짐 속에서 이런 것이 나왔어요."

정희는 가방에서 구겨진 종이들을 꺼내 식탁 위에 펼쳐 놓았다.

목격자를 찾습니다.

2018년 3월 12일~3월 14일 사이

마포대교 인근에서 물에 빠진 여자를 목격하신 분은 연락바랍니다.

물에 빠졌다는 여자의 사진과 이름이 동일한, 다른 색깔의 전단도 있었다.

"아저씨 아내 맞죠?"

철식은 고개를 끄덕였다.

"예. 내가 만든 겁니다."

정희는 쌓여 있는 종이를 옆으로 펼쳐 전단 사이에서 '기제사 안내문'을 끄집어냈다. 관음사라는 곳에서 성훈에게 보낸 우편물 속에 들어 있던 종이였다.

〈김성훈 님께서 신청하신 성록혜 님의 기제사 안내〉

3월 12일 10시 성록혜 님의 기제사를 치릅니다.

참석이 가능하시면 오전 09:50까지 관음사로 오시면 됩니다.

10:00~12:00까지 제사를 지냅니다.

다른 준비할 것은 일체 없으며 절하기 간편한 복장만 챙겨 오시면 됩니다.

참석이 불가능하신 경우 제사 하루 전날 밤부터 당일까지 몸과 마음을 정갈히 하고 같이 제사를 지낸다는 생각으로 기도해 주시기 바랍니다.

＊ 제사가 끝난 뒤 사진과 동영상을 신청자에게 보내 드립니다.

"내 남편이 당신 아내의 기제사를 지냈다는 뜻이에요."

성훈은 성록혜의 기제사뿐 아니라 천도재까지 치러 줬다. 성훈이 치른 천도재 비용은 무려 300만 원이었다. 기제사 비용은 회당 40만 원. 성훈은 천도재를 지낸 뒤 두 번의 기제사 비용을 댔다. 그럼 380만 원. 정희는 성훈을 알고 지내 온 10여 년 동안 한 번도 그렇게 비싼 선물을 받아 본 적이 없었다. 우습게도 제일 먼저 그런 생각이 들었다. 여자의 정체가 궁금했던 건 그래서였다. 대체 누구기에, 어떤 관계이기에 성훈이 이렇게 큰돈을 쓴 것인가. 서류 봉투 안에서 정희는 제사상과 제사 지내는 모습, 이름이 적힌 연등 등 모두 열두 장의 사진을 찾을 수 있었다.

정희는 포털 사이트에 관음사를 검색해 봤다. 전라도에 있는 절이었다. 절에 전화를 걸었지만 신청한 사람과 죽은 사람이 어떤 관계인지는 그들도 알지 못한다고 했다. 정희는 인터넷 포털 창에 성록혜라는 이름을 검색했다. 놀랍게도 검색 결과가 없다는 안내문이 떴다. 흔치 않은 이름이긴 했다. 검색

사이트를 바꿔서 검색했다. 이번에는 몇 개의 검색 결과가 나타났다. 가장 먼저 눈에 띈 것은 목동에 있는 한 대형 교회의 공지 사항 게시글이었다. 글의 제목은 "성록혜 집사 소천".

성훈이 기제사를 올린 날짜와 비슷한 시점에 작성된 부고였다. 거기 기재된 상주의 연락처와 사람을 찾는 전단에 적힌 연락처가 일치했다. 성훈은 (아마 모르고 그랬겠지만) 교회 집사의 제사를 절에 부탁한 셈이었다. 정희는 교회 홈페이지에서 성록혜라는 이름을 검색해 봤다. 그러자 사진 하나가 떴다.

'새 가족 안내: 표철식 + 성록혜 성도 (새터 3교구)'

목사로 짐작되는 중년 남자를 사이에 두고 남자와 여자가 서 있었다. 여자는 전단에서 찾는 사람의 사진과 일치했다. 그리고 사진 속 남자가 지금 정희 앞에 앉아 있었다. 철식은 멍하니 기제사 안내문과 사진들에 시선을 둔 채 정희의 이야기를 들었다. 이제 철식이 성훈의 죽음에 대해 묻고 정희가 대답했다. 철식은 재차 놀랐다. *그래요. 놀랍죠. 그런데 더 놀라운 일이 있답니다.* 정희는 차근차근 최백화에 대해서도 이야기 했다.

최백화는 21일 밤에 죽었다. 성훈은 이틀 뒤인 23일 오후, 매제가 일하고 있는 병원 건물에서 투신했다. 철식은 성훈이 최백화를 죽인 이유가 자신이 이해한 것이 맞는지 확인했다.

"그래요. 맞아요. 두 사람이 내연 관계였다고 해요."

철식은 미간을 잔뜩 찌푸린 채 입술을 움직였다. 소리는 내지 않았지만 정희는 입 모양으로 그가 중얼거리는 말을 알 수 있었다. 말도 안 돼. 정희의 가슴이 미친 듯이 두근거렸다.

"내 남편이 왜 당신 아내의 기제사며 천도재를 지내 준 거죠? 당신은 알고 있죠?"

"……."

"말해요."

애매한 핑계를 대며 실랑이를 벌일 생각 같은 건 넣어 두는 게 좋을 거야. 정희는 지금 눈앞에 앉아 있는 남자를 얼마든지 닦아세울 각오가 되어 있었다.

"……둘이 같이 죽으려고 했습니다."

철식은 조금 뜸을 들인 뒤 대답했다.

"내 남편과 그쪽 아내가 같이 죽으려고 했다고요?"

"네."

철식이 담담한 말투로 설명을 이어 갔다. 정희는 한마디도 놓치지 않기 위해 온 신경을 집중했다. 성훈은 이미 내연 관계였던 최백화를 죽였고, 그 때문에 자살했다. 그런데 지금 이 남자는 그녀의 남편이 이미 3년 전에 다른 여자와 동반 자살을 시도했다고 말하고 있었다.

"같이 뛰어들었는데 아주머니 남편은 헤엄쳐 나오고 내 처만 죽었습니다."

"……왜요?"

"살고 싶어졌다고 했습니다."

"아니, 그게 아니고."

정희는 떨려 오는 손을 허벅지 밑에 넣었다.

"두 사람이 왜 같이 죽으려고 했냐고요. 둘이 어떻게 아는 사이였죠?"

"자살 공모 사이트에서 만났다고 했습니다."

지금은 없어졌다고 했다. 그래도 철식은 피시방에 찾아가 검색해 봤다. 자살, 자살 공모, 공모 자살, 자살 공모 사이트, 자살 사이트……. 어떻게 검색을 해도 원하는 검색 결과는 나오지 않았다. 화면 가득, 죽지 말라고 호소하는 캠페인 표어, 24시간 상담 가능한 전화번호와 사이트 같은 것들만 검색될 뿐이었다.

"한 사람이 더 있었는데 약속 장소에 나오지 않았다고 했습니다."

"그게 누군데요?"

철식 역시 그 사람에 대해서 물었지만 성훈은 성별도, 나이도, 이름도 알지 못한다고 대답했다. 그들은 모두 서로의 아이디만 알고 있었고, 연락도 사이트 내에서 쪽지로만 이루어졌다고 했다.

"내 처 이름도 이 전단을 보고 알았다고 했습니다."

정희는 전단을 내려다봤다. 여자가 죽은 건 경준이 죽기 얼마 전이었다.

"보험금 때문이었다고 했습니다."

"……"

"아주머니 남편이 죽으려고 한 이유 말입니다."

"그게 무슨 소리예요?"

"사망보험금. 그게 필요했다고 했습니다."

정희는 한꺼번에 쏟아진 정보들을 차근차근 정리해 봤다. 성훈이 사망보험금을 받으려고 자살 사이트에서 만난 여자와 함께 한강에 뛰어들었다고? 그런 생각을 해 보지 않았던 것은 아니었다. 정희와 성훈은 당시 인터넷 검색은 물론 한국소비자보호원, 보험회사에 익명으로 전화를 걸어 자살할 경우 받을 수 있는 보험금에 대해 구체적으로 알아보기도 했다. 두 사람은 생명보험과 손해보험에 가입되어 있었다. 하지만 자살의 경우 손해보험금은 받을 수 없었고, 생명보험 중 일부는 면책 기간이 지나지 않아 돈을 받을 수 없었다.

"쉽게 말해서 죽는다고 무조건 돈을 주는 게 아니라는 거예요."

차라리 누가 죽여 줬으면 좋겠다는 생각에 골몰하던 밤들. 그러다 문득 문득 소스라치게 놀라 정신 차려! 하고 스스로

를 다그치고는 했던 그 지옥 같은 밤들……을 떠올리며 정희
는 이를 꽉 깨물었다.

"그렇게 죽어 봐야 돈이 부족하다는 걸, 남편도 알고 있었
다고요."

정희는 표정이 없는 철식의 얼굴을 향해 버럭 소리 질렀다.
그는 입술이 일그러질 만큼 꾹 다물었던 입을 뗐다.

"부족하더라도 보태고 싶었던 건지도 모르죠. 뭐라도 해
보고 싶었던 걸 겁니다."

어쩌면 그래서 죽겠다는 결심이 확고하지 못했고, 그래서
살아 나올 수 있었던 건지도 몰랐다. 철식은 성훈을 이해할
수 있었다. 그래서 그를 놓아줬고, 이제는 그를 대신해 항변하
고 있었다.

"그런데 아주머니. 아주머니가 잘못 알고 있는 일이 있습니
다."

모르고 있는 게 아니라 잘못 알고 있는 게 있다고? 정희는
철식의 다음 말을 기다렸다.

"아주머니 남편은 21일 밤에 나랑 같이 있었습니다."

"뭐라고요?"

정희는 철식을 노려봤다. 그는 최백화가 살해되던 날 밤, 성
훈을 납치했고, 다음 날 아침까지 성훈을 인근 창고에 감금했
다고 털어놓았다. 그는 자신의 아내와 성훈이 3년 전 그날 밤,

무슨 일을 겪었는지 알아내기 위해 성훈을 고문했다. '납치'와 '감금'과 '고문'이 무슨 뜻인지 모르는 걸까? 이야기하는 내내 그는 담담하고 평온했다. 너무나 순순한 고백에 정희는 어안 이 벙벙해졌다.

"지금 당신이 무슨 이야길 하고 있는지 알고 있는 거예요?"

"예."

"내가 지금 당장 경찰에 신고할 수도 있다고요."

"예."

화가 나야 했다. 경악하고 비명을 지르며 철식을 두려워해 야 마땅했다. 만약 정희가 지금의 정희가 아니었더라면, 그러 니까, 망연히 아이를 잃고 남편이 감쪽같이 바람을 피우다 내 연녀를 살해하고 자살하지 않았더라면, 정희는 철식을 조금 도 이해할 수 없었을 것이다. 그래서 화가 났을 것이고, 두려 웠을 것이다. 하지만 지금 그녀의 마음은 이상하리만치 침착 했다. 그가 납치, 감금, 고문한 상대가 성훈만 아니었다면 좀 더 적극적으로 그를 이해했을지도 몰랐다. 그녀도 내내 그러 고 싶었으니까. 아이가 왜, 어떻게, 무슨 이유에서 그렇게 죽 어야만 했는지, 뭔가 돌이킬 방법이 있었던 것은 아닌지, 누군 가 답을 알고 있는 사람을 찾을 수만 있다면 멱살을 잡고 묻 고 싶었으니까.

지금 이 순간, 정희가 가장 하고 싶은 일 역시, 성훈을 딱 한

번만 깨워 묻는 것이었다. 왜 그랬느냐고, 대체 무슨 일이 있었던 것이냐고. 대답을 내놓을 때까지 호되게 닦아세우고 싶었다.

"내 남편이 당신 아내를 죽였다고 생각했군요. 그래서 납치한 거예요."

"예."

"그런데 그게 아니라서 놓아준 거고요."

"예."

"그이를, 데려간 날이, 21일이 확실해요?"

차마 '납치'라는 단어는 쓸 수가 없어 정희는 완곡하게 표현했다.

"예. 그날 밤 11시 넘어 다음 날 자정쯤 될 겁니다."

"어디서요."

정희는 다시 확인했다. 그는 집 근처의 지하철역 앞에서 성훈을 데려갔다고 했다. 최백화의 사망 추정 시각은 21일 저녁부터 다음 날 새벽 사이였다. 정희는 아득해졌다. 최백화의 사망 추정 시각, 성훈은 최백화의 집이 아니라 이 남자와 함께 있었다는 뜻이었다. 그럼 이게 대체 어떻게 된 일이지?

그때였다. 갑자기 초인종이 울렸다. 정희는 소스라치게 놀랐다.

"안에 있니?"

누군가 밖에서 문을 두드리며 낮은 목소리로 물었다. 정희와 철식은 숨을 죽인 채 서로를 바라봤다.

"나다. 안에 있니?"

철식의 휴대폰이 진동하기 시작했다. 그는 휴대폰을 쥔 채 정
희를 봤다. 정희는 벌떡 일어나 자신의 구두와 가방을 들고 욕
실로 들어갔다. 그녀는 소리가 나지 않게 욕실 문을 닫으면서
철식을 향해 눈짓했다. 어서 보내요. 철식은 고개를 끄덕였다.

"집에 있었구나."

문이 열리는 소리와 함께 중년 여성의 목소리가 들려왔다.
정희는 가방을 바닥에 내려놓고 문 앞에 주저앉았다.

"냉장고에 남은 거 그대로 들고 오라."

"동무."

"동무가 뭐이네. 아주머니라 부르라."

정희는 벌떡 일어섰다. 그 여자였다. 종로 거리에서 정희에
게 남편을 데리고 있다고 전화를 걸었던 여자!

"……아주머니. 항시 고맙게 생각합니다. 하지만 이제 그만
오세요. 어차피 잘 먹지도 않고……."

"그런 소리 하지 말고 잘 챙겨 먹으라."

정희는 숨을 멈춘 채 다시 한번 여자의 목소리를 확인했
다. 그래, 지금 문 밖에 있는 사람은 그 여자가 분명했다. 흥분
과 분노로 눈앞이 팽팽 돌았다. 정희는 손잡이를 뽑아 버릴
기세로 문을 열어젖히고 화장실 밖으로 튀어 나갔다.

26

한 달 전, 점례는 철식에게 전화 한 통을 받았다. 그는 환자의 신원을 묻지 않고 치료해 줄 수 있는 병원이 있는지 물었다. 점례는 조금 놀랐다. 철식은 먼저 전화를 걸어오는 법이 거의 없었고, 뭔가를 부탁한 적도 없었다. 점례는 병원을 소개해 줬다. 철식이 데려온 남자는 베트남에서 온 말기 암 환자였다. 이름은 라오. 한국말을 곧잘 하는 외국인 노동자였다. 불법체류자라 병원 치료를 받을 수 없다고 했다. 점례는 철식에게 설명했다. 라오가 이 나라에서 치료를 받을 수 없는 건 체류를 허락받지 못해서가 아니라 돈이 없기 때문이라고. 결국 모든 건 돈의 문제라는 걸 알려 주고 싶었다. 하지만 철식은 다르게 이해했다.

"치료비는 내가 대겠습니다."

"어떻게 아는 사이니?"

"……신세를 진 일이 있어서 갚아 주고 싶습니다."

"말기라 치료는 힘들겠지만 고통스럽지 않게 죽을 수는 있을 거야."

"예."

철식은 점례에게 라오를 잘 부탁한다며 고개를 숙였고, 약속대로 병원비를 대신 지불했지만 라오와 다시 만나지는 못했다. 입원 후 며칠 지나지 않아 라오가 죽었기 때문이다. 그는 철식과 어떻게 만나 무슨 이야길 나눴는지 술술 털어놓은 대가로 몰핀을 최대치로 투여 받고 고통 없이 죽었다. 점례는 미스터 킴에게 라오의 일을 보고했다. 미스터 킴은 궁금해했다.

"그 표철식이라는 사람이 정말 형님을 죽일까요?"

점례는 틀림없이 그럴 거라고 생각했다. 다음 날, 김성훈이 미스터 킴의 사무실로 불려왔다. 미스터 킴은 어떤 일이 있어도 다른 사람들이 연루되었다는 사실이 누설되어서는 안 된다는 매뉴얼을 확인했다.

"그날, 두 사람은 동반 자살을 시도했고, 한쪽만 성공한 겁니다."

"지금이라도 자수하는 게 좋겠어요."

김성훈이 대답했다.

"조사가 시작되면 상황을 통제할 수 없게 될 수도 있습니다."

"……."

"형님."

"……예."

"처남댁이 이 사실을 알게 돼도 괜찮겠어요? 안 그래도 정신이 온전치 않은 분이 이 상황을 감당할 수 있겠어요? 그래도 남편인데, 그렇게까지 잔인하게 굴어야겠어요?"

"생각할 시간을 주세요."

김성훈은 며칠 뒤, 먼저 아내에게 모든 것을 고백한 뒤 경찰에 자수하겠다는 뜻을 전해 왔다. 미스터 킴은 작전을 바꿨다. 그는 김성훈이 누구에게든 '그날'에 대해 이야기할 경우, 이정희를 죽이겠다고 협박했다. 김성훈은 다시 생각할 시간을 요구했다. 기다림이 지루해진 미스터 킴은 점례에게 이정희에게 전화를 걸도록 지시했다. 성훈을 겁주기 위해서였다. 흔한 보이스 피싱에서 약간 비튼 내용의 통화를 마치고 나면, 그래도 뭔가 이상하다고 생각한 이정희가 남편에게 전화를 걸어 안부를 확인할 것이다. *좀 황당한 전화를 받았어.* 남편의 안부를 확인한 이정희는 겸연쩍게 통화를 마칠 것이다. 하지만 김성훈은 누가, 왜 그런 전화를 걸었는지 이해할 거라고, 미스터 킴은 생각했다. 점례는 미스터 킴 옆에서 이정희에게 전화를 걸었다.

"내가 아주머니 남편을 데리고 있습니다."

예상과 달리 이정희는 침착했다.

"아주머니가 이쪽으로 좀 와야겠습니다."

"장난치지 마세요. 그만 끊을게요."

가만히 듣고 있던 미스터 킴은 휴대폰으로 음악 하나를 찾아서 틀었다. 갑자기 전화기 너머가 조용해졌다.

"아주머니."

"당신 누구야."

목이라도 졸린 것처럼 짓눌린 목소리였다. 이정희는 순식간에 겁에 질렸다.

"지금,"

미스터 킴은 점례가 말을 다 마치기 전에 전화를 빼앗아 끊어 버렸다. 곧바로 이정희에게 다시 전화가 걸려왔다. 원하는 반응을 이끌어 낸 미스터 킴은 만족했다.

잠시 뒤, 최백화와 함께 김성훈이 들어섰다. 확실하게 결정을 내리지 못하고 망설이는 김성훈에게 미스터 킴은 새로운 제안을 했다.

"처남댁과 함께 외국에 나가세요. 필요한 비용은 제가 대겠습니다."

장소는 필리핀 정도로 정해졌다. 조금 망설이던 김성훈은 결국 미스터 킴의 제안을 받아들였다. 하지만 그날 밤, 성훈은 철식에게 붙잡혀 갔다. 덕분에 이정희가 목숨을 건졌다. 미스터 킴은 부부를 함께 필리핀 바다에 수장시킬 생각이었으니까.

"이봐요. 문잖아요. 나한테 내 남편을 데리고 있다고 협박 전화한 적 있죠?"

이정희는 온몸에 힘을 준 채 경직된 자세로 점례를 노려보고 있었다. 점례는 안쓰러운 마음을 느꼈다. 지금까지 몇 번이나 죽을 고비를 넘겼는지 모를 테지. 어떻게 여기까지 찾아온 것일까. 이유가 무엇이었든 빨리 집으로 돌아가서 아무것도 궁금해하지 말고, 다시는 이쪽으로 발길도 하지 말고, 숨죽여 지내는 게 좋을 텐데. 저 미련한 여자는 대체 몇 번이나 더 자신의 운을 시험할 작정인 것일까…….

*

"그게 무슨 소립네까?"

모르는 일이라고, 여자는 딱 잡아뗐다. 장미칼이 든 재킷안쪽을 만지작거리며 안절부절못하는 것은 오히려 정희였다. 앞뒤 잴 것 없이 벌컥 문을 열고 튀어나온 패기는 순식간에 사라졌다.

"종종 겪는 일이디요."

여자는 숄더백에서 명함을 꺼내 정희에게 내밀었다. 서점례. 컨투어 메이크업 아티스트. 정희는 서점례를 다시 꼼꼼히 뜯어봤다. 명함 뒤에는 북한에서 외과 의사였다는 경력이 적혀 있었다. 의사였다고? 정희의 마음이 동요했다. 아마 이런 효과를 얻기 위해 적어 둔 것이겠지.

"비슷한 말투를 쓰니 오해를 산다는 것을 알고 있습니다. 좋디 못한 인상을 준다는 것 역시 잘 알고 있디만 쉽사리 고쳐지지 않습니다."

정희는 입술을 깨물었다. 괜한 선입견과 편견을 가지고 사람을 오해한 몰상식한 여자가 돼 버렸다.

"정말 날 몰라요?"

어쩌면 이렇게 주변적인 것부터 물었어야 했는지도 몰랐다. 정희는 뒤늦게 후회했다. 날 알아요? 내 남편도 알죠? 며칠 전에 나한테 전화했었잖아요, 그렇죠? 이런 식으로, 차근, 차근.

"초면입네다."

서점례는 정희의 얼굴을 잠시 뚫어져라 쳐다보더니 자신은 얼굴을 들여다보는 직업을 가졌으므로, 목소리나 이름은 잊어도 얼굴은 쉽게 잊지 않는다고 덧붙였다.

"내 남편도 몰라요?"

"우리 가게는 여성 전용입니다. 내가 아주머니 남편같이 젊은 남자를 알고 지낼 일이 뭐이가 있갔습네까."

"내 남편 이름은 김성훈이에요. 이름도 못 들어 봤어요?"

"내가 아는 사람 중에는 그런 이름을 가진 사람이 없습네다."

"21일 저녁 6시에서 7시 사이에 뭐했어요?"

서점례는 한숨을 쉬더니 가방에서 낡은 수첩을 꺼냈다. 그리고 펼쳐서 정희 쪽을 향해 내밀며 대답했다.

"밤 10시까지 예약이 쭉 있던 날이구만요."

"……."

"손님들한테 확인까지 해 봐야 성이 찰 것 같으면 그렇게 해 주갔습니다."

서점례는 어린아이를 달래듯 말했다. 정희는 입술을 깨물며 서점례를 뜯어봤다. 면전에서 여러 번 들어 보니 톤이 다른 것 같기도 했다. 애초에 한 번밖에 들어 보지 못한 목소리였다.

"아주머니 때문에 내가 더 놀랐습니다. 어째 거기서 튀어나온 겁니까."

"……."

"이보라요, 아주머니."

정희는 본능적으로 몸을 움츠렸다. 아. 주. 머. 니. 그때, 전화기 너머에서 저런 말투를 쓰는 여자가 분명히 말했다. 내가

아. 주. 머. 니. 남편을 데리고 있습니다. 그때 느꼈던 공포가 다시 고스란히 느껴졌다. 그날, 그렇게 스쳐 지나간 것이 성훈과의 마지막이었다.

"괜찮습네까?"

서점례가 정희의 어깨를 짚으며 물었다. 정희는 점례의 팔을 뿌리쳤다. 몸을 꼿꼿하게 세우려 했지만 그렇게 하려고 할수록 더 정신을 차리기가 어려웠다. 호흡이 가빠 왔다. 정희는 벽에 기대어 앉았다. 귓가에선 계속 서점례의 목소리가 맴돌았다. 아. 주. 머. 니.

"얼굴색이 좋지 않습니다. 병원에 가 봐야 되는 것 아닙니까?"

"괜, 괜찮아요. 잠깐 쉬면 돼요."

정희는 가슴에 손을 댄 채 대꾸했다.

"너 뭐하고 서 있니? 물이라도 좀 떠다 주라."

그제야 철식이 허둥지둥 싱크대 안쪽에서 500밀리리터 생수병을 꺼내 왔다. 정희는 잠시 물병을 들고 앉아 있었다. 시야가 좁아졌다 넓어지기를 반복하며 회오리쳤다. 초점이 맞지 않는 안경을 낀 것처럼 눈앞이 팽팽 돌았다. 정희는 초점을 맞추기 위해 한곳을 바라보다가 눈을 감아 버렸다.

"둘이 무슨 사이네? 너 기래서 이제 반찬 가져오디 말라 그런 거이네?"

서점례가 목소리를 낮추고 철식에게 물었다.

"알았다. 아새끼 눈 찢어지갔다."

서점례는 바닥에 놓인 반찬 통들을 보자기로 묶었다.

"예약이 있어서 날래 가 봐야갔다. 아주머니, 정말 괜찮갔습니까?"

정희는 또 몸을 움츠렸다. 하지만 턱까지 차올랐던 숨이 조금씩 안정 궤도로 넘어오고 있었으므로, 괜찮다고 대답했다.

"아주머니, 그럼 나중에 또 봅시다."

정희의 대꾸를 듣기도 전에 서점례가 문을 열고 나갔다. 잠깐. 정희의 캄캄한 눈앞으로 뭔가가 스쳐 갔다. 정희는 눈을 뜨고 손에 쥐고 있던 명함을 다시 봤다. 그리고 튀어 오르듯 벌떡 일어났다. 시야가 가파르게 오른쪽으로 기울었다. 정희는 중심을 잡기 위해 잠시 서 있었다. 안 돼. 그녀는 결정적인 순간마다 말을 듣지 않는 몸뚱이에 대고 읍소했다. 제발, 이러지 마. 정희는 정신을 다잡고 식탁까지 걸어갔다. 그리고 아무렇게나 펼쳐 놓은 전단지와 기제사 안내문 사이에서 차용증을 찾아냈다. 원금 2000만 원. 채무자 김성훈, 연대보증인 이정희, 그리고 채권자 서점례!

"잡아요."

"예?"

"가서 잡으라고요."

정희는 한 손으로 차용증을 들고 다른 한 손으로 식탁을 짚은 채 말했다. 철식이 정희에게 다가왔다.

"나한테 오지 말고 저 여자를 잡으라고요! 거짓말을 했어요. 물어봐야 해요."

철식은 정희가 들고 있는 차용증을 내려다봤다.

"동명이인이라고 할 수도 없을 거야. 여기 주민등록번호도 있어요. 580……6……28……."

정희는 중간중간 하아, 하하, 하고 소리 내어 숨을 내쉬었다. 안간힘을 써도 몸이 말을 듣지 않았고, 그래서 서점례를 놓칠 것만 같아 조바심이 나고 분했다.

"빨리!"

철식은 성큼성큼 걸어가 문을 열었다. 그리고 난간 아래를 내려다봤다. 점례가 차문을 열고 차 안으로 들어가고 있었다.

"아주머니!"

철식이 점례를 불렀다. 점례는 듣지 못한 듯 그대로 좌석에 앉아 문을 닫았다. 철식은 다시 안으로 들어가 전화기를 들고 나왔다. 점례는 전화를 받지 않았다.

"동무!"

소용이 없다는 것을 알면서도 철식은 다시 점례를 불렀다. 점례의 차는 주저 없이 아파트를 벗어나 도로로 빠져나갔다.

"어디 사는지 알죠?"

정희가 철식에게 물었다.

"저 여자, 어디 사는지……. 아, 여기 있겠네요. 예약이 있다고 했으니까."

정희는 서점례의 명함을 움켜잡았다. 거기 오피스텔 주소와 휴대폰 번호가 적혀 있었다.

"앞장서요."

정희는 식탁에 펼쳐 놓았던 종이들을 접어 가방에 넣었다. 그리고 손을 뻗어 철식의 어깨를 짚었다.

"어서."

27

"정말 와 본 적이 있긴 한 거예요?"

"예."

답답하기는 철식도 마찬가지였다. 비슷한 디자인의 비슷한 건물들이 미로처럼 연결되어 있어 입구를 찾을 수가 없었다. 오래전에 록혜와 함께 와 본 적이 있었지만 기억이 가물가물했다.

"여기 D동이 어딘가요?"

정희가 도로 중앙에 서 있는 주차 관리원에게 물었다. 안쪽으로 5분을 더 걸어야 했다. 보안 카드가 있는 사람만 드나들 수 있는 오피스텔이었다. 두 사람은 출입구에서 서점례의 오피스텔 호수를 입력한 뒤 세대 호출을 눌렀으나 아무도 대답하지 않았다. 때마침 밖으로 나오는 사람 덕분에 자동문이 열렸다. 철식과 정희는 안으로 들어갔다. 서점례는 오피스텔에 없었다. 철식은 서점례에게 전화를 걸어 봤다. 이제 전화기는 꺼져 있었다. 두 사람은 망연히 건물 밖으로 걸어 나왔다.

"집은 어디예요? 집도 어딘지 알아요?"

"예."

철식은 이쪽으로 들어오는 택시를 향해 손을 흔들었다. 말은 안 했지만 두 사람 모두 서점례가 집에 없을 거라고 생각하고 있었다. 그리고 상대방은 다른 생각을 하고 있기를, 부디 자신의 예감이 틀리기를 바라면서 택시에 올라탔다.

서점례의 집은 철식의 집과 같은 아파트의 다른 동이었다. 두 사람의 예상대로 서점례의 집은 비어 있었다. 철식이 경비실에 물어봤지만 경비원은 입주민 한 사람 한 사람이 귀가했는지까지 알 수는 없다고 대답했다. 철식과 정희는 또다시 터덜터덜 걸어 나왔다.

"내 남편은 보험금 때문이었다고 쳐요. 그쪽 아내는 왜 그런 거예요?"

"……."

"왜 죽으려고 한 거냐고요. 같은 이유인가요?"

"……아닙니다."

"그럼 왜죠?"

"......."

철식은 대답하지 않고 정희를 앞질러 걸어갔다. 무례한 질
문이었다. 하지만 정희는 알고 싶었고, 알아야 했다. 성훈은 3
년 전 저 남자의 아내, 성록혜와 함께 자살을 시도했다. 그러
나 성록혜만 죽었다. 저 남자가 성훈을 납치해 받아 낸 자백
에 따르면 그랬다. 하지만 그건 (적어도 보험금 때문이었다는 말
은) 사실이 아니었다. 이 수상한 공모에 서점례라는 여자가 연
루되어 있는 것이 분명했다. 차용증이 그 증거였다. 뭔가 잘못
됐어. 그렇게 생각하자 많은 가능성들이 떠올라 머릿속에서
뒤엉켰다. 대체 어디서부터, 얼마나 잘못된 거지?

"분명히 뭔가, 우리가 모르는 게 더 있어요. 당신도 그렇게
생각하죠?"

정희가 저만치 앞장서 가는 철식을 향해 소리쳤다. 철식은
아무 소리도 듣지 못한 것처럼 계속 앞으로 걸어갔다. 도망치
는 것이 능사가 아니라는 건 철식도 잘 알고 있었다. 결국 계
속 그 자리로 돌아가게 될 거였다. 그럴 바엔 끝까지 가서 고
꾸라지는 게 나을지도 몰랐다. 하지만 그의 마음 한편에는 더
이상 알고 싶지 않다는 욕망이 작게 일렁이고 있었다.

이쯤에서 덮어 버리는 게 나을지도 몰랐다. 아내는 그를 버
리고 죽었다. 김성훈은 그걸 확인시켜 줬다. 믿고 싶지 않았
고, 그래서 믿지 않고 버텼지만 사실은 알고 있었다. 아내가

그런 결심을 할 수 있는 사람이라는 것. 너무 살고 싶은 마음은 차라리 죽고 싶은 마음과 한 끗 차이라는 것. 죽고 싶다는 마음으로 인터넷 카페를 찾아 떠돌고, 사람들을 만나고, 찬바람을 맞으며 걸어 다녔을 록혜를 생각하면 철식은 지금도 미쳐 버릴 것만 같았다. 차라리 누군가에게 살해당했다고 생각하고 앙심과 분노를 품고 살 때가 나았다.

김성훈의 목을 조르면서 잠깐 그런 유혹을 느끼기도 했다. 김성훈을 죽이면 계속 그렇게 살 수 있을지도 몰랐다. *엄밀히 말해 전혀 무관한 놈도 아니잖아?* 마음속에서 시꺼먼 목소리가 그를 부추겼다. 아내의 사체에 남은 교살 흔적에 대해 물었을 때, 김성훈은 잘 모르겠다고 했다. 너무 춥고, 어두웠고, 살고 싶다는 생각뿐이었다고.

"물속에서 몸싸움이 있었던 것도 같고, 아니었던 것도 같고, 믿을 수 없겠지만 기억이 안 나요. 분명한 건, 내가 온 힘을 다해 빠져나왔다는 것뿐입니다."

김성훈은 울며 사과했다. 살고 싶었을 뿐이라고, 그리고 그 대가가 너무 컸다고. 철식은 김성훈을 보내 주기로 결심했고, 그것으로 다 끝이라고 생각했다.

"겁나요?"

철식의 마음을 들여다보기라도 한 듯 정희가 물었다.

"어쩌면 우리가 생각지도 못한 걸 알게 될지도 모르죠."

철식은 여전히 등을 보인 채 서 있었다. 하지만 정희는 그가 동요하고 있다는 것을 알 수 있었다.

"내 남편은 당신한테 거짓말을 했어요."

"······."

"아마도 서점례라는 여자는 그걸 알고 있는 것 같고요."

"······."

철식은 정희가 자신을 원망한다고 느꼈다. (서점례가 가까이 있었으나) 아무것도 눈치채지 못했고, (김성훈에게는) 허술하게 속아 버렸다. 그 책임을 추궁해 오고 있는 것이라면 철식도 억울했다.

"한 달 뒤에 내가 어떻게 살고 있을까를 생각해요. 너무 막막하죠. 그래서 일주일 뒤를 생각해 봐요. 모르겠어요. 다음 날은커녕 한 시간 뒤도 상상하기가 힘들어요. 머릿속이 백지장 같아요. 모든 것이 불확실하고, 알 수 있는 게 있다고 해도 내가 어떻게 할 수 없는 것들뿐이라는 생각이 들어요. 기껏 하는 생각은, 그러니 죽어 버리자는 것 정도죠. 그러다 또 조금 뒤엔 억울한 생각이 들어요."

정희는 두려움을 느꼈다. 스스로도 차마 깊이 파고들지 못한 생각들이 낯선 남자를 향해 쏟아지고 있었다.

"주변에 있는 사람들한테 기대 볼 수도 있겠죠. 사람들은 대체로 내게 다정해요. 내가 너무너무 불행하니까. 나를 동정하면서 아직 자기들이 잃지 않은 것에 감사하고 안도하기도 하겠죠. 하지만 나아지는 건 아무것도 없고, 결국엔 다정했던 사람들도 내 슬픔에 진절머리를 내게 되죠."

"······."

"······우리 같은 사람들에겐 남은 시간이 너무 길어요."

"······."

누군가 이런 식으로 말을 걸어왔다면 정희는 당장 뺨을 올려붙였을 것이다. 그녀는 함부로 '우리' 운운하며 아는 척해오는 사람들을 경멸해 왔다. 하지만 그런 경우와는 달랐다. 그녀는 적어도 지금 이 순간, 저 남자에게는 이런 말을 해도 된다는 분명한 확신이 있었다. 정희는 철식을 압박하듯 바짝 다가갔다.

"난 알아야겠어요."

"······."

"이 말도 안 되는 일의 전후 사정을 하나도 빠짐없이 알아야겠다고요, 나는."

"······."

"그러니까, 당신은 나를 도와요."

3부

28

최필호 형사는 이따금 죽은 김성훈에 대해 생각했다. 필호는 실종 신고를 하러 왔던 김성훈의 아내, 이정희에게 마음의 빚이 있었다. 부부 싸움 운운하며 단순 가출 취급을 하지 않았다면 셋 중 한 사람이라도 구할 수 있지 않았을까? 이혼과 위자료 운운하며 대충 달래서 돌려보낸 건 실수였고, 판단 미스였으며 분명한 결례였다. 피로와 자괴감이 밀려왔다.

김성훈의 직장 동료가 받은 아내를 사칭한 문자는 내연녀의 휴대폰으로 보내진 것으로 밝혀졌다. 문자는 내연녀의 사망 추정 시각에 발신되었다. 그러므로 문자를 보낸 것이 내연녀인지 아니면 김성훈 본인인지는 알 수 없었다. 필호는 장례식장으로 김성훈의 휴대폰을 가져다줬다. 김성훈의 아내는 정신이 반쯤, 아니 그 이상 나간 것처럼 보였다. 그 창백한 얼굴을 떠올리면 몹시 심란했다. 하지만 딱 거기까지였다. 관할서에서 이미 종결된 사건이었다. 그가 할 수 있는 일은 없었다. 그에게는 당장 해결해야 할 현재진행형의 진짜 사건이 있었다.

유가인은 의식을 회복한 뒤 빠르게 기력을 찾아 가고 있었다. 필호는 노트북을 들고 유가인을 찾아가 항공뷰와 거리뷰를 사용해 유가인과 만나기로 했던 사건 현장 인근에서부터 그녀의 기억을 더듬어 '납치, 감금, 폭행'이 일어났다는 컨테이너 창고를 찾았다. 유가인이 지목한 창고는 이삿짐 업체를 운영하는 공 모 씨가 석 달간 임대해 사용하고 있었다. 이사 날짜가 맞지 않는 사람들이 짐을 맡기는 경우가 있어 임대했다고 했다. 말끔하게 치워진 내부엔 아무것도 없었다. 문을 잠가 두지 않은 이유를 추궁하자 예약한 사람이 예약을 취소해 임대한 채 그냥 뒀다고 했다. 그는 실제로 그런 식의 임대 창고를 몇 개 더 가지고 있었다.

유가인은 창고 안에 두 명의 남자가 있었고, 한 사람이 다른 사람을 일방적으로 폭행했다고 주장했다. 유가인이 말한 '납치, 감금, 폭행'의 피해자가 김성훈일지도 모른다고 생각했던 미영은 그가 내연녀를 살해하고 자살했다는 소식을 듣고 크게 실망했다.

이선영은 계속 묵비권을 행사하고 있었다. 살인미수에 마약 소지로 실형을 면치 못할 거라고 겁박해도 소용이 없었다. 현실 세계에서 발을 떼고 있는 사람에게 현실적인 겁박은 아무런 힘이 없었다. 발을 잡아당겨 현실을 딛고 서게 하는 것이 먼저였다. 필호는 구청 직원과 공익 근무 요원들의 도움을 받아 이선영의 쪽방에 산재한 쓰레기들을 치웠다. 그 작은 방에서 5톤 가까운 쓰레기들이 쏟아져 나왔다. 단서가 될 만한 물건, 이를테면 더 많은 필로폰 같은 것이 나오지 않을까 싶어 지켜봤지만 그런 것은 발견되지 않았다. 필호는 개인적인 물건들 중 몇 가지를 따로 챙겨 뒀다.

"그 맥가이버 칼 주인 말이에요."

미영이 말을 걸어왔다. 안마사 이야기였다. 곱상한 인상의 예의 바른 탈북자. 그는 이선영이 누군지 모른다고 했다. 칼을 잃어버린 줄도 모르고 있었다. 그는 칼을 확인하기 위해 경찰서에 다녀갔다.

"이상하지 않아요?"

"뭐가?"

"그냥 잃어버린 칼이잖아요. 그걸 이선영이 주운 거고. 근데 왜 유 여사 합의금을 자기가 준다는 걸까요?"

"자기가 간수를 잘못해서 미안하다잖아."

필호가 대답했다. 묻지 마 범죄가 가능하다면 묻지 마 선행이 불가능할 건 뭔가. 필호는 안마사가 칼을 맞은 유가인에게 감정적으로 모종의 책임감이나 죄책감을 느끼는 걸 이해할 수 있었다. 자신이 부주의하게 잃어버린 물건이 범죄에 사용되었다면 끔찍하게 생각할 수 있다. 그 끔찍함을 해소해 버리기 위해 돈을 쓸 수도 있는 거고.

필호가 이상하게 생각하는 건 다른 거였다. 안마사가 전화로 경찰서의 위치를 물었을 때 필호는 차근차근 설명해 줬다. 안마사는 중간중간 자신이 제대로 이해했는지 확인했고 일을 마친 뒤 들르겠다며 대강의 도착 시간까지 이야기해 줬다. 그리고 정확히 그 시각에 왔다. 차분하고 분명한 성격이었다. 쉽게 물건을 잃어버리거나 잃어버렸다는 것조차 잊고 있을 만한 사람이 아닌 것 같았다.

게다가 칼을 모르고 잃어버린 건지 아니면 도난당한 것인지 물었을 때 그는 '차이가 무엇이냐'고 물었다. 차이가 있다면 대답이 달라진다는 뜻이냐고 물었을 때 그는 3초쯤 뒤에 아니라고 대답했다. 잃어버린 것이 맞다고. 그 3초의 침묵. 머뭇거림. 필호가 이상하다고 생각하는 것은 그런 것들이었다.

"진짜 돈을 많이 버나 봐요. 실력이 좋으니까 이렇게 비싼 칼도 선물을 받은 거겠죠?"

안마사는 그 비싼 칼을 '버려 달라'고 했고 미영은 괜찮다면 자신이 그걸 갖겠다고 했다. 필호의 신경을 긁는 건 또한 이런 것이었다. 아무리 고가의 한정판 칼이라고 해도 사람을 찌른 칼이었다. 찌른 사람도, 찔린 사람도 모두 아직 병원에 있었다.

그런데 정말 괜찮은 거냐?

*

슬픔의 다섯 단계. 잠을 이루지 못하는 어떤 밤에, 정희는 라디오에서 인간이 슬픔을 극복하는 데 일반적으로 다섯 단계를 거친다는 이야기를 들은 적이 있었다. 부정, 분노, 타협, 우울, 수용. 정희는 눈을 감은 채로 단어 하나하나에 자신의 경우를 대입해 봤다. 경준이 죽었을 때 정희는 첫 번째 단계를 뛰어넘었다. 아이의 죽음은 부정할 수 있는 것이 아니었다. 오히려 잔인할 정도로 명확하게 인지되었다. 그래서 정희는 분노했다. 타협의 과정 또한 뛰어넘었다. 같은 이유에서였다. 정희는 전부를 잃었다. 절대적인 것을 잃었다는 사실이 숨을 쉴 때마다 명징하게 인식되는데 대체 무엇을 타협한단 말인가. 정희는 우울의 단계로 넘어갔고, 그것이 끝인 것 같았다. 아무것도 부정하지 못했으므로 새삼 수용할 것도 없었다.

그랬다고 생각했다.

하지만 애초에 그 다섯 단계는 차례차례 오는 것이 아닌지도 몰랐다. 정희는 퍽 오랜 시간, 자신이 뛰어넘었다고 생각했던 부정과 타협이 우울, 분노와 뒤섞인 이상한 카오스 속에서 살아왔다. 계속 혼돈 속에 있다 보면 질서 정연한 세계에 사는 사람들과는 다른 감각이 발달하게 된다. 맹인들이 눈이 아닌 청각과 후각, 촉각으로 세상을 보는 것과 마찬가지였다. 눈먼 자들에게는 어둠이 더 짙어진다는 것이 새삼 큰 문제가 되지 않는다. 보이는 세상에 대한 회한조차 내려놓은 자들은 깊은 암흑 속에서 오히려 편안함을 느끼기도 한다. 철식이 운전하는 렌터카를 타고 서울을 빠져나가는 동안 정희가 유리창에 고개를 박고 깊은 잠에 빠져든 것은 그래서였다.

정희는 차가 과속방지턱을 지나칠 때마다 잠깐씩 잠에서 깨어났고, 그때마다 운전 중인 철식에게 요즘 통 잠을 자지 못했다는 변명이라도 해야겠다고 생각했다. 하지만 머릿속에서 매만져지던 말들은 그저 끙끙 앓는 단발의 신음 소리가 되어 나올 뿐이었다. 철식은 그런 정희를 쳐다보지 않으려고 애썼다. 그는 정면만을 응시하고자 최선을 다하고 있었다. 아무것도 안 보이고 아무것도 들리지 않았다고 하는 게 더 정확한 표현인지도 몰랐다. 그는 쩔쩔매고 있었다. 오랫동안 운전을 하지 않아 초보 운전이나 다름없다는 사실을 운전대를 잡고 나서야 실감했기 때문이다. 그들은 서점례의 큰딸이 다니고 있는 포항의 대학으로 가고 있었다. 둘째는 부산에 있었다.

정희는 철식이 자신의 허벅지를 더듬는다고 생각하고 화들짝 놀라 눈을 떴다. 허벅지 위에 올려놓은 가방 안에서 휴대폰이 진동하고 있었다. 잠이 확 달아났다. 그녀는 가방에 손을 넣어 휴대폰을 확인했다. 또 그 여자였다. 최백화의 연락처를 알려 줬던 교직원, 이지형. 정희는 수신 거부를 누른 뒤 재킷 안에 넣어 두었던 장미칼을 꺼내 가방에 넣었다. 그러다 불현듯 깨달았다.

"잠깐만요."

정희가 창문 쪽으로 기울어져 있던 상체를 일으켜 세웠다.

"아이들한텐 안 갔을 거예요."

"예?"

"정말 우리를 피하는 거라면 아이들한테 갔을 리가 없어요."

철식은 잠시 생각했다. 하지만 점례에게는 달리 갈 데가 없었다.

"그래도 아이들한테는 안 갔을 거예요."

애초에 둘 다 기숙사에 있다고 하질 않았는가. 정희는 안전벨트를 만지작거리며 생각했다. 서점례가 지금 이 상황을 피하고 있다는 판단은 맞는 걸까?

"일단 차를 세워 봐요. 좀 더 생각해 보고……."

정희가 말을 끝내기도 전에 철식이 갓길에 차를 세웠다. 그는 황급히 차 문을 열고 밖으로 튀어 나갔다. 그리고 안마소에서 억지로 꾸역꾸역 밀어 넣었던 케이크를 다 게워 냈다.

*

"예. 차용증을 가지고 있었습니다. 아니요. 또 뭣을 가지고 있는디는 모르갔습니다. 예, 그렇갔디요."

점례는 잠자코 있었다. 미스터 킴은 그녀가 다급히 몸을 피한 것이 잘못된 판단이었음을 냉정하게 지적했고, 다시 그들을 찾아가 사실대로 털어놓으라고 말했다. 사실대로? 처음부터 끝까지? 미스터 킴은 점례에게 살짝살짝 지우고 수정한 이야기를 들려줬다. 그것은 언뜻 듣기엔 위험하게 들릴 만큼 사실에 가까웠고, 그래서 진정성이 느껴졌으며 그럼에도 진실은 드러나지 않았다.

점례는 차를 적당한 공용 주차장에 세워 놓고 택시를 잡았다. 그리고 오피스텔 앞까지 택시를 타고 이동했다. 예약자들에게는 양해를 구하고 시술을 미루거나 취소했다. 문 앞에 철식과 여자가 와 있을지도 모른다고 생각했지만 아무도 없었다. 점례는 문을 열고 들어가 티브이를 켰다. 그녀는 잠시 우두커니 앉아 있다가 철식에게 전화를 걸었다. 통화 연결음이 길게 이어졌다. 점례는 블라인드를 열고 창밖을 내려다보고 방문도 하나씩 열어 봤다. 오랜 습관이었다. 아무것도 없다는 것을 알면서도 눈으로 확인해야 안심이 됐다. 딸깍, 하는 소리와 함께 철식이 전화를 받았다.

"어, 나다."

점례는 갑자기 차가 고장 나서 견인차를 불러 정비소에 맡겼다고 전화를 받지 못한 사정을 설명했다. 그러고는 태연한 목소리로 물었다.

"무슨 일이 있는 거니? 와 이렇게 전화를 많이 했니?"

그는 대답하지 않고 점례에게 어디에 있는지 물었다. 그녀는 지금 막 오피스텔에 도착했다고 대답했다.

"지금? 시간도 늦었는데 내일 오지 그러니? 급한 일이니?"

그때 철식의 옆에서 여자의 목소리가 들려왔다. 혹시나 하는 실낱같은 기대가 스르르 사라졌다. 두 사람은 여태 같이 있었다. 함께 점례를 찾고 있었다. 뭔가를 알아냈고, 그걸 추궁할 셈인 것이 분명했다.

"그래. 알았다. 이리로 오라."

점례는 전화를 끊었다.

29

"록혜한테 남자가 있었다."

정희가 차용증에 적힌 이름에 대한 해명을 요구했을 때 점 례는 곧바로 대답했다. 질문은 정희가 했고, 그러므로 대답을 기다리는 것 역시 정희였으나 점례는 철식에게 대답했다. 대 답 내용 역시 동문서답이었다. 대답을 회피하려는 것일까? 하 지만 정희는 일단 가만히 있었다. 철식은 피식 웃었다. 어이가 없다거나 말이 안 된다고 생각해서가 아니었다. 오히려 그 반 대였다. 그는 겁을 먹었다. 실금처럼 그어진 미소 위로 경련이 일었다.

"그 남자를 북조선에서 데리고 나오고 싶다고 했다."

록혜는 철식과 함께 남한에 온 뒤에도 계속 남자에게 연락할 방도를 찾았고, 결국 중국에 있는 브로커를 통해 연락을 시도했다. 록혜가 브로커와 접촉하고 있다는 건 철식도 알고 있었다. 하지만 록혜가 브로커를 통해 연락하고 싶어 한 것은 수용소에서 함께 지내다 헤어진 동생이었다. 거짓말이었던 걸까? 아니면 그 '동생'이 남자였던 걸까?

"뭐이가 잘 안 되는 것 같았다. 그런데 남자 쪽에서 먼저 록혜에게 연락을 해 왔다. 중국까디 나왔다고."

그게 그 남자의 최선이었다. 남한으로 들어오려면 브로커에게 또 돈을 줘야 했다. 남자는 돈이 없었다. 록혜는 점례에게 돈을 마련할 수 있도록 도와 달라고 했다. 점례는 반대했다.

"정신 차리라 했다. 잊으라고. 너를 따라 여기로 왔으면 더 이상 거기에 마음 두지 말고 살라 했디. 그 에미나이 때문에……."

점례는 말을 얼버무렸다. 철식은 셔츠 밑으로 드러난 흉터를 손으로 감쌌다. 철식이 팔로 전기 철조망을 받치고 그 사이로 록혜가 빠져나왔다. 록혜가 너무나 미안해했기 때문에 철식이 듣기 싫어했던 이야기였다.

"그티만 말린다고 되는 일이 아니디 않니."

철식은 숨죽여 귀를 기울였다. 그는 아무것도 성급하게 판단하지 않기 위해 안간힘을 쓰고 있었다.

"돈을 빌려 주디 않갔다 하니깐 여기 나와서 일을 배우겠다고 했다. 그거까지 어찌 거절하겠니. 다른 데 정신을 팔다 보믄 생각이 달라질 수도 있갔다 싶어 가르쳐 주갔다고 했다."

하지만 록혜는 손재주가 없었다. 그럭저럭 눈썹 그리는 일은 배웠으나 점막과 입술에 색소 넣는 건 겁을 먹고 시도조차 하지 못했다. 점례는 차라리 철식과 상의하라고 했다. 옛정을 이기지 못하겠다면 철식에게 양해를 구하고 철식의 도움을 받아 남자의 탈북을 도와주고, 그것으로 잊으라고.

"너가 그 정도는 도와줄 수 있디 않갔느냐고 말했디만 소용이 없었다."

그랬을까? 철식은 스스로에게 물어봤다. 록혜가 북에 있는 남자를 이곳으로 데려오고 싶다고 했다면 철식은 순순히 그 돈을 마련해 줬을까? 록혜와 점례 사이에도 그런 언쟁이 몇 번 있었다. 그러던 어느 날.

"록혜가 어데선가 그 남자를 만나개지고 왔다."

그 남자? 철식과 정희는 동시에 점례를 쳐다봤다.

"김성훈. 아주머니 남편."

점례가 정희를 향해 힘주어 말했다.

"자살하면 보험금 받기가 까다롭디요. 그래서 아주머니 남편이 록혜한테 부탁을 했다고 했습니다."

계획은 이랬다. 록혜가 자살을 시도하는 것처럼 마포대교 아래로 뛰어든다. 강변에서 기다리고 있던 성훈이 록혜를 구하러 들어간다. 록혜가 물 밖으로 나와 신고한다. 누군가 한

강에 뛰어든 자신을 구하려다 물에 빠져 죽고 말았다고.

정희는 정신을 다잡으려 노력했다. 그러니까 그날 밤, 자살을 시도한 것은 성훈뿐이었다. 철식의 아내, 성록혜는 밖으로 나와 약속된 돈을 받아 필리핀으로 도망칠 생각이었다.

"죽은 사람이 어떻게 돈을 준다는 거죠?"

정희는 점례를 쏘아봤다. *처음부터 끝까지, 나를 제대로 이해시켜야 할 거야.* 그녀의 머릿속에서 목소리들이 왱왱거렸다.

"그래서 이 차용증을 나한테 써 준 겁니다."

점례가 정희와 철식이 들고 온 종이를 흔들어 보였다. 원금 2000만 원. 정희가 성훈의 사망보험금을 받고 나면 갚아야할 돈이었다. 의심을 사지 않기 위해 채권자를 성록혜가 아닌서점례로 설정한 것이다.

"그런데 일이 잘못 됐습니다. 록혜가 물 밖으로 빠져나오디 못했고, 아주머니 남편은 헤엄쳐 나온 겁니다."

정확한 사정은 점례도 알지 못했다. 죽은 자는 말이 없었고, 살아 나온 자는 제대로 기억하지 못했다. 물에 흠뻑 젖은채 점례를 찾아온 성훈은 강물이 너무 차갑고 어두웠다고 횡설수설할 뿐이었다.

그러니까.

정희는 멍해진 머리로 생각했다. 성훈은 자살을 사고사로위장하려 했다. 자살이 아니라 사고사라면 생명보험금과 재해 특약 보험금을 받을 수 있었을 것이다. 이 남자의 아내, 성록혜는 성훈이 자살을 사고사로 처리해 보험금을 받을 수 있도록 도우려다 자신이 죽었다. 뚫어질 듯 점례를 쳐다보고 있던 철식이 고개를 돌려 정희를 봤다. 정희는 분노와 슬픔으로 날카롭게 빛나는 철식의 시선을 외면했다.

"둘이 어떻게 만난 건가요?"

정희가 물었다.

"정확하게는 모르겠습니다. 처음에는 자살 사이튼지 뭔지, 그런 데서 만난 것 같은데 어떻게 꿍짝이 맞았는디까던 모르겠습니다. 그런 걸 시시콜콜 말하는 성정이 아닙니다."

철식은 무언으로 긍정했다. 록혜에게는 늘 가림막이 있었다. 그녀는 그 너머를 보려고 들면 저만치 도망가는 사람이었다. 그래서 철식에게 록혜는 언제나 어려운 사람이었다. 하지만 그 가림막 너머에 이렇게 무시무시한 것이 있을 거라고는 꿈에도 상상하지 못했다.

"저들끼리는 서로가 좋을 묘략*이라고 생각한 것이겠지요."

"왜 말리지 않았어요?"

정희는 원망스러웠다. 서점례와 성록혜가 하려던 짓은 살인이나 마찬가지가 아닌가.

---

* 묘책.

"방법이 그것뿐이라믄 도와주고 싶었습니다."

"뭐라고요?"

"나도 남에 와서 큰애를 잃었습니다."

"……."

"아주머니 남편의 심정을 이해 못 할 바도 아니었디요. 뭔 짓인들 못 하갔습니까."

정희는 주먹으로 재빨리 눈가를 훔쳤다. 움켜쥔 손 틈으로 끈적끈적한 눈물이 스며들었다.

"그때 록혜 문제도 다시 생각을 하게 되었다."

점례가 말했다. 어느 순간, 그저 울컥 설득이 됐다고. 한 번뿐인 인생이 아닌가. 가슴을 치며 살고 싶은 남자가 있다면, 그 남자랑 살도록 도와주고 싶어졌다. 록혜와 남자는 필리핀에서 만나기로 했다.

"와 하필 필리핀인디는 나도 모르갔디만 록혜가 그렇게 주견머리*를 부렸다."

철식은 알 것 같았다. 철식과 록혜는 탈출 도중 필리핀의 바닷가를 지나간 적이 있었다. 꼭 낙원 같다고, 록혜가 중얼거렸다. 두 사람은 언젠가 다시 오자고 약속했다. 도망자가 아니라 여행자로. 그때는 한가롭게 수영을 하고, 낮잠을 자고,

---

* 고집.

달콤한 과일들을 실컷 먹으면서 시간을 보내자고. 록혜와 약속한 것은 분명 그였다. 그런데 왜. 도대체 왜…….

"한 명이 더 있었다고 했어요. 그렇죠?"

정희가 점례와 철식을 번갈아 바라보며 물었다.

"그 일에 대해서 알고 있는 사람이 하나 더 있었다는 말이었는디도 모르갔습니다."

"그게 누군데요?"

"내 이야길 한 것이 아닌가……. 그저 가량*해 본 말입니다. ……나도 편티 않았습니다. 료해**하기 어렵갔지만 이제 좀 속이 시원합니다."

하지만 점례의 얼굴은 조금도 편안해 보이지 않았다. 그녀는 다 털어놓자고 생각하고 철식을 찾아간 적도 있었지만 어디서부터 어디까지 말해야 할지 알 수가 없어 돌아오고, 돌아왔다고 했다.

"그이는 왜 거짓말을 한 걸까요."

정희가 작게 중얼거렸다. 아무도 대답을 내놓지 않았다. 일단은 무서웠겠지. 정희는 성훈이 느낀 공포를 짐작할 수 있었다. 계획은 실패했고, 그는 살아남았으니까.

---

* 짐작.
** 이해.

"죽은 사람을 욕보이기 싫은 맘도 있었을 겁니다."

불편한 침묵을 뚫고 점례가 성훈을 대변하는 말을 꺼냈을 때, 정희는 울컥했다. 적군과 아군이 재정비되는 순간이었다. 점례는 철식을 돌아보며 덧붙였다.

"새삼 너가 알아서 좋을 일이 아니디 않니."

철식은 망연히 바닥을 노려보고 있었다. *다른 남자와 도망을 가려고 했었다고? 도피 자금을 마련하기 위해서 그런 끔찍한 짓을 벌였다고? 이게 그토록 찾아 헤맨 결과라고?* 철식은 지난 3년간, 자신의 삶을 무겁게 억누르고 있던 죄책감과 책임감이 무지와 착각의 소산일 뿐이었다는 사실에 허탈함을 느꼈다.

"아주머니도, 너도 이제 여기서 덮으라. 나도 다 겪어 본 바가 있어 하는 소립니다. 잊겠다는 생각도 하디 말고 하루하루 살다 보믄……."

하지만 점례는 시작한 말을 끝내지 못했다. 그녀는 잠시 가만히 있었다. 때로는 맺지 못한 채 두는 것이 그 의미를 완성시켜 주기도 하는 법이다. '사실대로.' 미스터 킴은 그렇게 말했다. 괜한 의혹을 남기지 말고, 차용증에 대해 그들이 가진 의혹을 해소해 주라고. 점례는 시키는 대로 했다. 유사시 상관의 뜻에 따르는 건 당연한 일이었다. 그녀는 제대로 했다. 맹렬하게 달려왔던 저들은, 미스터 킴의 예측대로 전의를 상실한 듯 보였다.

"이게 내가 아는 전붑니다. 아주머니가 좀 전에 말한 전화라는 것은 무슨 소린디 정말 모르갔습니다."

이제 정희는 점례의 말을 온전히 믿고 납득한 것처럼 보였다. 점례는 안도했다. 이제 저 여자가 다시 그녀를 찾아와 귀찮게 하는 일은 없을 것이다. 그녀는 진심으로 그러길 바랐다.

30

집에 도착한 뒤에도 정희는 계속 이를 악물고 있었다. 폐부 깊숙한 곳에서부터 밀려 나오는 두려움과 떨림…… 서점례의 오피스텔에서 나오자 정희와 철식은 극도로 어색해졌다. 두 사람이 의구심을 가지고 있던 퍼즐이 상당 부분 맞춰졌으나 그들은 조금도 홀가분하지 않았다. 성훈과 철식의 아내가 벌 인 일은 범죄였다. 실패한 범죄. 죽으려 했던 성훈은 살아 나 왔고, 철식의 아내는 익사했다. 그리고 이제 성훈도 죽어 버렸 다. 그것으로 된 것인가? 누가 누구를 더 원망할 수 있을까? 정희는 철식이 성훈을 놓아준 것을 후회하는지 궁금했지만 묻지 못했다. 그가 뭐라고 대답하든 감당할 수도, 납득할 수 도 없을 것 같았다.

그런 비밀을 간직하고 어떻게 살았던 걸까. 성훈을 생각하자 정희는 다시 몸이 떨려 왔다. 서점례의 이야기를 듣는 동안 정희는 성훈이 죽기를 결심했다가 실패하고 돌아온 날이 언제인지 짐작할 수 있었다.

그날은…….

초봄이었다. 정희가 경준과 함께 보내는 마지막 계절이 아니기를 간절히 기도하던 밤. 창밖으로 진눈깨비가 흩날렸다. 정희는 보조 침대에 누워 몸을 오들오들 떨며 그 모습을 지켜봤다. 병실은 따뜻했지만 아무리 옷을 껴입어도 배 속에서 얼음장 같은 한기가 뿜어져 나왔다. 잠은 쉬 찾아오지 않았다. 숨을 쉴 때마다 불안과 자책이 번갈아 정희의 가슴을 조여왔다. 그녀가 경준의 작은 몸과 창밖의 어둠을 번갈아 바라보며 뒤척이고 있을 때였다.

성훈이 병실로 걸어 들어왔다. 그는 맨발이었다. 정희는 꿈을 꾸고 있는지도 모른다고 생각했다. 정희는 손을 뻗어 성훈의 커다란 몸을 더듬었다. 성훈의 차가운 손가락에서는 맥박이 느껴지지 않았다. 성훈의 모습을 한 저승사자가 아닐까. 소스라치게 놀란 정희가 손을 빼려 할 때 성훈의 차가운 손이 정희의 손을 움켜잡았다. 그는 무너질 듯 정희의 곁으로 주저앉았고, 볼썽 사납게 얼굴을 찡그리며 울기 시작했다.

"쉬잇……."

정희는 조그맣게 속삭였다. 당시 두 사람에게 눈물은 큰 일이 아니었다.

"경준이 깨겠어."

정희는 성훈을 일으켜 병실 밖으로 나갔다. 두 사람은 간병인들이 사용하는 세면실로 들어갔다. 형광등 아래 드러난 성훈의 몰골은 말이 아니었다. 누구랑 싸움이라도 했는지 얼굴은 퉁퉁 부어 있었고, 옷에는 모래와 진흙이 말라붙어 있었다. 걱정에 앞서 짜증이 났다. 어디서 무슨 짓을 하다 이런 꼴로 돌아온 것인가. 대체, 어쩌라고. 정희는 신경질적으로 샤워기를 틀었다. 세면실 샤워기는 온도 조절이 잘 되지 않았다. 온수가 나오기까지 예열 시간이 필요했고 온수가 나오기 시작한 뒤엔 간헐적으로 델 듯 뜨거운 물이 쏟아지기도 했다. 정희는 손으로 계속 물 온도를 체크하며 성훈의 옷 위로 물을 쏘았다. 옷에 묻은 흙이 더운물에 씻겨 내려갔다. 온수에 씻긴 성훈의 발은 곧 빨갛게 달아올랐다.

"차라리 옷을 벗어."

정희는 그편이 낫겠다고 생각했다. 경준의 병실에는 성훈의 속옷과 양말, 여분의 옷이 있었다. 정희는 샤워기를 틀어 놓은 채 경준의 병실로 갔다. 옷을 챙겨 돌아왔을 때, 성훈은 물을 틀어 놓은 바닥에 누워 잠들어 있었다. 등 뒤에서 폭탄이라도 터진 것처럼 무릎을 가슴 가까이로 모으고 잔뜩 웅크린 채였다.

정희는 성훈을 깨워 옷을 갈아입혔다. 성훈은 몸 안에서 피가 다 빠져나간 사람처럼 창백했다. 정희는 알 수 없는 두려움을 느꼈다. 도처에 죽음과 불운의 기운이 스멀거리는 것만 같았다. 그걸 떨쳐 버리고 싶었다. 정희는 성훈을 안았다. 두 사람은 잠시 그렇게 있었다.

만약 그날로 돌아갈 수만 있다면 정희는 성훈에게 물어볼 것이다. 어디서 무엇을 하다 이런 꼴로 온 것이냐고. 대체 무슨 생각이냐고. 무슨 일이 있었던 것이냐고. 누구를 만나 어떤 일을 저지르고 돌아온 것인지 하나도 빠짐없이, 모두, 말해 보라고……. 만약 그랬다면 뭔가가 달라질 수 있었을까. 그녀는 아무런 힘도 없는 가능성들을 떠올려 보며 몸을 떨었다.

*

점례는 꽉 잠긴 목소리로 철식의 전화를 받았다.

"그 남자 말입니다."

"어, 기래. 무슨 소린가 잠깐 생각했다야."

철식은 그제야 벽을 봤다. 4시 반? 철식은 전화기를 쥔 채 가까이 다가갔다. 시계가 멈춰 있었다.

"잊으라 하디 않았니."

철식은 못들은 척 계속 물었다.

"어떻게 되었습니까?"

"뭔 소리니?"

"북조선에서 데리고 나오고 싶어 했다 하디 않았습니까."

"모른다."

"중국까지 나오고 연락이 끊어졌으면……."

"모른다 하디 않았니. 너도 관심 끊으라."

잠자코 있던 점례가 물었다.

"분풀이라도 하고 싶은 거니?"

철식은 대답하지 못했다.

"알려고 들디도 말라. 나도 이름도 모른다."

점례는 강경하게 말했다. 그 강경함이 에둘러 자백하고 있었다. 남자는 지금 여기 들어와 있다.

만약 그렇다면.

철식은 허공에 시선을 둔 채 자신의 마음을 들여다봤다. 그 남자를 한번 보고 싶었다. 그저 멀리서 딱 한 번만 볼 수 있다면 좋겠다고 생각했다. 아무도 모르게. 그 남자도 모르게 딱 한 번만 보고 싶었다.

"아까 그 아주머니 말이다."

점례는 그 여자와 연락을 끊고 멀리하라고 충고했다.

"둘이 만나 좋을 게 뭐가 있니."

"예."

철식은 대답했다. 만나서 좋을 게 없다는 말에 대한 동의였다. 하지만 만날지 말지는 그가 정할 수 있는 문제가 아니었다. 그에게는 선택권이 없었다. 그런 생각이 들었다.

"끼니 거르디 말라."

철식은 말없이 전화를 끊었다. 김성훈은 왜 거짓말을 했을까? 점례의 말처럼 죽은 사람을 욕보이고 싶지 않아서였을까? 뭘 제대로 알지도 못한 채 복수를 하겠다고 설치는 철식을 연민하고 동정했던 걸까? 알 수 없는 일이다. 다시 물을 수도 없다. 철식의 날 선 신경은 다시 록혜의 '그 남자'에게로 향했다. ……만약 그가 한국으로 들어왔다면 브로커를 거쳤을 것이다. 혹시 한국이 아닌 다른 나라로 갔거나 가려는 시도를 했더라도 마찬가지다. 브로커에게 연락한다고 한들 뭐라고 설명할 것인가. *3년 전 성록혜라는 여자가 지불한 돈으로 중국에서 한국, 혹은 제3국으로 망명한 탈북자가 있습니까. 남잡니다, 젊은 남자. 성록혜는 3년 전 죽은 내 아냅니다. 죽기 전까지 그 남자의 탈출 비용을 댔다는 사실을 뒤늦게 알게 되었습니다……*

록혜가 알고 지낸 사람이라면 수용소에 있던 사람일 것이다. 철식은 누군지 짐작조차 할 수가 없었다. 그는 록혜에 대해 잘 알고 있다고 생각했다. 그가 스스로에 대해 아는 것보다, 어쩌면 록혜가 록혜 스스로에 대해 아는 것보다 더. 하지만 시간이 지날수록 그것이 대단히 커다란 착각이었다는 사실만 분명해지고 있었다.

*

정희는 잠을 이루지 못하고 뒤척이다 거실로 나왔다. 성훈은 일종의 보험 사기를 시도했지만 실패했다. 정희는 그가 그런 시도를 했던 절박함도 결국 실패할 수밖에 없었던 연약함도 이해할 수 있었다. 경찰서에 갔을 때 정희가 봤던 수사 자료에 따르면 지난 한 달간 성훈과 최백화는 거의 매일 통화했다. 통화 시간은 일이 분. 하지만 정희를 의식한 건지 문자메시지는 주고받지 않았다. 최백화의 집에는 성훈의 물건들이 있었다. 결정적인 '증거'는 성훈이 그 집에 남긴 자필 메모였다.

제 잘못된 선택으로 무고한 여자가 죽었습니다.
김성훈.

하지만 성훈은 그 무고한 여자가 누구인지, 무엇을 잘못했는지는 언급하지 않았다. 어쩌면 최백화가 아니라 성록혜를 말한 건지도 몰랐다. 그래도 여전히 문제는 남았다. 왜 이제와서, 그것도 최백화의 집에 그런 유서를 남긴 것일까. 성록혜의 죽음에 관해 성훈의 죄명은 무엇일까? 미필적고의에 의한 살인? 불운한 사고? 그렇다면 그 죗값을 어떻게 치러야 하는 걸까? ……. 마음속에서 끝없이 질문이 솟았지만, 정희는 자신이 원하는 게 무엇인지 알 수 없었다. 전화기를 만지작거리던 그녀는 최근 통화 목록에서 철식의 번호를 찾아 눌렀다. 철식은 통화 중이었다. 정희는 조금 고민하다 이지형에게 전화를 걸었다. 정희에게 최백화의 연락처를 알려 준 교직원. 벌써 몇 번째 똑같은 메시지를 남기고 있는 여자.

— 하고 싶은 말과 물어보고 싶은 말이 있어요.

어조에 변화가 없는 기계적인 음성은 통화가 될 때까지 계속 연락하겠다는 무언의 압박처럼 느껴졌다. 정희가 고민한 건 하고 싶은 말이 있다는 말 때문이었다. 불행한 사람들을 찾아와 자신의 대나무밭인 양 떠들어 대는 사람들이 있다. 나도 너와 비슷한 아픔을 겪어 본 적이 있어. 나도 그만큼 아팠어. 들어 보면 공감의 근거는 희박하고, 그저 자기가 하고 싶은 말을 지껄이는 것뿐이다. 정말 끔찍한 건 그런 무례함이 다정한 행동이라고 생각한다는 것이었다.

정희는 잠시 고민했다. 결국 피하고 싶은 마음을 호기심이 이겼다. 정희는 지형이 자신에게 묻고 싶다는 게 뭔지 궁금했다. 지금 그녀는 모든 것이 혼란스러웠다. 인생에서 자신이 철저하게 배제되었다는 생각이 들었다. 그런데 이 여자는 정희가 대체 무엇을 대답해 줄 수 있을 거라고 생각하고 있는 걸까.

"여보세요?"

지형은 전화벨이 세 번도 울리기 전에 전화를 받았다.

"잠깐만요. 미안해요. 아이가 자요."

그녀는 부스럭거리는 소리를 내며 다급하게 속삭였다.

"나중에 걸까요?"

"아뇨. 끊지 말아요."

지형은 애원하듯 말했다. 정희는 지형이 베란다 밖으로 나와 통화를 할 만한 상황을 만들기까지 기다렸다.

"나한테 여동생이 있었어요."

지형이 대뜸 말했다.

"있었다고요?"

"네. 지금은 없어요. 죽었거든요."

정희는 자신의 예상이 맞았다고 생각했다. *그러니까 나도 알아요.* 이 여자는 지금 그런 이야길 하고 싶은 거다. 자기가 얼마나 슬펐는지, 그걸 떠안고 어떻게 살아가고 있는지. 그런데 지형의 입에서 예상치 못한 말이 튀어나왔다.

"최백화는 내 동생하고 사귀었어요."

정희는 뭐라 대꾸할 말을 찾지 못했다. 한 번에 이해가 되지 않는 말이었다.

"여자들끼리 좋아했단 거예요. 티브이에 나와 둘이 죽고 못

산다고 해서 집안이 한바탕 난리가 났었죠. 모자이크 처리가 됐지만 가족들은 알아볼 수 있었어요. 그 방송에서도 말했는데 내 동생은 남자도 만나고 여자도 만나는 양성애자였어요. 하지만 최백화는, 그 애는 여자만 만났어요. 최백화를 안 만났다면 내 동생은 그냥 평범하게 살았을지도 몰라요. 내가 그 애를 맘에 들어 하지 않았던 이유죠. 이봐요, 듣고 있어요?"

"그래요, 듣고 있어요."

정희는 성큼성큼 앞질러 가는 생각을 따라잡으려 애쓰며 대답했다. 최백화가 동성애자였다면 성훈과 내연 관계였을 리 없다는 소리였다. 이 여자 말이 사실일까? 뭔가를 잘못 알고 있는 것인지도 모른다. 악의적으로 최백화에 대해 헛소리하는 건지도 모르고.

"그러니까 내 말은 좀…… 이상하다는 거예요. 안 그래요?"

정희는 대답 대신 물었다.

"동생분은 왜 돌아가셨나요?"

"그래요, 그 이야기부터 해야겠죠."

지형은 기다렸던 것처럼 빠르게 대꾸했다.

"맘에 안 들기만 했으면 큰 문제가 아니었을 거예요. 동생 친구들은 대부분 내 맘에 안 들었으니까. 최백화, 그 애는 단순히 마음에 안 드는 정도가 아니었다는 뜻이에요."

정희는 곧 지형이 어수선하게 말하는 건 감정적으로 힘든 말을 꺼내야 했기 때문이라는 걸 알게 됐다.

　지형은 최백화와 직장 동료로 만났다. 최백화는 조용하고 '괜찮은' 사람처럼 보였다. 졸업 후 직장을 구하지 못해 의기소침해 있는 동생에게 최백화를 소개한 것도 지형이었다. 최백화는 지형의 동생과 자주 어울렸고 지형의 동생에게 일자리도 소개해 줬다. 최백화는 지형의 집에 자주 놀러 왔다. 앞서 말한 '방송 사건' 이후 서먹해지기 전까지는.

　"부모님은 인정하지 못했어요. 동생은 부모님하고 원만한 해결점을 찾지 못했고, 그래서 괴로워했어요. 시간이 필요한 문제였죠. 백화랑 잠깐 헤어지기도 했어요. 그런데 갑자기 화해했다면서 그 애랑 필리핀으로 여행을 갔어요. 그리고 돌아오지 못했죠. 숙소에서 강도를 당했다고 하더군요. 현금이 든 지갑과 액세서리 같은 게 모두 사라졌고, 내 동생은 입고 있던 원피스 끈으로 두 팔이 묶인 채 가슴에 총을 맞고 숙소 밖으로 떨어졌어요."

　최백화가 과일을 사러 외출했을 때였다. 그녀는 가게에서 돌아오는 길에 총소리를 듣고 도망친 덕에 목숨을 건졌다. 갑작스러운 소식에 충격을 받아 아무런 생각도 할 수 없었던 지형의 가족들이 의심을 시작한 건 보험금 때문이었다.

　"보험금이요?"

정희는 정신이 번쩍 들었다. 필리핀, 그리고 보험금. 어쩌면 이 여자는 정희가 생각했던 것보다 훨씬 가까운 이야기를 알고 있는 것인지도 몰랐다. 지형의 가족들은 사망보험금으로 5억여 원을 받았고, 그 과정에서 3억 원 상당의 여행자 보험의 수혜자가 최백화로 되어 있다는 사실을 알게 됐다고 했다.

"항공권을 끊으면서 각자 서로를 수혜자로 가입했다고 하더군요. 그럴 수도 있는 일이죠. 그런데 그 여행을 제안한 것도, 그 이상한 곳을 숙소로 정한 것도 최백화였어요. 호텔도 아니고 무슨 민박이라고 했는데 관광지도 뭣도 아닌 이상한 촌 동네였죠."

지형은 남편과 함께 최백화를 끌고 사건 현장인 필리핀 숙소까지 찾아갔었다고 했다.

"헐벗은 남자들이 나무 그늘에 앉아 메리 미, 메리 미, 하고 외쳐 대더군요. 최백화는 그 남자들하고 대화를 나눌 만큼 타갈로그어를 잘했어요. 거기 있는 내내 그런 생각이 들었어요. 최백화가 저 남자들 중 누군가를 고용해서 내 동생을 죽인 게 아닐까. 알아요. 그냥 망상일 뿐인지도 모르죠. 그런데요, 이따금 그런 생각이 참을 수 없이 치밀어 오르고, 그럼 다른 건 아무것도 생각할 수가 없었어요. 이상하게 들릴지도 모르겠지만 난 죽은 동생이 나한테 알려 주고 있는 것만 같았어요. 자신이 그렇게 죽었다고."

지형이 히스테릭하게 웃었다.

"범인은 잡았나요?"

"아뇨. 끝내 못 잡았어요. 거기선 그런 일이 흔하다고 하더
군요. 보험금을 받고 얼마 있다가 최백화는 이직했어요. ……
좀 있으면 동생 기일이에요. 불현듯 화가 치밀어서 최백화가
어디에 있는지 알아봤어요. 다니던 병원을 그만두고 같은 재
단의 다른 병원으로 이직해서는 멀쩡히 잘 살고 있더군요. 그
런데 그쪽이 원수를 갚겠다면서 최백화의 연락처를 물어온
거예요."

그건 말실수였다. 하지만 정희는 이번에도 해명의 기회를
놓쳤다.

"하고 싶었던 말은 여기까지. 이제 물어보고 싶은 게 있어
요."

"네."

"그쪽이 죽었나요?"

"……."

"최백화 말이에요."

정말 궁금한 걸까. 아니면 의미 없이 한번 할퀴어 보는 걸
까. 정희는 가만히 있었다. 진지하게 대답을 하는 게 우스운
질문이었으니까. 지형은 정희의 침묵 속에서 뭔가를 알아낼

것처럼 숨죽이고 가만히 있었다. 그러고는 "미안해요." 하고
사과했다.

"최백화가 죽었다고 하니까, 그것도 살해되었다고 하니까
말 그대로 만감이 교차하더군요. 드디어 악몽이 끝났다는 생
각도 들었어요."

하지만 그녀의 목소리는 뭔가가 '끝났다'고 말하는 것처럼
들리지 않았다.

"동생 사망보험금으로 우리 가족은 이사를 했어요. 부모님
은 난생처음 아파트에서 살게 됐죠. 내 동생이 그 낯선 곳에
서 총을 맞고 죽은 대가로 받은 돈으로 말이에요."

안타깝지만 어쩔 수 없는 일이다. 산 사람은……. 정희는
머릿속에서 만들어지는 문장을 황급히 지웠다. 그녀가 정말
끔찍해했던 말들 중 하나였다.

"그래요. 그런 생각을 하면 너무 끔찍하죠."

지형은 정희의 생각을 읽고 동의하듯 말했다.

"그래서 외면해요. 되도록 그런 생각을 안 하려고 노력하
죠. 미안한 일이에요."

지형은 끝내 흐느꼈다. 이럴 땐 어떻게 위로를 해야 하는
걸까. 정희는 필사적으로 생각했지만 적당한 말을 찾을 수 없
었다.

통화를 끝낸 뒤, 정희는 잠을 이루지 못하고 뒤척이다 거실 테이블에 쌓여 있는 우편물들을 하나씩 뜯었다. 기계적으로 광고지와 판촉물, 청첩장, 아파트 관리비 청구서, 카드 명세서 따위를 꺼내 버리고 처리해야 할 것들을 구분하던 그녀의 손이 멈췄다.

성훈의 이번 달 카드 사용 내역에 이상한 것이 있었다. 사고 당일, 사고가 나기 20분, 25분 전에 화원과 죽집에서 신용 카드를 사용한 내역이 찍혀 있었다. 휴대폰으로 검색해 보니 두 가게 모두 새날의원 인근에 있었다. 정희는 시계를 봤다. 자정이 넘어 있었다. 죽기로 결심하고 병원 건물로 올라가던 그가 화원에서, 그리고 죽집에서 대체 뭘 산 걸까? 조금 전 그녀가 대답하지 못한 지형의 질문이 다시 들려오는 것 같았다. *좀…… 이상하다는 거예요. 안 그래요?*

*

조 원장은 복도에서 들려오는 날카로운 웃음소리에 눈을 떴다. 진료실 내부가 컴컴했다. 의자에 앉은 채 잠이 든 것이다. 데시벨이 높은 웃음소리들 사이에 낮은 목소리 하나가 섞여 있었다. 찰리였다. 문 밖에서 찰리가 직원들과 이야기를 나누며 웃고 있다. 조 원장은 다시 눈을 감았다. 방 안에 재스민 향기가 가득했다. 며칠 전 병원에서 뛰어내린 찰리의 처남이 자신이 뛰어내린 병실로 주문한 화분이었다. 화분은 그날 저녁 도착했다. 추락 사고로 병원이 아수라장이었을 때였다. 조 원장이 배달원을 발견했고, 화분을 대신 수령했다. 안에는 작은 카드가 한 장 들어 있었다.

정희야, 아프지 마. 우리 잘 살자.

지금 조 원장의 책상 위에 이 화분이 놓일 수 있었던 것은 천운이었다. 선잠 속에서 조 원장은 몇 년 전 세상을 떠난 선배를 떠올렸다. 그는 말기 암을 이겨 내고 다시 살아난 것을 기념하기 위해 여행을 갔다가 파상풍에 걸려 목숨을 잃었다. 어이없는 죽음에 모두가 망연자실했다. 가망 없이 커져 버린 암 덩어리를 떨궈 냈다는 승리감에 도취되어 발바닥을 살짝 베인 상처 정도는 대수롭지 않게 생각한 탓이었다. 조 원장은 찰리에게 그 선배의 이야기를 해 주고 싶었다.

찰리는 때로 지나친 자신감 때문에 일을 그르쳤다. 조 원장은 여전히 찰리가 미웠고, 두려웠으며 그에게 옭아매였다고 생각하고 있었지만 이제 더 이상 그가 망하거나 죽기를 원하지는 않았다. 그와 운명을 함께하고 있다는 걸 확실하게 깨달았기 때문이다. 찰리에게 천벌이 내린다면 머잖아 조 원장에게도 같은 일이 벌어질 거였다.

'그러니까, 방심하면 안 돼, 찰리.'

우윳빛 유리 너머로 어른거리는 그림자를 보며 조 원장은 마음을 다해 속삭였다.

31

"안녕하세요. 최필호 형삽니다."

필호는 경찰서 근처의 카페에서 서울에 올라온 이선영의
언니, 이선희와 만났다. 살인미수에 마약 소지. 골치 아픈 가
족을 모른 척하고 싶은 심정이야 이해 못 할 바도 아니지만
그러기엔 일이 너무 커져 버렸다고 협박 아닌 협박을 한 결과
였다.

"많이 닮으셨네요."

필호는 자리에 앉자마자 말했다. 이선희는 민망해했다. 모
종의 비난으로 받아들인 듯했다. 이렇게나 닮은 자매가 가슴
에 필로폰을 품은 채 거리를 헤매다 사람을 찌를 동안 당신
은 뭘 했습니까. 그런 생각이 조금도 없었다면 거짓이겠으나

순수한 감탄에 더 가까웠다. 유전자라는 게 정말 무서울 때가 있었다. 하지만 이선희는 이선영보다 훨씬 어려 보였다. 30대 중반인 이선영의 언니라면 적어도 30대 후반일 텐데 많게는 열 살까지도 어려 보였다.

"선영이는 괜찮나요?"

아무것도 관여하고 싶지 않다며 퉁명스럽게 전화를 끊었던 것과 달리 몹시 걱정스러운 표정이었다. 가족의 지긋지긋한 점이 이런 것일 거다. 외면할수록 더 곪는 상처 같은 것. 일일이 개입하는 것만큼이나 매끄럽게 끊어 내는 데도 내적인 힘과 끈기가 필요하고, 그렇게까지 모질게 굴기란 쉽지 않은 일이다.

필호는 맥가이버 칼의 주인이 합의금을 내 줘서 피해자와 원만하게 합의했다고 말해 줬다. 일단은 치료 감호소에 송치될 것이다. 살인미수에 대해서는 그렇다는 것이었다. 이제, 마약 소지에 대해 이야기할 차례였다. 필호는 이선영의 집에서 중요하다고 생각되는 물건들을 골라 담은 상자를 들고 왔다.

"무엇이 중요하고 무엇이 중요하지 않은지에 대한 판단 능력이 상실되어 모든 것을 저장하는 것. 이선영 씨가 앓고 있는 병을 이론적으로 정리하면 그렇다고 합니다. 모든 것이 중요해서일 수도 있고, 모든 것이 중요하지 않아서일 수도 있겠죠. 그래서 제 멋대로 기준을 세워 추려 봤습니다."

액정에 '백두산'이라고 새겨진 세이코 손목시계 두 개, 몇 장의 쪽지와 이선영 본인의 만료된 여권, 주민등록증, 일기장, 그리고…….

"혹시 이 남자가 누군지 아십니까?"

필호는 이선희에게 이선영과 남자가 함께 찍은 사진을 보여 줬다. 사진 뒤에는 'glory&sy'라고 휘갈겨져 있었다. sy가 선영을 의미할 테니 glory는 남자 쪽을 가리키는 말일 것이다.

"아뇨. 모르겠어요."

"마지막으로 연락하신 게 언제인가요?"

"얼굴 본 지는 10년도 넘었어요. 4년 전쯤엔가 한 번 연락이 왔었어요. 외국에 나갈 거라고 했어요. 이제 그곳에 가서 살 거라고요."

"외국, 어디요?"

"모르겠어요. 사귀는 남자의 고향으로 간다고 했던 것 같은데 제 기억이 틀렸을 수도 있고요."

"그럼 외국인이랑 사귀었다는 말인가요?"

"죄송해요. 모르겠어요."

그녀는 티슈를 집어 인중을 닦았다. 그러고는 필호를 힐끗 쳐다봤다. 뭔가, 할 말이 있는 눈빛.

"어렸을 때 엄마가 당뇨병으로 돌아가셨어요. 아버지는 우릴 챙기지 못했죠. 동생과 나는 각자 친척 집을 떠돌며 자랐어요."

둘이 같이 산 시간이 얼마 되지 않았다. 그나마도 아픈 어머니를 지켜봐야 했던 괴로운 기억들뿐이었다. 자매의 아버지는 자매에게 도박 빚을 남긴 채 행방불명이 되었다. 성인이 된 뒤에도 친하게 지낼 기회를 갖지 못했다는 뜻이었다.

"이해 못 하시겠지만 그런 상황에선 그저 각자 살아남는 것만도 버거운 일이었어요."

이선희는 필호가 내려놓은 상자 안에 있는 물건들을 꺼내 봤다. 그녀는 이선영의 일기장 겉표지 안쪽에서 에스디 카드와 메모지 한 장을 꺼냈다. 필호가 훑어봤을 땐 발견하지 못했던 것들이었다.

"어렸을 때 습관이죠. 이렇게 표지 안쪽을 뜯어서 비밀 포켓처럼 쓰는 거요. 이 사람인 것 같네요."

그녀는 메모지를 필호에게 건넸다. '김영광'이라는 이름과 휴대폰 번호가 적혀 있었다. 습기와 곰팡이 때문에 접힌 자리의 숫자 세 개가 지워져 있었다.

"그럼 이제 제 동생은 어떻게 되는 건가요?"

이선희는 좀 전에 아무 설명도 듣지 못한 것처럼 물었다.

"형이 확정되면 일단은 치료 감호소로 가게 될 겁니다."

"그렇군요."

그녀는 다시 필호를 힐끗 쳐다봤다.

"지금 선영이가 있는 병원이 어딘지 알 수 있을까요?"

필호는 이선희에게 동생이 있는 병원의 연락처를 적어 준 뒤 먼저 일어섰다.

"어쨌든 먼 길 와 주셔서 감사합니다."

"네."

필호는 에스디 카드와 메모지를 들고 카페에서 나왔다. 그는 내키지 않았지만 뒤돌아봤다. 투명한 창문 너머 티슈로 얼굴을 훔치는 이선희의 모습이 보였다.

*

"재스민 화분 하나를 구입하셨네요."

정희가 성훈의 카드가 결제된 시간을 말해 주자 화원 주인이 장부를 보고 대답했다. 그녀는 성훈을 기억하고 있었다. 성훈은 불면과 신경증에 효능이 있는 허브를 찾았고, 크기가 적당한 것이 없어 배달을 요청했다고 했다.

"배달을 하셨나요?"

"그럼요. 그날 저녁에 물건이 들어와서 배달했죠. 왜 그러시죠? 못 받으셨어요?"

"네. 못 받았어요."

"그럴 리가 없는데."

주인은 메모를 가지고 있었다. 정희가 '소심한 사람'처럼 보인다고 놀려 대던 작은 글씨는 성훈의 필체가 분명했다. 메모에는 병원 주소와 성훈이 뛰어내린 병실의 호수, 그리고……정희의 이름이 적혀 있었다. 그녀는 성훈이 작게 적어 놓은 자신의 이름을 내려다봤다.

"직접 배달하셨어요?"

"아뇨. 대행업체 직원이 있어요. 잠시만요."

주인은 어딘가로 전화를 걸어 그날 병원에 배달한 것이 맞는지, 누가 수령했는지 확인했다.

"병원에 사고가 있어서 병원 내부가 통제되는 바람에 화분을 병원 관계자에게 전달했다고 하네요. 듣고 보니 나도 기억이 나요. 그날 그 병원에서 누가 투신했거든요. 직접 수령이 안 되면 다른 방법을 찾든지 받으실 분께 연락을 드렸어야 했는데 연락처를 받아 두지 않았네요. 죄송해요. 제가 같은 것으로 다시 드릴게요."

정희는 주인이 내준 재스민 화분과 성훈이 적었다는 쪽지를 받아 들고 나왔다. 사나운 생각들이 공격적으로 달려들었다. 그녀는 최대한 아무 생각도 하지 않으려 애쓰며 죽집으로 들어갔다. 성훈이 죽집에서 구입한 것은 호박죽이었다. 정희가 좋아하는 죽이었다. 몸이 좋지 않을 때나 입맛이 없을 때 그녀가 찾는 음식. 점원은 주문 기록을 확인하더니 포장이라고 했다.

"저거, 작동하는 건가요?"

정희는 카운터 위에 설치된 시시티브이를 가리켰다. 그녀는 신용카드를 분실했다고 거짓말을 하고 결제 당시 시시티브이를 보여 달라고 부탁했다. 화면에 찍힌 성훈의 모습엔 별다른 점이 없었다. 그는 들어와서 주문을 했고, 포장된 죽이 나오길 기다렸다.

"제가 일했던 날이네요."

점원이 화면을 보고 말했다.

"뭔가 이상한 기색은 못 느끼셨어요?"

"이상한 기색이요?"

점원은 곤란한 얼굴로 고개를 갸웃했다.

"잠깐, 지금 저거 통화하는 거 맞죠?"

정희는 손가락으로 화면 속의 성훈을 가리켰다.

"아, 맞아요. 그래서 제가 조금 기다렸던 기억이 나네요."

"통화 내용은 기억 안 나세요?"

제발, 제발, 사소한 단어 하나라도……. 그녀의 온 신경이 까치발을 선 채 점원의 대답을 기다렸다.

"글쎄요."

점원은 다시 한번 곰곰이 생각해 보더니 역시 통화 내용은 기억나지 않는다고 말했다. 정희는 점원에게 양해를 구하고 시시티브이 영상을 휴대폰 동영상으로 촬영했다. 위에서 찍은 영상이라 성훈의 표정은 보이지 않았다. 하지만 이때, 성훈의 휴대폰은 경찰서에 있었다. 그럼 이 휴대폰은 어디서 난 걸까? 누구랑 통화한 거지? 이 휴대폰은 지금 어디에 있는 걸까? 병원에서 전해 받은 성훈의 물건들 중에 휴대폰은 없었다.

정희는 죽집에서 나와 주변을 이리저리 걸어 다녔다. 사람들이 쉴 새 없이 이쪽저쪽을 오가고 있었다. 이상한 흥분이 좀처럼 가라앉지 않았다. 정희는 가방에서 전화기를 꺼내 철식에게 전화를 걸었다. 그는 벨이 세 번도 채 울리기 전에 전화를 받았다.

"만약 남편 사고에 대해 경찰에 재수사를 요청한다면, 그쪽이 그날 밤 내 남편하고 같이 있었다는 사실을 말해 줘야 해요."

"……예."

"그쪽이 내 남편을 납치하고, 구금하고, 폭행했다는 걸 말해야 한다는 뜻이에요."

"예."

"나 지금 이 통화, 녹음했어요."

"예."

"그럼 끊을게요."

"예."

하지만, 전화를 끊고 나서 정희는 생각했다. 두 사람이 경찰을 찾아간다면 어디까지 말해야 하는 걸까. 아니, 어디까지 말해도 괜찮은 걸까. 그런 것은 그때 가서 생각해도 될 것이다. 정희는 종종거리던 걸음을 멈췄다. 방향성 없이 걷고 있다고 생각했는데 어느새 새날의원 화단 앞에 서 있었다. 성훈이 떨어졌다는 화단에는 아무런 흔적도 없었다. 그녀는 마치 아무 일도 없었던 것처럼 복원된 화단 가까이로 다가갔다.

얼마나 아팠을까.

순간, 정희는 성훈이 거기 누워 있는 모습을 봤다. 너무 많은 죽음을 깔고 죽은 몸이 내뿜는 미안함과 억울함이 손에 잡힐 듯 선명하게 느껴졌다. 그녀는 눈을 감았다. 머릿속에서, 온몸에서 악에 받친 비명 소리들이 들려왔다. 정희는 고개를 들어 병원 건물 위를 올려다봤다.

그저 망상이기를 바라는 마음도 있었다. 지금 그녀가 하고 있는 의심은 남편이 바람난 것 같아요, 같은 것이 아니었다. 하지만 정희는 이제 결론을 내릴 수밖에 없었다. 성훈은 정희가 이 병원에 있는 줄 알고, 화분을 주문하고 호박죽을 포장했다. 그리고 성훈에게 그런 거짓말을 한 사람이 지금, 이 건물 안에 있다.

32

914호. 성훈이 정희의 이름으로 화분을 배달시킨 뒤 죽을 들고 찾았던 병실의 명패는 비어 있었다. 입원한 사람이 없다는 뜻이었다. 하지만 문이 잠겨 있었다. 문 앞에서 어슬렁거리는 정희에게 병원 직원은 안으로 들어갈 수 없다며 그녀를 내쫓듯 엘리베이터에 밀어 넣었다. 정희는 건물 옥상으로 올라갔다. 바람을 쐬러 올라온 병원 직원들과 환자들 사이에서 그녀는 화분을 든 채 잠시 서 있었다. 마침내 준비를 마친 뒤, 정희는 다시 엘리베이터를 타고 8층으로 내려갔다. 엘리베이터 문이 열리자 누가 머리채를 잡아채기라도 한 것처럼 머리 가죽이 뻣뻣해졌다. *도망쳐. 도망쳐.* 정희는 온 신경이 내지르는 비명 소리를 외면하고, 일전에 방문했던 원무과장실 문 앞에서 노크했다.

"연락도 없이 어쩐 일이세요?"

영호가 자리에서 엉거주춤 일어섰다. 예상치 못한 방문이었다. 그래서일까. 가슴이 세차게 두근거리며 마음이 들떴다. 영호는 정희에게 묻고 싶은 게 많았다. 어떻게 표철식을 찾아간 건지, 서점례가 들려준 이야기는 제대로 납득한 것인지, 서점례에게 들려준 이야기 말고, 또 무엇을, 어디까지 알고 있는 것인지…….

조만간 정희를 찾아가 직접 묻고, 대답을 들어 볼 생각이었다. 본인의 입으로 듣는 것이 가장 확실하고 정확하며 뭣보다, 재미있을 테니까. 그런데 그녀가 먼저 그를 찾아온 것이다.

"9층에 들어가 보려고 했는데 안 된다고 하더군요."

"9층에요?"

영호의 얼굴에 잠시 의아한 표정이 스쳐 지나가더니 아, 하고 난감한 미소가 그어졌다.

"안에서 창문을 열지 못하도록 공사를 하고 있어요."

정희는 "네." 하고 대답하고는 영호를 지나쳐 창가로 갔다.

"한번 내려다보고 싶었어요."

한층 아래고, 정확하게 같은 위치는 아니었지만 같은 벽을 향해 있는 방이었으므로, 대충은 짐작이 가능할 거였다. 정희는 들고 있던 화분을 창가에 놓고 블라인드 사이로 창밖을 내려다봤다. 바로 맞은편은 탁 트여 있었다. 그 아래로 대형 교회 공사 부지라는 안내판과 인부들, 그리고 성훈이 떨어졌던 화단이 보였다. 그녀는 잠시 그렇게 서 있었다.

"죽으려고 해 본 적 있어요?"

담담하게 아래를 내려다보던 정희가 시선을 그대로 창밖에 둔 채 물었다.

"……아뇨."

영호가 대답했다.

"나는 있어요. 약을 먹었는데 실패했죠."

이상한 선문답이었다. 남편이 뛰어내린 장소를 내려다보며 자살 시도의 추억이라도 더듬어 보고 싶어진 것일까. 영호는 조금 짜증스러웠지만 일단 좀 더 들어 보기로 했다.

"왜 옥상으로 올라가지 않았을까요?"

정희는 창밖에서 시선을 거두고 고개를 돌려 영호를 쳐다봤다.

"투신하기로 마음먹었다면 보통은, 이런 말이 좀 이상하긴 하지만, 일반적으로는 옥상으로 올라가지 않겠어요? 그런데 왜 옥상으로 올라가지 않고 9층으로 올라가 창문을 열고 뛰어내렸을까요?"

"글쎄요."

영호가 조금 뜸을 들이다 대답했다. 애매한 대답이었다. 정희는 잠시 기다렸지만 부연 설명은 없었다.

"그럼 이건 어때요. 죽기로 마음먹은 사람이 화분을 사고, 죽을 포장한 이유가 뭘까요?"

"무슨 이야길 하고 싶으신 겁니까?"

"어젯밤에 그이 카드 명세서를 봤어요. 그날, 사고 나기 직전에 요 앞 화원에서 화분을 주문하고, 호박죽을 포장했더군요. 지금 카드가 결제된 가게에 가서 확인하고 오는 길이에요."

영호의 뺨이 경직되며 작게 머금어져 있던 미소가 사라졌다. 몸 안에서, 정희의 본능이 다시 한번 소리쳤다. *이건 현명한 일이 아니야.* 정희는 본능의 울부짖음을 외면하며 창밖으로 시선을 돌렸다.

"그러니까,"

"네. 그이가 자살한 것이 아니라 살해당했고, 누군가 그이를 살해한 것 같다는 이야길 하고 있는 거예요."

스스로도 놀랄 만큼 담담하게 이야기하던 정희가 처음으로 울컥했다. 눈물이 왈칵 쏟아질 것 같았다. 성훈이 자살한 것처럼 위장했다는 건 우발적인 것도 아니고 죽이기를 작정하고 계획했다는 뜻이었다. 성훈이 자살한 것이 아니라면, 자살 동기, 그러니까 그가 내연녀인 최백화를 살해했다는 것 역시 사실이 아닐 가능성이 높았다.

누군가 최백화를 살해한 뒤 성훈에게 누명을 씌우기 위해 성훈 역시 살해한 것이다.

정희를 미끼로 사용해서.

성훈이 사고를 당했을 때, 정희는 지애가 찌른 에피펜을 맞고 잠들어 있었다. 그때 정희의 행방을 알고 있는 것은 영호와 지애 부부 외엔 없었다. 영호는 그녀가 너무 오래 잠들어 있어서 걱정했다고 했다. 깨어났을 때 정희는 진정제를 과다 복용했을 때 특유의 메스꺼움과 두통을 느꼈지만 대수롭지 않게 생각하고 무시했다. 전날 잠을 제대로 자지 못했고, 온 신경이 예민해져 있었으므로 통잠을 잔 것도 무리가 아니라고 생각했다.

"하지만 이런 가정도 가능하죠."

그날, 성훈은 (표철식에게 감금되었다 풀려난 뒤) 정희에게 연락했지만 정희는 전화를 받을 수 없었다. **누군가** 정희를 재워 놓았기 때문이다. **누군가** 성훈에게 정희가 여기 이 병원의 914호에 입원해 있다고 거짓말을 했다. 속이는 건 어렵지 않았을 것이다. 그녀는 늘 아팠고, 이미 죽으려는 시도를 한 적도 있고, 그 시각에도 엉뚱한 곳에서 정신을 잃고 쓰러져 있었으니까. 하지만 병실에서 성훈을 기다리고 있던 건 정희가 아니었다.

"저도 최근에 비슷한 소리를 들어서 이게 얼마나 이상하게

들릴지 아는데요, 저는 지금 그이가 저한테 하나씩 알려 주고
있는 것 같아요. 뭔가 잘못됐다고요."

영호는 성급히 동의하거나 부정하지 않았다. 분명히 정신
나간 소리였다. 그런데 이상하게도 그럴 법도 하다는 생각이
들었다. 아니, 그 미련하고 지긋지긋한 인간이 망령이 되어 이
미친 여자의 귀에 대고 뭔가를 속삭이고 있는 게 분명하다고
까지 생각됐다. *아직 끝이 아니라 이거지, 이 개새끼야.*

"지금 몹시 황당하지만 빨리 해명할 수 있는 일이니까 해
명하죠. 기억 안 나세요? 저는 처남댁이 깨어났을 때 옆에 있
었습니다. 형님 사고 났다는 연락 받고 처남댁을 병원으로 모
셔 온 사람도 접니다."

영호는 정희의 눈치를 살폈다. 표정에 아무런 변화가 없었
다. 그래, 그걸 몰라서 한 소리가 아닐 것이다. 이 여자는 지금
그가 자신의 남편을 죽이고, 누명까지 씌웠다고 의심하는 단
계를 넘어 확신하고 있었다. 해명을 듣고자 온 게 아니다. 그
럼, 왜? 영호는 정희가 어색하게 호주머니에 손을 넣고 꼼지락
거리고 있는 것을 발견했다.

"처남댁 마음은 이해하지만,"

"아뇨."

"예?"

"이해 못 한다구요."

정희는 날카롭게 받아쳤지만 영호가 차갑게 바라보자 몸이 움츠러들었다. *지금도 늦지 않았어. 여기서 그만두고 돌아가.* 그녀의 머릿속 목소리가 또다시 속삭였다. *남편이 죽은 곳에 찾아와 보니 예민해졌다는 말 정도로 마무리해.* 하지만 이번에도 생각과 다른 말이 튀어나왔다.

"아가씨는 어디에 있나요?"

"아직 병원에 있습니다."

"그이가 죽은 걸 알고는 있나요?"

"아뇨. 아이를 낳으면 말하려고 합니다."

"왜요?"

"……죄송합니다."

"어디에 있는 병원이죠? 내가 한번 가 봐도 되나요?"

"나중에요. 오늘은 이만 돌아가시죠."

"아가씨가 연루된 일이죠?"

"그게 무슨."

영호는 신경질적으로 웃다가 정희와 눈이 마주쳤다. 정희는 그의 시선을 피하지 않고 똑바로 되받으며 안면 근육을 팽팽하게 당겨 표정을 조였다.

"최백화, 그 여자랑 내연 관계였던 게 그이가 아니라 아가씨죠?"

"그만하세요."

"그래서 최백화를 죽이고, 그이한테 뒤집어씌운 건가요?"

"닥쳐."

영호는 정희를 벽 쪽으로 밀친 뒤 그녀의 귀에 대고 작게 속삭였다. 갑작스런 폭력에 겁을 먹은 정희의 뺨이 제멋대로 불룩거렸다. 영호는 정희의 호주머니 안에 손을 넣어 휴대폰을 꺼냈다. 예상과 달리 누군가 통화 중이지도, 녹음 기능을 사용하고 있지도 않았다.

역시, 재밌는 여자다.

"오해해서 미안합니다. 좀 더 일찍 솔직하게 말했어도 될 뻔했군요."

영호는 정희의 휴대폰 전원을 꺼서 멀리 던졌다.

"지애는 그런 여자가 아닙니다."

정희가 말도 안 되는 더러운 망상에 아내를 끌어들인 순간, 그녀가 이 방에 들어섰을 때부터 애써 억누르고 있던 감정이 폭발하고 말았다. 그는 분한 마음을 진정시켜 보려 했지만 뜻대로 되지 않았다. 영호는 정희가 꼼짝하지 못하도록 손으로 그녀의 목을 잡았다. 손바닥 가득 뜨거운 것이 펄떡거렸다.

"남편이 이건 알려 주지 않았나 보네요."

영호는 정희의 목을 조르기 시작했다. 후회와 망설임이 짧게 스쳐 지나가자 한 번도 느껴 본 적이 없는 쾌감이 빠르게 그의 온 감각을 뒤덮었다.

"대체 왜 날 찾아온 겁니까?"

영호가 물었다.

"몇 번이나 그만두려고 했죠? 이렇게 될 수도 있다는 걸 예상 못 한 게 아니잖습니까."

"……"

"제대로 서지도 못할 만큼 부들부들 떨면서도 계속하더군요. 녹음을 한 것도, 누군가에게 대화 내용을 들려주기 위해서도 아니었습니다. 대체 왜 이러는 겁니까?"

영호는 대답을 듣기 위해 그녀의 목을 감은 손에 힘을 뺐다. 깡깡 야윈 몸. 푹 꺼진 뺨. 까칠한 안색. 대체 이런 모습으로, 왜 여기까지 온 것일까.

정희는 대답하지 못했다. 자신도 정확한 이유를 알 수 없었으니까. 얼마나 아팠을까. 정희의 머릿속에는 온통 그 생각뿐이었다. 그 생각이 상처처럼 몸에 새겨졌다. 그 상처가 내지르는 통곡 때문에 아무것도 생각할 수가 없었다.

"호기심에 목숨을 건 건가요?"

영호가 다시 물었다. 정희는 고개를 저었다. 어떻게 설명할 수 있을까. 거기, 그 병원 화단에 성훈이 아직도 누워 있는 것 같았다고. 너무 많은 죽음을 깔고 누워 있는 그 불쌍하고 억울한 사체가 그녀의 미래일 것만 같은 분명한 예감이 들었다고. 애초에 이 모든 것이, 그녀를 주저앉히기 위해서 시작된

일인 것만 같았다고. 그 전에는 도무지 끝날 것 같지가 않았
고, 그래서, 처분을 기다리느니 직접 찾아오기를 선택하는 것.
그것밖에 할 수 있는 일이 없었다고, 어떻게 설명할 수 있을
까……

좀 더 준비가 필요한 일이었을지도 모른다. 하지만 뭘 어디
까지 얼마나 준비해야 했을까. 그걸, 기다려 줬을까. 정희는
그런 식의 낙관이나 희망을 가질 수 없었다. 그녀가 뭔가를
기대하고, 결국 실망하고, 체념했다가 다시 어떤 실마리를 찾
아 더듬거리는 동안 진실이 멀리멀리 달아날 것만 같았다. 끊
임없이 그녀를 덮쳐 오는 사나운 인생의 파도를 잠재우기 위
해, 그녀는 스스로를 공양하기로 했다. 그렇게 해서라도 제대
로 알고 싶었다. 성훈이 왜, 어떻게 죽은 건지 제대로 이해하
고 납득해야 할 것 같았다. 아니, 그래야 했다. 호기심이나 욕
망이라는 단어로는 충분한 설명이 되지 않았다. 불가항력이
나 당위처럼 느껴졌다. 하지만 정희는 영호에게 아무런 말도
할 수 없었다. 내뱉지 못한 말들이 그녀의 마음속을 이리저리
할퀴고 지나갔다.

"진실을 안다고 한들 뭘 얻을 수 있죠?"

영호가 다시 물었다. 정희는 이번에도 붉어진 눈으로 그를
쏘아보기만 할 뿐이었다. 그는 나름대로 정희의 머릿속에 있
는 말들을 짐작해 보려 애쓰다 금세 그만뒀다. 애초에 잘못된

질문이었다. 미련하고, 바보 같은, 어떻게 해도 오답밖에 나올 수 없는 멍청한 질문. 그렇다면 이제 질문을 바꿔야 했다.

자, 이제 이 멍청한 년을 어떻게 해야 할까?

영호는 두 손으로 정희의 목을 움켜잡고 그녀를 좀 더 강하게 벽 쪽으로 밀었다. 목구멍으로 심장을 토하기라도 할 것처럼 캑캑거리며 영호를 바라보던 정희의 몸에서 서서히 힘이 풀렸다. 영호는 정희의 목을 조르고 있던 손을 풀었다. 정희가 그의 발에 얼굴을 박고 무릎을 꿇는 자세로 고꾸라졌다. 마치 큰 죄를 짓고 용서를 구하는 죄인처럼.

33

정희와 통화를 끝낸 철식은 벽을 보고 앉아 있었다.

"……아무것도 아닌 건 아니었을 거예요."

불쑥 전화를 걸어와 이런저런 질문을 퍼붓던 정희가 머뭇거리며 말했다.

"아내분 말이에요. 함께 목숨을 걸고 여기까지 온 거잖아요. 아무것도 아니었다면 그냥 돈을 훔쳐서 갔을 거예요."

허망한 이야기였다. 철식은 별다른 대꾸 없이 전화를 끊었다. 하지만 전화를 끊고 나자 어젯밤부터 머릿속에서 조심조심 매만지고만 있던 생각들이 점점 부풀어 올랐다.

점례는 록혜가 따로 사랑하는 사람이 있어 그를 버리고 도망갈 생각이었다고 했다. 그런데 왜 그렇게 위험한 계획을 세운 것일까? 철식은 은행 거래를 귀찮아하고 싫어했지만 록혜는 아니었다. 카드 빚을 낼 수도 있었을 것이다. 임대 아파트를 팔거나 담보로 삼는 방법도 있었을 것이다. 2000만 원은 물론 적은 돈이 아니었지만 정말 돌아오지 않을 생각으로 다 버리고 떠날 생각이었다면 얼마든지 뜯어 갈 수 있는 돈이기도 했다.

어쩌면 정희 말대로 아무것도 아닌 것은 아니었기 때문인지도 모르겠다. 하지만 그래도 여전히 뭔가가 석연찮았다. 록혜와 철식은 모든 것을 버리고 떠나왔다. 그에게, 그리고 록혜에게 떠난다는 건 그런 것이었다. 그는 아내의 생각을 짐작해 보려 했지만 점점 더 혼란스럽기만 했다. 그때였다. 다시, 철식의 휴대폰이 울렸다. 점례였다.

"한번 만나 보갔니?"

전화를 받자마자 점례가 다짜고짜 물었다.

"그 남자 말이다."

"……."

점례는 고민 끝에 생각이 바뀌었다고 했다. 괜한 생각에 괴로움을 키우기보다 차라리 한번 만나 보고 다 털어 버리는 것이 좋지 않겠느냐고. 역시 그의 짐작이 맞았다. 남자는 탈북에 성공했고, 점례는 그 사실을 알고 있었다.

"만나 보갔니?"

점례가 다시 물었다. 분명 그가 원했던 일인데도, 선뜻 대답이 나오지 않았다. 약속을 정해 만나고 싶은 건 아니었다. 그저 멀리서 한번 보고 싶었을 뿐이다. 하지만 점례에게 그런 사정을 구구절절 설명하자니 구차한 생각이 들었다.

"그쪽엔 내가 벌써 말을 해 뒀다."

"그쪽에서는 뭐라고 했습니까?"

"너가 원한다면 만나 보겠다고 했다."

그는 속으로 탄식했다. 그렇게 되면 이제 와 만나지 않겠다고 하는 것이 더 이상한 일이 되어 버렸다.

"내키지 않니?"

"아닙니다. 만나 보겠습니다."

"오늘은 어떠니? 일 때문에 내일 새벽에 중국으로 가야 해서 오늘이 아니면 기약 없이 약속을 미뤄야 할 것 같다는데."

오늘 봐야 한다는 뜻이었다. 왠지 그 남자 쪽에서 밀어붙이는 느낌이 들었지만 괜한 실랑이를 벌일 일도 아니었다.

"그럼 그쪽이 편한 시간과 장소를 알려 주면 내가 맞추겠습니다."

"기래. 궁금한 것이 많을 텐데 만나서 차근차근 물어보라."

"예."

전화를 끊은 뒤 철식은 정희에게 전화를 걸어 봤다. 그녀는 전화를 받지 않았다.

"우리 이렇게 해요."

전화를 끊기 전, 정희는 그에게 이렇게도 말했다.

"이상하다고 생각되는 건 확인해 보는 거예요. 납득이 될 때까지요."

끔찍한 현실을 재확인하는 미련한 짓일 수도 있다. 설사 그렇다 해도.

점례에게서 문자메시지가 도착했다.

— 경기도 고양시 대화동 더 커피. 오후 6시.

두 시간 뒤였지만 약속 장소가 집에서 멀리 떨어진 곳이었다. 철식은 급히 옷을 꿰어 입었다.

*

정희는 신음하며 눈을 떴다. 머리가 멍하고 갈증이 났다. 그녀는 정신을 차리려고 애썼다. 관자놀이부터 둔중한 통증이 느껴졌다. 침을 삼키기도 어려울 만큼 목이 아팠다. 여기가 어디지? 눈을 떴지만 여전히 깜깜했다. 대체 여기가……. 돌연, 벼락이라도 맞은 것처럼 빠르게 상황이 파악됐다. 영호가 그녀를 가둔 것이다. 충격적인 후회로 정수리가 뻣뻣해졌다. 멈췄어야 했다. 그럴 수 있는 기회가 몇 번이나 있었지만 끝내 외면하고 말았다.

정희는 소리 질러 보려 했지만 헛구역질만 치밀었다. 정수리께에 흐릿한 안개처럼 드리워져 있던 두통이 점점 짙어졌다. 보이지 않는 손이 그녀의 머리통을 터트릴 작정으로 움켜잡고 있는 것 같았다. 정희는 손을 뻗어 얼굴을 만져 보고, 다리도 움직여 봤다. 그녀는 어디가 부러지거나 상하지 않았다는 사실을 확인하고 안도한 뒤 자신이 갇혀 있는 공간 내부를 더듬어 봤다. 손발이 묶이진 않았지만 결박된 것이나 다름없이 좁은 공간에 갇혀 있었다. 결이 다른 부분도 있었지만 대부분의 공간이 폭신폭신했다. 몸을 움직이자 바닥이 출렁거리며 희미하게 기름 냄새가 났다.

트렁크. 정희는 생각했다. *자동차 트렁크 안에 갇혀 있어.* 영화나 드라마에서 보았던 끔찍한 장면들이 스쳐 지나가며 공포가 순식간에 온몸을 뒤덮었다.

"침착해."

어둠 속에서 정희는 작게 중얼거렸다. 그녀는 차분하게 생각해 보기로 했다. 시간이 얼마나 지난 거지? 정희는 철저한 준비 대신 기습을 선택했다. 914호에서 쫓겨나 새날의원 주변을 맴돌면서 그녀는 자신을 끝없이 헐벗기고 있는 악랄한 운명을 잠깐이라도 깜짝 놀라게 하고, 그 틈을 비집고 들어가기로 결심했다. 정희는 먼저 병원 인근의 문구점에서 녹음기를 구입했다. 연속 6시간까지 녹음이 되는 펜 모양의 녹음기였다.

그녀는 그것을 화원에서 받아 온 재스민 화분에 꽂았다. 그리고 최필호 형사가 두 시간 뒤, 그녀의 이메일 아이디와 비밀번호를 문자메시지로 받을 수 있도록 발신 예약을 설정했다.

정희는 자신의 메일로 성훈의 카드 명세서와 죽집에서 촬영한 시시티브이 영상, 영호의 명함을 보냈다. 그리고 새날의 원 8층에 있는 원무과장의 방 창가에 놓인 재스민 화분을 찾으라는 내용의 두 번째 예약 메시지를 설정했다. 두 시간. 시간을 너무 여유롭게 잡은 건지도 모르겠다. 시간이 얼마나 지난 거지? 예약 메시지는 휴대폰 전원이 꺼져도 제대로 발송이 되는 것일까? 정희는 최필호 형사가 자신에게 죄책감을 느끼고 있다는 것을 알고 있었다. 그녀는 이번만큼은 최 형사가 자신의 이야기를 미친 여자의 미친 소리로 듣고 무시하지 않기를 바랐다.

차가 움직이고 있는 것 같진 않았다. 주차장일까? 누군가 지나간다면, 여기서 이상한 소리가 난다는 걸 눈치챘다면, 뭔가 이상하다고 생각할 것이다. 그럼 신고를 할 거야. 정희는 주먹으로 내부를 치며 몸을 움직여 봤다. 온몸이 부들부들 떨렸다. 차체가 움직이기 때문인지 공포 때문인지 알 수 없었다. 다시 심호흡을 하고, 주먹을 힘껏 말아 쥐었을 때 트렁크 문이 벌컥 열렸다. 정희는 소스라치게 놀라 비명을 질렀다. 갑자기 빛이 쏟아지자 눈이 시렸다. 문을 연 사람이 빛을 등지고 우뚝 서 있었지만 누군지 알 수 없었다. 정희는 본능적으로 손을 들어 눈을 가렸다. 가늘게 뜬 눈이 경련하듯 깜빡일 때마다 눈물이 배어 나왔다. 정희는 자신을 내려다보고 있는 사람의 얼굴을 보기 위해 애썼다.

"나오시죠."

정희는 경기하듯 외마디 비명을 질렀다. 제발 아니기를 간절히 바란 단 한 사람, 영호의 목소리였다. 그는 꽉 움켜쥐고 있는 정희의 주먹을 잡았다. 놀랍도록 따뜻하고 매끄러운 손이었다. 이상한 꿈을 꾼 게 아닐까. 영호에게 안기다시피 트렁크 밖으로 나오면서 정희의 가슴에 불쑥 이상한 희망이 부풀어 올랐다. 영호가 악몽의 세계로 자신을 구하러 왔다는 생각까지 들었다.

정희는 잔뜩 움츠린 채 영호를 따라 차고에 붙어 있는 문을 통해 건물 안으로 들어섰다. 오랫동안 비어 있었던 공간 특유의 퀴퀴한 냄새가 났지만 어쨌거나 생활을 했던 흔적이 남아 있는 가정집이었다. 정희는 암막 커튼에 가려진 거실 창을 바라봤다. 빛이 보이지 않았다. 해가 졌다면, 두 시간 이상이 지난 것이 확실했다. 제발, 제발. 그녀는 속으로 간절히 외쳤다. 영호는 정희가 휴대폰으로 녹음을 하거나 누군가와 통화 상태일 것이라고 생각했다. 잘못된 예측이었지만 덕분에 휴대폰을 뺏겼다. 휴대폰으로 그녀의 위치를 추적할 수는 없을 것이다.

"여긴 어디죠?"

영호는 대답 대신 정희의 팔을 잡아 끌었다. 정희는 영호에게 질질 끌려가다시피 거실을 가로질렀다. 방이 몇 개 있는 것 같았지만 어두워서 잘 보이지 않았다. 영호는 휴대폰을 가져왔을까? 어쨌거나 경찰이 예측 가능한 장소여야 했다. 영호의 명의로 되어 있거나 그가 자주 찾았던 곳. 영호가 누군가와 통화를 하면서 장소를 말했고, 그것이 화분에 꽂아 놓은 녹음기에 제대로 녹음이 되어 있다면 좋을 텐데.

영호가 문 하나를 열자 지하로 내려가는 계단이 보였다. 영호는 정희를 앞세우고 뒤따라 내려왔다. 벽 선반에 공구와 잡동사니가 쌓여 있는 지하 창고였다. 영호는 벽 한편에 세워져 있던 접이식 의자를 펼쳤다.

"앉으세요."

영호가 정희를 밀쳤다. 그녀는 무너지듯 주저앉았다. 영호가 어디선가 밧줄을 가져와 정희의 몸을 의자에 묶었다. 정희의 눈에서 눈물이 줄줄 흘러내렸지만 별다른 저항 없이 가만히 있었다. 일단 또 다른 폭력을 가하지 않는 것은 희망적인 신호였다. 그렇게 믿고 싶었다. 가슴 한편엔 그를 자극하지 않고 고분고분하게 굴면 여기서 나가게 해 줄지도 모른다는 덧없는 희망이 다시 고개를 디밀었다. 망상에 가까운 안도감이 팽팽하게 부풀어올랐다가 터져 버리자 비로소 이성이 돌아오며 두려움이 엄습했다.

그럴 리가, 없잖아.

*

"리홍식입니다."

철식은 남자가 뻗은 손을 잡으며 고개를 숙였다. 철식은 복잡한 심경으로 그와 마주 앉았다. 특별히 어떤 사람일 것이란 예상을 한 것은 아니었다. 하지만 악착같이 철식과 정 반대로 만들어진 사람처럼 보였다. 입은 옷은 물론 몸집, 피부 상태, 머릿결, 치아…… 모든 것에 돈과 시간을 들여 관리했다는 걸 알 수 있었다. 자본주의 사회에서 어떻게 보이는가는 중요한 자산이었다. 철식은 남자가 영민하게 이 사회에 적응했다는 것을 확인할 수 있었다. 떡 벌어진 어깨만큼이나 자신만만한 남자였다. 약속 시간도 장소도 리홍식이 정했다. 철식은 처음 와 보는 교외에 위치한 규모가 큰 커피숍이었다. 리홍식은 통성명하자마자 묻지도 않은 본인의 신상을 술술 털어놓으며 대화를 주도했다. 그는 중국을 거쳐 한국에 들어온 지 이제 1년이 조금 넘었다고 했다.

"하나원에서 소개받은 양말 공장에 들어갔지만 간신히 한

달을 버티고 그만뒀습니다. 좀 더 재밌는 일을 해 보고 싶어서요. 지금은 기독교 단체에서 지원금을 받아서 애견 미용 교육을 받고 있습니다. 주말에는 취미로 요리도 배우고요. 내가 북에서도 요리를 잘했거든요."

철식은 "네." 하고 고개를 끄덕였다.

"특히 토끼 요리를 아주 잘합니다. 아시갔지만 북에서는 토끼가 개만큼 보양식으로 대접받디요. 가죽도 쓸 수 있고, 맛도 좋고, 여러모로 토끼가 개보다 낫지 않습니까? 탕으로 끓여 먹어도 맛있고, 내장 요리도 아주 맛이 좋지요."

리홍식은 좋아하는 일에 대해 이야기하며 마음이 편해진 탓인지 드문드문 북한 사투리를 섞어 가며 이야기했다. 북한에서 토끼 사육은 외화벌이 사업의 일환이었다. 가죽을 벗겨 수출하거나 인민군에 공급하고 고기는 먹었다. 철식이 생활했던 부대와 관리소에도 토끼사가 있었다.

"록혜도 내가 해 주는 토끼 요리 좋아했었습니다."

특별한 추억이라도 떠오른 듯 리홍식의 얼굴이 발그레하게 상기되었다. 철식은 뚫어져라 리홍식을 쳐다보고 있던 시선을 거둬 창밖을 쳐다봤다. 리홍식의 입에서 아내의 이름을 듣는 순간, 목구멍에서 울컥한 것이 치밀어 올랐다. 점례는 리홍식이 록혜가 우울증으로 자살했을 뿐이라고 알고 있을 뿐 자세한 내막은 모른다고 말했다. 함께 외국으로 도망치고자 했던 여자가 죽은 땅에서, 그 여자의 남편 앞에서, 이 남자는 어떻게 이렇게 당당하고 빳빳한 것일까.

"이렇게 만난 것도 인연인데 소주라도 한잔 안 하겠습니까."

리홍식이 말했다.

"내가 잘 아는 곳이 있습니다. 내 차로 가시죠."

"아뇨."

철식은 별로 내키지 않는다고, 솔직하게 거절했다. 하지만 리홍식은 술자리에서 더 나누고 싶은 이야기가 있다며 앞장섰다. 철식은 잠깐 망설이다 그의 뒤를 따랐다. 리홍식의 차는 새까맣게 코팅되어 내부가 보이지 않는 커다란 세단이었다.

"여보세요?"

차 쪽으로 향하던 리홍식이 호주머니에서 휴대폰을 꺼내 전화를 받았다. 그는 철식에게 양해의 눈짓을 보내더니 한쪽으로 비켜서서 통화를 이어 갔다. 주로 단답형 대답을 해서 통화의 내용은 알 수 없었지만 철식은 리홍식이 지금까지와 달리 과장적이라는 생각이 들 정도로 북한 억양이 섞인 말씨를 쓴다는 것을 알 수 있었다.

"미안합니다."

리홍식은 고개를 까딱하더니 자동차 뒷좌석 문을 열었다.

"타시지요."

철식은 차 안으로 들어서다 이상한 기척을 느끼고 뒤를 돌아봤다. 날카로운 고통이 오른쪽 어깨를 찍어 눌렀다. 철식은 팔을 내저으려 했지만 팔이 말을 듣지 않았다. 그는 눈을 부릅뜨고 정신을 똑바로 차리려고 애썼다. 하지만 그럴수록 머리가 멍해지면서 모든 감각이 가파르게 아득해졌다. 결국 철식은 한쪽으로 기울어지듯 차 안으로 쓰러졌다.

"더 뻣대 봐야 소용없어."

"……."

"이거이 멧돼지 잡을 때 쓰는 약이야."

리홍식은 힘이 들어가지 않는 철식의 다리를 들어 차 안으로 밀어 넣었다. 철식은 비명을 삼켰다. 제대로 숨도 쉴 수가 없었다. 끔찍한 고통 속에서도 도무지 이 상황을 이해할 수 없다는 생각에 혼란스러웠다. 리홍식이 앞좌석 문을 열고 들어섰다. 철식은 몸을 움직여 보려 했다. 눈 앞에 보이는 것들이 마구 뒤섞이더니 돌연 눈앞이 깜깜해지며 의식의 스위치가 완전히 꺼져 버렸다.

34

「세일즈맨의 죽음」을 쓴 극작가 아서 밀러가 금발의 미녀 배우 매릴린 먼로를 처음 만났을 때, 그는 주먹을 꼭 쥔 채 그녀에게 다가갔다. 그의 주먹 안에는 안주로 나온 땅콩이 쥐어져 있었다.

"세상이 모두 내 것이라면 이것을 다이아몬드로 만들어 당신한테 주고 싶소."

대학 동창의 집에서 열린 파티에서 지애를 처음 만났을 때 영호는 지애에게 이 일화를 들려줬다. 그도 주먹을 쥐고 있었다. 영호의 큰 주먹 안에는 초코볼이 들어 있었다.

"오, 찰리!"

그의 손바닥에 까만 반죽으로 한데 엉켜 있는 초코볼을 보며 지애는 웃음을 터뜨렸다. 진부한 표현이지만 영호는 그 순간, 주변이 온통 환하게 밝혀지는 것만 같았다.

"그때 깨달았죠. 내가 이 여자와 평생을 함께하겠구나."

정희는 미간을 찌푸렸다. *이건 무슨 수작이지?* 낭만적이라면 낭만적인 이야기였다. 문제는 지금 그녀가 이런 이야기를 들을 상황이 아니라는 데 있었다.

"3년 전, 형님을 처음 만났습니다. 아드님이 입원해 있던 병원 근처에서였습니다. 벌써 여러 번 미뤄진 약속이었죠."

영호는 평온하고, 어쩌면 다정하다고도 생각할 수 있는 어조로 말을 이었다.

"그때 형님이 물어보셨습니다. 지애와 어떻게 만났느냐고. 저는 최선을 다해 그날, 우리가 처음 만났던 밤을 묘사했습니다. 형님은 표정이 없는 얼굴로 멍하니 저를 보셨습니다. 무의식 중에 심기를 거스른 것은 아닐까, 겁이 나서 미소도 지어지지 않더군요. 제 머릿속에는 온통 지애의 쌍둥이 오빠에게 잘 보이고 싶다는 생각뿐이었거든요.

찰리. 그렇게 부르면 되냐고 형님이 물어보셨습니다. 지애는 저를 그렇게 불렀지만 저는 한국 이름도 가르쳐 드렸습니다. 좀 쑥스러워하시는 것 같았거든요. 형님은 저를 영호 씨라고 부르겠다고 하셨습니다. 아무래도 그쪽이 편하다면서요. 형님은 지나치다는 생각이 들 정도로 제게 깍듯했습니다. 저는 애써 웃음을 섞어 가며 말씀 편하게 하시라고 말했습니다. 쌍둥이라도 오빠는 오빠니까, 저도 형님이라고 부르겠다고 했죠.

하지만 형님은 말을 놓는 대신 화제를 바꿨습니다. 결혼식을 미국에서 하기로 했다고 들었다면서요. 저는 조금 서운했지만 조급하게 생각하지 않기로 했습니다. 이제 처음 만난 것이고 앞으로도 시간은 많을 테니까요. 저는 벌이라도 받는 것처럼 어색한 자세로 무릎을 모으고 앉아 식은땀을 흘리고 있었습니다. 하지만 몹시 설렜습니다. 볼품없는 남자 앞에서 그가 단지 사랑하는 여자의 가족이라는 이유만으로 안절부절못하고 있는 저 자신이 무척 괜찮은 남자인 것처럼 느껴졌거든요."

영호는 자신의 이야기를 음미하듯 잠시 말을 멈추고 미소를 지었다. 정희는 다시 한번 이 상황을 이해해 보고자 애썼다. 대체 지금 이게, 무슨 상황인가.

"늦게라도 온다던 지애는 약속을 지키지 못했습니다. 형님은 이런저런 핑계를 대며 약속을 미뤄 왔던 것이 미안하다며 남자들끼리 소주를 한잔하자고 하셨습니다. 저는 한국식 술 문화에 익숙하지 않았고, 불쾌한 단맛을 풍기는 싸구려 술을 좋아하지도 않았지만 따라나섰습니다. 혼자서 불과하게 취해 버린 형님은 곧 한 가정의 가장이 될 저에게 그 무게가 얼마나 버거운 것인지 고백해 왔습니다. 무력하게 아이가 죽어 가는 모습을 지켜봐야 하는 지옥 같은 고통에 대해서. 차라리 자기 자신이 먼저 죽어 버리고 싶은 폭발 직전의 하루하루에 대해서요."

정희는 가슴 안쪽이 타는 듯 뜨거워지는 것을 느꼈다. 영호와 마주 보고 앉아 이야기 나누고 있는 성훈의 모습이 눈앞에 그려지는 듯했다.

"지금 나한테,"

정희는 영호의 말을 잘랐다. 턱이 덜덜 떨렸다. 그녀는 온몸이 마비될 것만 같은 두려움을 떨쳐 내고자 애쓰며 물었다.

"이런 이야길 왜 하는 거예요?"

"반복적으로 이어지는 감상은 지루했지만 마음을 울리는 구석이 있었습니다."

영호는 아무 말도 듣지 못한 것처럼 일방적으로 이야기를 이어 갔다.

"그날 밤, 저는 저의 아름다운 예비 신부가 저를 속여 왔다는 것을 알게 되었습니다. 지애가 이란성 쌍둥이 오빠라고 소개한 남자가 사실은 피 한 방울 섞이지 않은 남이었다는 것, 그리고 두 사람이 그 사실을 이미 10년도 전에 알고도 모른 척 지내고 있다는 사실도요. 이해할 수 없는 것투성이었죠."

영호는 어디서부터 어떻게 접근해 가야 할지 판단이 서지 않았다. 눈앞이 캄캄했다. 그때, 술에 취한 성훈이 갑자기 한가롭게 노래를 흥얼거리기 시작했다. 영호와 눈이 마주치자 그는 눈웃음을 지었다. 방금 전까지 지옥을 운운하며 죽고 싶다고 울먹이던 남자가 고개를 까딱거리며 노래를 흥얼거리고 있었다. *이것 봐라?* 영호는 그런 식으로 두려움을 숨기는 사람들에 대해 알고 있었다. 두려움에 잡아먹히지 않기 위해 한가로운 시늉을 하는 사람들. 영호의 배 속에서 뜨거운 것이 치밀었다. 그는 소주 한 잔을 입에 털어 넣은 뒤 조심스럽게 이야기를 시작했다.

"형님 이야기를 들으면서 이 이야기를 할지 말지 계속 고민했는데요……."

성훈은 절박했고, 영호는 '*같은 남자로서*' 그 절박함을 이해했다. 성훈은 도움이 필요했다. 그리고 영호는 그를 도울 수 있는 방법을 알고 있었다. 영호는 먼저 김성훈의 재정 상태를 확인했다. 저축은 물론 중도해지환급금을 받을 수 있는 보험도 이미 모두 해지하고 없었다. 남은 것은 해지 환급금이 없는 순수보장형 보험 상품들뿐이었다.

"자살할 경우 생명보험금은 받을 수 있지만 손해보험금은 받을 수 없습니다."

영호는 차근차근 설명했다.

"생명보험의 경우도 자살이 아닌 재해사망일 경우 일반 사망보험금의 두세 배를 받을 수 있죠. 아, 2010년 4월, 표준약관 제정 이전에 가입한 보험의 경우 가입 후 2년이 지나면 자살의 경우도 재해사망보험금을 받을 수 있습니다. 하지만 약관상으로 그렇다는 이야깁니다."

문제는 보험회사에서 '자살'을 재해로 볼 수 없다며 지급 거부하는 일이 많다는 것이었다. 이미 그 문제로 소송 중인 사람들이 있었다.

"승소를 할 수도 있죠. 어쨌든 약관에 명시된 내용이니까요. 결국 지급을 받을 것이라고 낙관하는 사람들도 있습니다."

"하지만 저는,"

"예. 형님은 보험 심사로 실랑이 벌이거나 소송할 시간이 없으시죠."

확실하고도 효율적인 방법이 필요했다. 가입되어 있는 생명보험과 손해보험금을 모두 받을 수 있으며 기왕이면 더 많은 돈을 받을 수 있는 방법. 영호는 거기에 하나를 더 보탰다.

"아버지가 자신의 수술비 때문에 자살했다는 걸 알게 된다면 그 아이의 삶이 얼마나 고통스럽겠습니까?"

"……."

"남은 가족들은 가장의 죽음을 의롭게 기억할 겁니다."

영호는 구체적인 계획을 제시했다. 내부적으로는 '기타 불의의 사고로 위장한 보험금 자살'로 분류되어 있는 방법이었다. 쉽게 말해 사고사로 위장된 자살. 시간은 인적이 드문 새벽 2시에서 3시 사이. 날씨가 좋지 않다면 더더욱 좋을 것이다. 장소는 삶을 비관한 사람들이 가장 많이 찾는 마포대교로 정해졌다.

"이 이야기는 서점례 씨에게 들으셨죠?"

정희는 감정을 억누르느라 대답을 하지 못했다. 영호는 서점례가 제대로 전달했음을 알 수 있었다.

계획은 간단했다. 김성훈은 죽고, 자살하려던 가엾은 여자가 빠져나온다. 이 가엾은 여자의 역할로 고용된 것이 성록혜였다. 그녀는 서점례의 소개로 왔다. 일은 순조롭게 진행됐다. 성훈은 오래 고민하지 않았다. 그는 아이와 아내를 사랑했고, 그건 목숨을 걸 만한 사랑이었으니까. 성훈은 자신의 결심이 옳다고 확신했으며 그것을 성취할 자신도 있었다. 그런데 물속에서 문제가 생겼다. 막상 죽음이 가까이 오자 김성훈의 생각이 바뀐 것이다. 그는 살고 싶어졌다.

"차가운 물속에 들어간 뒤에야 형님은 자신을 과대평가했다는 것을 알게 됐습니다. 그는 옳다고 믿는 것을 성취할 수 있는 인간이 아니었습니다. 다만 숨을 쉬고 싶었고, 한시라도 빨리 찬물에서 나가 따뜻한 곳에 몸을 녹이고 싶은 시시한 인간이었던 거죠."

물속에서 성록혜와 실랑이를 벌이던 그는 성록혜의 목을 졸랐다. 영웅적인 가장이 되고 싶어 비장하게 물속에 뛰어든 김성훈은 살인자가 되어 물 밖으로 나왔다. 아이의 수술비는 끝내 마련할 수 없었다. 그날 이후, 김성훈의 삶은 사실상 끝났다. 그는 다만 죽지 못해 목숨만 붙어 있는 짐승에 불과했다. 사는 게 사는 것이 아니었던 또 다른 남자가 있었다. 이유도 알지 못한 채 하루아침에 아내를 잃은 표철식. 그는 뒤늦게 김성훈을 찾아냈다. 영호는 궁금했다. 하늘이 표철식을 도운 걸까, 아니면 김성훈을 버린 걸까.

　　영호는 표철식을 응원했다. 그가 김성훈을 죽이고 잃어버린 악명을 되찾길 바랐다. 하지만 표철식은 영호의 순수한 바람과 응원을 비웃었다. 그가 김성훈을 순순히 놓아준 것이다. 지난 3년간, 아내의 죽음 뒤에 뭔가가 있다고 생각하고 그 '뭔가'를 찾기 위해 혈안이 되어 있었다는 남자, 북에서 악명 높은 '자동단추'였다던 표철식이 성훈을 잔혹하게 살해할 거라는 영호의 기대는 어처구니없을 정도로 시시하게 좌절됐다.

　　"그래서 죽였다는 건가요?"

　　정희는 이해할 수 없었다. 철식이 성훈을 놓아줬다. 용서했다고 봐도 무방할 것이다. 그런데 영호는 그런 성훈에게 내연녀를 살해했다는 오명을 씌웠고, 공개 처형이라도 하듯 건물 밖으로 집어 던졌다.

"왜 그렇게까지 해야 했죠?"

"곧 아버지가 되기 때문이라고 해 두죠. 아이가 태어나기 전에 주변을 한번 정리하고 싶었습니다. 예측 불허의 상황이 발생할 여지가 있는 일은 뿌리를 뽑아 두고 싶었다고 할까요. 벌써 3년 전에 끝났어야 할 일이었습니다. 그러니 이번엔 좀 과하다 싶을 정도로 깨끗하게 정리를 해 두는 편이 좋겠다고 생각했죠."

영호의 목소리가 조금 높아졌다.

"지난한 시간이었습니다. 어쨌거나 쉽지 않은 도전을 해 왔고 마침내 끝냈다는 성취감을 느낄 수 있으니 기쁩니다. 제가 사소한 성공에 안주하거나 도취되기보다 스릴을 원하는 진취적인 성향을 가진 인간이었기 때문에 가능한 일이었다고 생각합니다."

정희는 몸서리쳤다. 어떻게 이렇게 진지하게 이런 미친 소리를 늘어놓을 수가 있지? 내용과 상관없이 목소리와 말투만을 듣는다면 진솔하다고까지 느껴졌다. 무슨 대단한 일을 마친 소감이라도 말하는 것처럼 울컥, 감격한 목소리가 여과 없이 튀어 나오기도 했다. 어떻게 이럴 수가 있지? 어떻게……. 진짜로 미쳤으니까! 정희의 머릿속에서 대답이 튀어나왔다. 비유나 수사가 아니었다. 이 남자는 진짜다. 성훈은 단 한 번의 실수나 우발적 충동이 아닌, 저 미친 남자가 철저히 계산하고 계획한 범죄로 희생됐다.

"아, 최백화와는 단순한 금전 관계의 문제가 있었습니다. 오해 없길 바랍니다."

정희는 울지 않으려고 입술을 깨물었지만 소용이 없었다. 지금 이 상황은 그녀가 살아온 방식, 그녀의 몸에 익은 지식과 상식을 모두 넘어서 있었다.

그래서, 어쩔 셈이야?

정희는 스스로를 다그쳤지만 귀가 멀 것 같은 침묵만이 되돌아올 뿐이었다.

35

"여기서 뭐하는 겁니까."

철식은 아내의 목소리에 설핏 눈을 떴다. 깜깜한 물속이었다. 꿈이었다. 한동안 너무 자주 꿨던 꿈. 아내가 한강에서 사체로 발견된 뒤 그는 밤마다 눈이 멀 것처럼 깜깜한 물속에서 아내를 찾아 헤맸다. 가끔은 록혜를 구해 함께 밖으로 걸어 나오며 깨어나는 운이 좋은 날도 있었다. 하지만 대부분은 찾아도 찾아도 아무것도 찾을 수가 없는 절망 속에서 가위에 눌렸다.

"왜 여기 이러고 있는 겁니까. 어서 일어나요."

록혜의 목소리가 그를 닦달했다. 철식은 대꾸도 하기 싫었다. 너무 고단했다. 무슨 짓을 해도 벗어나지 못할 것 같은 절망, 또 절망……

"못 하나를 박아요."

"……"

"당신이 그렇게 말하지 않았습니까."

칼바람이 부는 벌판을 홑껍데기만 걸치고 걸어야 했을 때, 사방에서 안광을 번뜩이며 두 사람을 노리는 산짐승들을 피해 기어서 산을 너머야 했을 때……. 의식은 흐려지고, 의지는 산산이 흩어지고, 희망은 전부 바닥에 떨어져 다 그만두고 싶다는 생각이 들 때, 철식이 록혜에게 말했었다. 마음속에 못 하나만 박아. 그럼 다시 하나, 둘 걸 수 있다. 떨어진 것을 먼저, 흩어진 것을 그다음에, 나중에는 흐려진 것도 붙잡아 걸 수 있게 된다고……

철식은 록혜에게 그 못 하나가 자신이 되기를 바랐다. 그럴 수만 있다면, 다른 것들은 다 괜찮다고 생각했다. 록혜가 스스로 목숨을 끊었다고 했을 때 철식은 자신이 끝내 그 못 하나가 되지 못했다는 사실에 괴로웠고, 화가 났고, 창피했다. 그는 어디에서도 느껴 본 적이 없는 부끄러움을 느꼈다. 철식은 숨 막히는 서러움에 울컥 눈을 떴다. 목소리도, 어른거리던 록혜의 그림자도 모두 사라지고 없었다.

"네."

운전대를 잡고 있는 리홍식의 목소리가 들려왔다.

"거의 다 왔습니다."

그래, 이건, 꿈이 아니다. 철식은 운동화 속에서 발을 꼼지락거려 봤지만 아무것도 느껴지지 않았다. 손가락도 마찬가지였다. 의식이 다시 가파르게 가늘어지면서 다시 꿈을 꾸는 것처럼 느껴졌다. 달려도, 달려도 제자리인 꿈. 아무리 헤엄쳐도 앞으로 나아갈 수 없는 늪 속에 빠진 것 같은 꿈. 죽음이 사방에서 득시글거렸다.

제발, 제발 이번엔 나를 데려가.

철식은 절망적인 심정으로 눈물을 삼키며 다시 정신을 잃었다.

*

"이 이야기를 하려고 나를 여기까지 데려온 건가요?"

정희가 물었다. 목이 쉬어 쇳소리가 났다. 그녀는 시간을 끌어 보려고 노력했지만 과연 그것이 의미 있는 일인지 알 수 없었다. 문자메시지가 제대로 발신되지 않았거나 최 형사가 벌써 그녀의 메시지를 무시했을 수도 있었다. 시간이 지날수록 비관적인 쪽으로 생각이 기울었다.

"표철식 씨가 곧 여기로 올 겁니다."

영호는 정희에게 앞으로 어떤 일이 벌어질지 알려 주기로 했다.

"두 사람은 이곳에서 함께 약을 먹고 번개탄을 피워 자살을 시도하다 화재를 내는 바람에 전소된 건물과 함께 발견될 겁니다."

정희와 가장 자주 통화를 한 영호는 그녀가 남편이 죽은 뒤 평소 앓고 있던 우울증이 더 심해졌다고 말할 것이다. 그래서 바람을 쐴 만한 곳을 소개했다고 눈물로 자책할 것이다. 기분 전환을 하고 나면 좀 괜찮아질 줄만 알았다고. 하지만 그것은 그녀의 상태와 우울증에 대한 몰이해에서 비롯된 잘못된 판단이었다고, 눈물로 후회할 것이다.

"배우자를 잃은 아픔을 공유하며 서로를 알아 가던 두 사람의 안타까운 선택은 뉴스 몇 줄로 정리될 겁니다."

그 신문 기사 스크랩이 이번 파일의 마지막 페이지가 될 것이다. 3년 전에 시작되어 지루하게 이어지던 일들의 진짜 끝.

"한치 두치 세치 네치 뿌꾸빠뿌꾸빵"

영호의 외투 호주머니에서 전화벨이 울렸다. 그는 전화를 받아야 할지 고민했다. 이 시각, 아내가 쓰던 구형 휴대폰으로 전화를 걸어올 사람은, 아내밖에 없었다. 좁은 지하실에 귀여운 동요가 울려 퍼졌다.

"하아, 하아, 하아……."

정희가 경기하듯 몸을 부르르 떨더니 의자에 묶인 채 옆으로 쓰러졌다. 영호는 잠시 그녀를 내려다봤다. 과호흡이었다. 들숨과 날숨. 그 간단하고도 본능적인 리듬조차 틈만 나면 놓치고 마는 이 미련한 여자는 잠깐 정신을 잃는 편이 나을지도 몰랐다.

"100, 93, 86, 79······."

정희가 바닥에 뺨을 댄 채 가슴을 크게 들썩이며 정신 나간 여자처럼 숫자를 거꾸로 세기 시작했다. 영호는 외투에서 휴대폰을 꺼내 액정을 확인했다. 그의 예상대로 발신자는 아내였다. 그는 정희의 목소리가 흘러 들어가지 않도록 그녀와 멀찍이 떨어져 등지고 서서 전화를 받았다.

"여보세요?"

진통이 시작됐다거나 예상치 못한 문제가 생겼다는 연락이지 않을까 잠깐 걱정했지만 그저 안부 전화였다. 아내는 생과일이 필링된 롤케이크가 먹고 싶다고 했다.

"일단 도우미 아주머니에게 준비해 달라고 해."

영호는 어서 빨리 일을 마치고 만삭의 아내가 그를 기다리고 있는 요양 병원으로 달려가고 싶은 마음뿐이었다.

"그래, 알았어. 응. 잘 자."

영호가 통화를 마치고 돌아서는 순간, 뭔가 단단한 것이 그의 뒤통수를 내리쳤다. 영호는 충격으로 주저앉았다. 지진이 난 것처럼 시야가 정신없이 흔들렸다. 그는 천천히 고개를 비틀어 위를 올려다봤다. 정희가 접이식 의자를 번쩍 들었다가 그의 얼굴을 가격했다. 철제 의자 다리에 코가 찍히면서 코피가 터졌다.

"아아아악!"

정희가 찢어질 듯 비명을 지르며 다시 의자를 치켜 들었다. 영호는 가까스로 피했지만 중심을 잃으며 뒤로 넘어졌다. 그는 손을 뻗어 정희가 잡고 있는 접이식 의자의 반대편을 움켜잡았다. 정희는 영호를 노려보다가 의자를 한번 힘껏 잡아당겼다가 던져 버렸다. 영호는 의자를 움켜쥔 채 뒤로 넘어지며 벽에 머리를 찧었다. 영호가 충격에 휩싸인 틈을 타 정희가 도망쳤다. 영호는 일어서려 했지만 몸이 말을 듣지 않았다. 그는 정희가 기다시피 더듬더듬 계단을 올라가는 모습을 망연히 쳐다봤다.

계단을 기어 올라오면서 정희의 머릿속엔 한 가지 생각밖에 없었다. 건물 밖으로 나가야 한다. 저 미친 남자에게서 최대한 멀리 떨어져야 한다. 온몸이 덜덜 떨렸다. 두 번 의자를 휘둘렀을 뿐인데 전력 질주를 하고 난 것처럼 사지에 힘이 들어가지 않았다. 영호가 앞으로 벌어질 일에 대해 술술 털어놓은 것은 심리적으로 그녀를 완전히 무너뜨리기 위해서였을 것이다. 그녀는 절망적인 얼굴로 눈물을 펑펑 쏟으며 영호의 경계심을 누그러뜨렸다. 어려운 일은 아니었다. 실제로 너무 무서웠으니까. 그녀는 우는 얼굴 뒤에서 필사적으로 생각했다. 최 형사는 오지 않을 것이다. 누구도 오지 않을 것이다. 영호가 마음을 바꿀 가능성은 희박했다.

그렇다면, 그녀 스스로 빠져나가야 했다.

의자에 결박된 밧줄이 느슨해졌지만 영호는 상황을 통제하고 있다는 쾌감에 도취되어 신경 쓰지 않았다. 그녀는 울면서 틈을 노렸다. 결정적인 한 방이 필요했다. 그녀는 영호가 화장실에 가거나 잠깐이라도 졸기를 바랐다. 우는 것도 체력 소모가 컸다. 잠깐 숨을 고르고 있을 때, 전화벨이 울렸다. 두치와 뿌꾸가 지하실에 울려 퍼지자 진짜 울음이 터졌다. 뭔가가, 성훈이나 아이가, 혹은 그게 무엇이든, 간절한 마음이 그녀를 돕는다고 느껴졌다.

지금이야.

정희는 벼락처럼 깨달았고, 난생처음 살의를 가지고 사람을 때렸다.

1층으로 올라온 정희는 곧장 현관으로 다가갔다. 하지만 현관문 안쪽에도 지문이나 번호를 넣어야 열리는 도어 록이 설치되어 있었다. 정희는 지애의 생일, 그러니까 성훈의 생일을 눌러 봤다. 맞지 않았다. 지애의 전화번호 뒷자리도 아니었다. 0000이나 1234, 2580같이 쉽게 누를 수 있는 번호를 눌러 봤지만 역시 아니었다. 다른 방법을 찾아야 했다. 거실에 딸린 창문은 개패식이 아닌 전면 창이었다. 창을 깰 만한 것을 찾기 위해 주위를 둘러봤지만 적당한 것이 없었다. 유선전화나 노트북도 보이지 않았다. 방문은 모두 잠겨 있었다. 어떡하지. 정신없이 주변을 뒤추고 있을 때 지하실 아래에서 쿵쾅거리는 소리가 들려왔다.

정희는 순식간에 패닉에 빠졌다. 그녀는 기도하는 심정으로 주먹을 꼭 쥔 채 납작 엎드렸다. 새삼 죽음이 두렵다고 읍소하는 건 염치없는 짓이었다. 죽음의 그늘 안에서 오랫동안 지내 왔지만 이렇게 죽을 거라고는 한 번도 생각하지 못했다. 낯선 곳에서, 남편의 죽음에 관한 어설픈 진실을 품은 채로, 개만도 못한 놈한테 살해당하리라고는 상상도 하지 못했다. 가슴속 깊은 곳에서 묘한 떨림이 느껴졌다. 당신, 그래도 괜찮겠어? 이런 게 인생이야? 정희의 머릿속에서 죽은 성훈에게, 어쩌면 그녀를 지켜보고 있을지도 모를 신에게, 뭐라도 좀 해보라는 원망이 터져 나왔다. 그때, 몸을 숨길 만한 곳을 찾아 정신없이 바닥을 기어 다니던 정희의 눈에 2층으로 올라가는 계단이 보였다.

영호는 휴지로 코를 막고 피가 흐르는 뒤통수에 대충 응급

처치를 하며 마음을 진정시키고자 애썼다. 아직도 머리통이 얼얼했다.

"비밀번호가 틀렸습니다."

열린 문 틈 사이로 디지털 도어 록이 아직 정희를 이 집 안에 가두고 있다는 사실을 알려 줬다. 소리를 질러 본다 한들 아무런 도움이 되지 않을 것이다. 이곳은 그가 다음 프로젝트를 위해 구입한 사유지로, 반경 10킬로미터 이내에는 아무도, 아무것도 없었다.

영호는 리홍식에게 전화를 걸었다.

"문제가 좀 생겼습니다."

그는 리홍식에게 서둘러 줄 것을 당부한 뒤 계단을 올라와 1층 거실 불을 켰다. 큰 가구만 남아 있을 뿐 자잘한 집기들은 모두 처분했다. 아직 밖으로 나가지 못했을 것이다. 그는 호주머니에서 열쇠를 꺼내 두 개의 방문을 열어 본 뒤 2층으로 올라갔다.

정희는 커튼 뒤에 숨어 영호가 2층으로 올라가는 것을 확인했다. 그녀는 소리가 나지 않게 무릎걸음으로 기어 지하로 내려가는 문을 열었다. 2층에 전화나 컴퓨터, 밖으로 나갈 수 있는 방법이 있을지도 몰랐다. 하지만 없다면? ……2층 어딘가에 숨어 있다가 영호가 올라오는 순간을 노려 일격을 가할 수도 있었다. 하지만 생각처럼 몸을 쓸 수 있을지 자신이 없었다. 내내 제대로 먹지도, 자지도 못한 데다 감정적으로 완전히 탈진한 상태였다. 지하에서 그를 공격할 수 있었던 것은 그가 방심한 틈을 노렸기 때문이다. 하지만 이제 그는 완전히 정희에게 집중해 있었다.

정희는 지하로 내려가기로 했다. 거기, 영호의 휴대폰이 있을 거였다. 그는 두 개의 휴대폰을 가지고 있었다. 휴대폰을 모두 챙겨 올라올 수도 있지만 그가 정희가 다시 그곳으로 내려갈 거라는 생각은 하지 못한 채, 경황없이 다급히 올라왔을 거라는 데 희망을 걸기로 했다.

희망과 두려움으로 덜덜 떨며 아래로 내려온 정희는 낙심했다. 구급상자와 피 묻은 휴지가 흐트러져 있을 뿐 휴대폰은 보이지 않았다. 다시 위로 올라간다면 영호와 맞서야 할 것이다. 그를 죽이지 못한다면 디지털 도어 록을 부수거나 전면 창을 깨고 도망쳐야 했다. 그녀는 벽 선반을 살펴봤다. 선반 끝에 녹슨 삽 한 자루가 놓여 있었다.

"어차피 밖으로 못 나갈 겁니다."

다시 1층으로 내려온 영호가 천천히 거실을 배회하며 큰 소리로 말했다.

"나간다고 해도 밖으로 빠져나갈 수 없을 겁니다."

"……"

"이제 곧 사람들이 올 겁니다."

"……."

그래서 어쩌라고? 그게 내 운명이니까 받아들이기라도 하라는 거야? 그는 여전히 정희를 얕보고 있었다. 정희는 삽을 집어 들었다. 삽이 기대 있는 벽에 상자가 있었고, 상자를 치우자 작은 문이 보였다. 정희는 소리가 나지 않도록 문을 꼭 잡고 천천히 열었다. 방충망이 설치된 환풍구였다. 어린아이가 겨우 빠져나갈 법한 창이었다. 정희는 삽을 내려놓고 구급상자에 들어 있던 핀셋과 붕대를 자르는 가위로 철조망의 틈을 벌린 뒤 손으로 방충망을 뜯어내기 시작했다. 빠져나갈 수 있을지 없을지는 나중에 생각할 문제였다.

갑자기 주위가 조용해졌다. 정희는 뒤를 돌아봤다. 잠긴 문 손잡이가 살짝 움직였다. 영호는 정희가 여기 있다는 것을 알아챘다. 그래서 신중하게 움직이고 있는 것이다. 문이 열리지 않자 그는 소리를 내지 않기 위해 애쓰며 다시 계단 위로 올라갔다. 정희는 다급해졌다. 그가 열쇠를 찾아오기 전에 밖으로 나가야 했다. 여기저기 찔리고 찍힌 손은 이미 피투성이였지만 피를 닦을 겨를도 없었다. 마침내 정희가 방충망을 전부 뜯었을 때, 지하실 문이 벌컥 열렸다.

"하."

영호가 경탄에 가까운 탄성을 질렀다. 그가 몇 마디 더 지껄였지만 밖으로 나가야 한다는 생각으로 가득 찬 정희의 귀에는 들리지 않았다. 그녀는 다급히 구멍 안으로 머리를 밀어넣었다. 몇 년간 제대로 자거나 먹지 못해 꼬챙이처럼 야윈 몸이 이때만큼은 도움이 됐다. 손에 물컹한 것이 잡혔다. 정희는 본능적으로 그것을 꽉 쥐었다가 던지고 나서야 그게 죽은 쥐나 새끼 고양이 같은 것이었을지도 모른다고 생각했다. 온몸에 소름이 돋았다. 정희는 최대한 아무 생각도 하지 않으려 애쓰며 정신없이 기기 시작했다. 문을 열고 들어온 영호가 정희의 발을 잡았다. 그녀는 뒤로 끌려가며 본능적으로 마구 발을 휘둘렀다. 영호의 손이 한번 헛도는 순간, 왼발 뒤꿈치가 영호의 턱을 때렸다.

버둥거리던 정희의 두 손이 마침내 건물 외벽을 잡았다. 그녀는 성훈이 물속에서 발버둥치다 성록혜의 목을 조르고 밖으로 뛰쳐나온 심정을 이해할 수 있을 것 같았다. 그녀는 허공에 대고 살려 달라고 애원하며 두 팔로 벽을 밀어 하체를 끄집어냈다. 밤이슬을 맞은 땅은 축축했다. 마침내 밖으로 빠져나왔다는 안도감은 잠깐이었다. 사방에 보이는 것이라고는 온통 어둠뿐이었다. 어느 쪽으로 가야 할지 가늠조차 할 수 없었다.

그때 건물 한쪽이 밝아졌다. 영호가 밖으로 나온 것이다. 정희는 마음을 진정시킬 방법을 찾지 못한 채 이를 악물었다.

영호가 손전등을 들고 움직이기 시작했다. 정희는 영호가 든 손전등 불빛과 반대쪽으로 달렸다. 좁은 통로로 기어 나오면서 신발이 벗겨져 맨발이었다. 정희는 정신없이 달리면서 생각했다. 그래. 발이 붙어 있는 게 어딘가.

건물을 한 바퀴 도는 동안 정희의 눈이 어둠에 익었다. 밖으로 나가는 길은 하나였다. 길 끝에 희미하게 불빛이 반짝였다. 신기루일지도 모르겠지만 일단 그곳을 향해 가야겠다고, 정희는 생각했다. 길 양옆으로 수풀이 펼쳐져 있었다. 맨발로 수풀 속을 걸어갈 수 있는 방법은 없었다. 자칫 발이 빠지거나 구덩이에 떨어지기라도 하면 낭패다. 정희는 길을 따라 전력을 다해 달리기로 결심하며 다시 건물을 한 바퀴 돌았다. 영호를 최대한 따돌린 뒤 밖으로 나가는 길로 빠져나갈 생각이었다.

마침내 건물을 돌아 나왔을 때 갑자기 시야가 환해졌다. 어두운 산길을 달려온 자동차가 헤드라이트를 경광등처럼 번쩍이고 있었다. 차가 점점 속도를 높이며 빠르게 정희를 향해 돌진해 왔다. 정희는 잠시 그 자리에 우뚝 섰다. 사람들이 올 거라던 영호의 말이 떠올랐다. 사람들. 영호의 사람들. 그녀를 죽이려고 달려들 저승사자들…… 정희는 정신없이 반대편을 향해 달리기 시작했다.

아, 안 돼.

다시 마당으로 들어선 정희 앞에 영호가 서 있었다. 어차피. 역시. 이렇게 될 거였나. 정희는 그만 포기하고 싶어졌다. 그녀가 죽었다는 걸 알게 되면, 최 형사가 그녀가 보낸 메시지를 제대로 살펴볼까? 영호가 손쓰기 전에 그의 방에 놓아 둔 화분 속에서 녹음기를 찾아내야 할 텐데. 그것만큼은 해 줘야 할 텐데. 정희는 어떤 형태로든 자신의 바람이 전달되길 바라며 필사적으로 생각했다. 마치 대답처럼 정희의 등 뒤에서 헤드라이트가 깜빡이며 클랙슨이 울렸다.

정희의 얼굴에 완전한 절망의 표정이 떠올랐다 사라졌다. 비로소 모든 것을 받아들인 듯한 얼굴. 영호는 정희와 시선을 맞춘 채 미소를 지었다. 그때였다. 차가 갑자기 급커브하며 영호를 향해 돌진해 왔다.

"미쳤어?!"

영호는 몸을 날렸다. 차는 그대로 돌진하며 건물을 들이박았다. 전면 창이 요란한 소리를 내며 깨졌다. 산산조각 난 유리 파편이 비처럼 쏟아져 영호의 몸에 박혔다. 이게 무슨 개 같은 경우인가. 힘겹게 몸을 일으키며 영호가 생각했다. 차는 전면 창을 박살내며 문틀에 낀 바퀴에 끼어 후진하지 못하고 듣기 싫은 굉음만을 쏟아 냈다. 운전석의 차 문이 열렸다. 영호는 낭패감을 느꼈다. 차에서 내린 것은 리홍식이 아니었다.

철식이 차 문을 열고 나왔다. 영호는 벌떡 일어나 깨진 창문을 통해 건물 안으로 들어갔다. 그리고 지문 인식으로 현관문을 열고 계단을 통해 지하 주차장으로 내려갔다. 시야가 가려져 얼굴을 문지르던 영호는 욕을 내질렀다. 얼굴은 물론 살이 드러난 곳은 온통 피투성이었다. 영호는 대시보드에서 티슈를 꺼내 눈가를 대충 문지른 뒤 시동을 걸었다. 철식이 어디선가 삽을 꺼내 들고 이쪽으로 다가오고 있었다. 영호는 힘껏 액셀을 밟아 철식을 향해 돌진했다. 철식이 몸을 피하며 삽을 집어던졌다. 영호는 지하 주차장 문을 통과해 길을 따라 건물 밖으로 나갔다. 백미러로 철식이 그를 향해 달려오는 모습이 보였다. 철식은 최선을 다해 달렸지만 점점 작아지다가 시야에서 완전히 사라졌다. 영호는 히죽 웃으며 차를 몰아 나갔다.

정희가 정신 나간 여자처럼 길을 따라 달려 나가고 있었다. 아직 상황 파악을 하지 못한 것 같았다. 영호는 클랙슨을 누르며 정희를 향해 돌진했다. 맨발로 비포장도로를 달려 나가던 정희가 힐끗 뒤를 돌아보더니 풀숲으로 몸을 던졌다. 영호는 차를 세우고 그녀를 찾아 숨통을 끊어 놓고 싶은 욕망을 억누르며 계속 앞으로 나아갔다.

"아주머니!"

철식은 멀어지는 영호의 차를 보며 정희가 뛰어내린 풀숲을 향해 소리쳤다.

"아주머니!"

정희는 축축하게 젖은 풀숲에 엎드린 채 휴대폰으로 가느다란 불빛을 내뿜으며 서 있는 남자를 쳐다봤다. 야위었지만 단단한 실루엣. 영호가 아니었다.

"아주머니!"

뭣보다 영호는 그녀를 저렇게 부르지 않았다. 남자가 휴대폰 불빛을 흔들며 풀숲 아래로 내려왔다. 정희는 벌떡 일어섰다. 철식이었다. 그녀는 상황을 이해하고자 애썼지만 머릿속이 뒤죽박죽이었다. 무엇을 생각하려 해도 뚝뚝 끊어졌다. 온 방향에서 보이지 않는 손들이 그녀의 몸을 잡아당기는 것 같았다. 정희가 혼란스러운 얼굴로 "어, 어." 하며 철식의 얼굴을 바라봤다. 철식은 정희를 안심시키기 위해 고개를 끄덕였다. 그때, 어디에선가 이명처럼 사이렌 소리가 들렸다. 정희는 헛것을 보고, 환각을 듣는 것인지도 모른다고 생각했지만 곧 길 한쪽이 밝아지면서 사이렌을 단 차 한 대가 들어섰다.

"이정희 씨?"

차에서 두 사람이 내렸다.

"거기, 이정희 씨 맞습니까?"

최필호 형사였다. 그와 함께 내린 여자 형사가 철식을 향해 총을 겨눴다. 철식은 정희에게 더 다가가지 않고 그 자리에 선 채 정희를 바라봤다. 이어 한 대의 경찰차가 더 도착했다. 사방에서, 귀가 아플 정도로 큰 소리로 사이렌이 울렸지만 정희는 여전히 어리둥절했다.

"메시지, 받고 왔습니다."

정희가 있는 곳까지 달려온 최필호 형사가 두 손으로 무릎을 짚고는 가쁜 숨을 몰아쉬며 말했다. 그제야 정희가 목놓아 울음을 터뜨렸다.

36

철식은 틀리지 않았다. 그는 아내에 대해 모르는 것이 없었다. 록혜는 토끼 고기를 못 먹었다. 인형이나 캐릭터 상품만 봐도 질색했다. 그러니까, 리홍식은 아내의 남자가 아닌 것이 분명했다. 다시 정신이 들었을 때, 철식은 그 사실을 확인했다. 그것이 못이 되었다. 다시 산산이 흩어지려는 의식을, 그곳에 차곡차곡 걸 수 있었다. 철식은 뒷좌석에서 조용히 손을 뻗어 운전석에 앉아 있는 리홍식의 무릎을 꽉 움켜잡았다.

"너 누구니."

철식은 리홍식의 무릎을 뜯어 버릴 기세로 꽉 잡았다. 끔찍한 고통이 알려 줄 것이다. 허튼수작은 지금 이 상황에선 아무런 도움이 되지 않을 것이다.

"이 다리, 수술했지?

리홍식은 꼼짝하지 못하고 끙끙 앓는 소리를 냈다. 걸음걸이를 보고 알 수 있었다. 멀쩡한 듯 보였지만 여러 번 수술을 했을 것이다. 그 고통스러운 시간을 한 번에 무효로 만들어 줄 수도 있었다. 차가 곡예하듯 이리저리 흔들렸다.

"같이 죽겠다는 거야?"

리홍식이 식은땀을 흘리며 악을 썼다.

"차 세워."

뭐라도 들이받을 듯 회전하던 차가 한쪽에 멈췄다. 인적이 드문 시골의 비포장도로였다. 철식은 리홍식의 두 무릎뼈를 비틀어 걷지 못하게 만들었다. 리홍식의 목구멍에서 끔찍한 비명 소리가 터져 나왔다. 철식의 얼굴이 분노와 흥분으로 붉어졌다. 철식은 숨을 골랐다. 주사기가 꽂혔던 오른쪽 어깨가 뻐근하고 머릿속도 맑지 않았다. 헛된 짓에 쓸 힘이 없다는 뜻이었다. 철식은 리홍식의 쇄골에 손가락을 밀어 넣었다. 리홍식은 짐작했던 것보다 훨씬 쉽게 술술 털어놓았다. 하지만 철식은 충분히 납득할 때까지 확인했다. 두 번 실수는 없어야 했으니까.

리홍식은 수용소 보위원으로 록혜를 처음 만났다. 수용소 토끼사를 지키는 당번을 정하는 것은 보위원들이었다. 당번이 평소 하는 일은 토끼가 병들지 않는지 지켜보고 보살피는 것이었다. 그리고 보위원들이 별도의 지시를 내리면 토끼 가죽을 벗기고 남은 고기로는 요리를 만들었다. 수용소 내에서는 비교적 편한 일인 데다 운이 좋으면 토끼 고기를 맛볼 수 있기 때문에 '요직'으로 통했다.

리홍식은 토끼사 당번으로 눈여겨봤던 여자 수용자들을 지명했다. 수용자에게 보위원의 지명을 거부할 수 있는 권리는 없었다. 록혜보다 앞서 토끼사에서 일했던 여자가 임신한 사실을 숨긴 채 작업하다 작업장에서 아이를 낳았다. 조사가 시작되면서 애를 가졌다는 이유로 생매장 당하거나 맞아 죽은 여자들도 있다는 사실이 드러났다. 아이 아버지로 지목된 리홍식은 탈당 조치되어 쫓겨났다.

탈북 과정에서 리홍식은 록혜가 탈북해 남한에 살고 있다는 것을 알게 됐다. 그는 록혜에게 수용소에서 있었던 일을 남편에게 말하겠다고 협박하며 돈을 요구했다. 그는 영호와 점례의 연결 고리에 대해서도 모두 털어놓았다. 중국으로 도망친 그에게 연락해 록혜가 탈북했다는 사실을 알려 주며 협박하라고 부추긴 사람이 바로 점례였다. 철식은 어디부터 어디까지 믿어야 할지 알 수 없어 혼란스러웠다.

그때, 리홍식의 휴대폰이 울렸다. 영호였다. 철식은 리홍식이 그랬던 것처럼 과장된 북한 억양으로 전화를 받았다. 영호는 조금도 의심하지 않았다.

"문제가 생겼습니다."

영호는 조금 흥분한 듯 보였다. 철식은 정희가 영호에게 잡혀 있다 탈출을 시도했고, 그래서 영호의 화를 돋우었다는 것을 알 수 있었다. 리홍식이 철식에게 접근한 목적이 철식과 정희를 함께 그곳에서 '처리'하기 위해서였다는 것도.

"서둘러야겠습니다."

"예. 알겠습니다."

철식은 대답한 뒤, 차에 시동을 걸었다. 차 내비게이션에 목적지가 찍혀 있었다. 목적지 인근이었다. 참을 수 없는 분노로 온몸이 불뚝거렸다. 그는 화를 억누르며 제발 늦지 않길 바라면서 정신없이 차를 몰았다.

"일단 타세요."

필호가 차 문을 열었다. 미영이 모포를 가져와 정희의 몸을 감쌌다. 미영과 정희가 뒷좌석에 타고 철식이 보조석에 앉았다. 만신창이 된 정희의 몰골을 확인하고 필호는 아찔함을 느꼈다. 그리고 울컥했다. 이번에도 늦었다면 그는 스스로를 용서하기 힘들었을 것이다. 왜 이렇게까지 미련하게 굴었는지, 이것이 최선이었는지, 원망스러운 말들이 쏟아지려 했지만 그런 건 나중으로 미뤄 둬도 될 것이다. 철식이 필호에게 영호

의 차 번호를 불러 줬다. 필호는 무전으로 인근의 경찰들과
연락하며 경찰차에 올랐다.

*

밤안개가 점점 짙어지고 있었다. 필호는 무전으로 상황을
보고 받으며 영호의 뒤를 쫓았다. 그는 정희가 보낸 문자메시
지를 받고 곧장 새날의원 원무과장실로 찾아가 창가에 놓인
화분과 화분에 꽂혀 있는 펜 녹음기를 발견했다. 녹음기를 재
생하자 정희가 영호와 나눈 대화가 흘러나왔다. 그는 어렵지
않게 상황을 짐작할 수 있었다. 정희가 정신을 잃은 뒤 영호
는 먼저 '여사님'에게 전화를 걸었고, 다시 '리홍식'이라는 남
자와 통화했다. 목적지를 알아낸 필호는 병원 내부를 단속해
누구도 영호와 연락하지 못하도록 조치한 뒤 목적지 인근 경
찰서에 연락해 협조를 요청했다. 벌써 시간이 많이 지나 있었
다. 정희가 예약 발신한 문자메시지를 뒤늦게 확인했고, 상황
을 파악하고 이해하느라 시간을 잡아먹은 탓이었다.

"김영호 와이프는 찾았대?"

"네. 그쪽으로 형사들이 가고 있다고 합니다."

미영이 대답했다. 무전으로 영호가 산을 따라 조성된 길로
달리고 있다는 정보가 들어왔다. 따로 목적지가 있는 것이 아

니라 일단 도망치려는 생각인 것 같았다. 필호는 조바심이 났다. 경찰차 두 대가 영호를 쫓고 있었고, 그 뒤로 필호와 미영이 달리고 있었다. 커브가 많아 운전이 쉽지 않은 길이었다. 총 세 대의 경찰차가 영호를 추격하고 있었지만 거리는 좀처럼 좁혀지지 않았다. 곡예라도 하는 것처럼 빙글빙글 돌아가던 커브 길을 지나 마침내 직선 도로가 나타났다. 필호는 앞선 두 대의 경찰차를 추월해 앞으로 나아갔다. 8차선 교차로를 앞두고 신호가 붉은색으로 바뀌었다. 하지만 영호는 속도를 늦추지 않았다. 오른쪽 차선에서 화물차 한 대가 달려오고 있었다.

"뭐야, 저 새끼 뭐하자는 거야."

영호는 멈출 생각이 없는 듯 보였다. 화물차가 빠져나가자마자 도로를 그대로 통과할 생각인 것 같았다. 아니, 어쩌면 다른 생각을 하고 있는 건지도 몰랐다.

"어, 어어!"

영호가 빠르게 달려오는 화물차를 향해 망설임없이 돌진했다. 필호는 다급히 브레이크를 밟았다. 엄청난 충돌음과 함께 영호의 차가 화물차에 매달린 트레일러에 정통으로 맞아 이쪽으로 날아오고 있었다. 필호는 솜씨 좋은 타자의 방망이에 맞은 공처럼 날아오는 영호의 차를 피해 핸들을 꺾었다. 보조석에 앉은 철식, 뒷좌석의 미영과 정희, 모두 눈을 질끈 감은 채 비명을 질렀다. 네 사람을 태운 경찰차가 정신없이 회전하며 도로에 외계의 암호 같은 스키드 마크를 남긴 채 멈춰 섰다. 그들을 따라오던 경찰차 두 대 역시 차선을 위반해 제각각 멈춰 섰다. 영호의 차는 뒤집어진 채 100미터가량 미끄러져 가드레일을 들이받고 멈췄다.

"괜찮으십니까?"

가까스로 차가 멈췄을 때, 필호가 물었다. 철식은 대답 대신 참았던 숨을 한번 내쉬더니 차 문을 열고 밖으로 나갔다. 미영과 정희, 그리고 필호도 차 문을 열고 나갔다. 트럭에서 운전사가 뛰어내리듯 차에서 내리더니 몇 발짝 걷다 도로에 주저앉았다. 그는 바닥에 침을 뱉으며 신음 섞인 욕을 뇌까렸다. 영호의 뒤집어진 차 가까이로 다가간 정희가 낮게 비명을 질렀다. 피투성이가 된 영호가 차 안에 거꾸로 매달려 있었다.

"구급차 불러. 빨리!"

경찰들 중 누군가가 소리쳤다.

"죽은 거 아니에요?"

뒤따라 나온 미영이 혼잣말처럼 중얼거렸다. 누구도 대답을 하지 못했다.

*

영호는 30년 전인 여덟 살 때 부모님과 함께 미국으로 갔다. 아버지의 사업 실패로 제대로 준비할 시간도 없이 도망치듯 떠난 이민이었다. 세 식구는 가난한 유학생들과 불법체류자들이 무리 지어 거주하는 작은 아파트에서 아메리칸드림을 시작했다. 부모님은 언어에 구애받지 않는 청소 전문 업체에서 주급을 받았다. 어둡고 가난하고 외로운 유년을 끝장내 준 것은 그의 아버지다. 아버지는 영호가 열다섯 살 때 그의 눈앞에서 죽었다.

"바람이 많이 불던 저녁이었지."

바람에 대한 기억은 없지만 그래도 영호는 언제나 이 문장으로 회상을 시작했다. 이웃에는 언제나 술이나 마약 혹은 둘 다에 취해 있는 백인 여자가 살고 있었다. 늦여름의 이른 밤, 여자가 갑자기 큰 소리로 울기 시작했다. 일을 하고 돌아와 공복에 소주 한 컵을 마신 아버지는 약간 취해 있었다. 아버지는 시끄러운 이웃 여자를 조용히 시키고자 망치로 옆집 현관을 부수고 들어갔다. 여자는 마약에 취해 제 몸에 불을 지른 채 비명을 지르고 있었다. 아버지는 정신 사납게 큰 소리로 울어 대는 여자에게 달려들었다가 함께 화염에 휩싸였다. 그리고 그의 45년 평생, 가장 의로운 선택을 했다. 여자를 끌어안은 채 건물 밖으로 뛰어내린 것이다.

어머니는 불길에 휩싸인 아버지를 향해 달려가려는 어린 영호의 어깨를 지긋이 눌렀다. 후에 어머니는 그것이 잘못된 기억이라고 말했다. 딱 한 번, 작정하고 추궁한 적이 있다. 어머니는 잔뜩 오그라든 눈으로 영호의 시선을 외면하며 말했다.

"노, 놀라서 그랬을 거다. 뭣보다 나는 널 보호해야 했어."

모든 것이 변명처럼 들렸다. 영호는 그녀가 놀랐다는 것도 자신을 보호하기 위해 그랬다는 것도 믿을 수 없었지만 구태여 다른 사람들에게 떠벌려 의견을 구하진 않았다. 누구에게나 크고 작은 치부가 있게 마련이고 모름지기 그것을 감춰 주는 것이 가족이니까.

화염에 휩싸인 아버지가 창문 밖으로 뛰어내리기 직전 영호는 아버지와 눈이 마주쳤다. 아버지는 영호를 향해 희미하게 웃어 보였다. 영호는 그 웃음의 의미에 대해, 아버지가 느꼈을 심경의 변화에 대해 여러 차례 생각해 봤다. 먼저는 당혹스러웠을 것이다. 얼떨결에 뛰어들었으나 함께 죽을 생각까진 아니었을 테니까. 그러다 틀렸다는 것을 깨달았을 것이다. 돌이킬 수 없다. 그렇다면 뭔가를 보여 주고 퇴장하리라. 일생 일대의 큰 결심이었다. 누구도 그걸 방해해서는 안 됐다.

일평생 무능했고 게을렀으며 왕왕 아내와 자식을 때리는 것으로 울분을 삭히던 중년의 남자는 가족에게 10만 달러의 보험금을 남겼다. *이렇게 간단한 것이었다니!* 어린 영호는 크게 충격을 받았다.

아버지가 죽자 폭력과 폭언이 사라졌다. 삶을 저주처럼 느끼며 왜 태어났는지를 반문하던 조숙한 밤도 끝났다. 어머니는 비타민처럼 복용하던 신경안정제와 수면제를 끊었다. 그녀는 더 이상 '내가 뭔가를 잘못한 것이 아닐까? 정말 맞을 짓을 한 건 아닐까?' 하는 거짓 반성으로 스스로를 괴롭히지 않았다. 죽은 아버지에게는 '온몸을 던져' 더 큰 화재가 날 위험을 막은 살신성인의 의인이라는 딱지가 붙었다.

아버지의 죽음은 영호에게 많은 깨달음을 줬다. 그는 어린 나이에 인생의 비기를 얻었고, 이제 필요한 건 조금씩 경험을 쌓는 것이었다. 처음에는 소소한 보험 사기에서 시작했다. 일종의 연습 게임 같은 것이었다. 도난당한 휴대폰은 보상이 가능하다는 해외여행자 보험 약관을 악용해 멀쩡한 휴대폰을 숨긴 뒤 보험금을 타먹는 일 같은 건 너무 쉬웠다. 사소한 성취감을 만끽하며 조금씩 체급을 늘려 갔다. 지피지기면 백전백승. 자꾸 싸우다 보니 타인과 세상은 물론 자기 자신에 대해서도 새롭게 알게 됐다.

오, 이런 것도 할 수 있구나. 아, 이런 건 도무지 되지 않는구나. 아니, 하다 보면 느는 것도 있잖아? 가장 흥분되는 건 바로 이 지점이었다. 인생은 결국 자기를 발견해 가는 것이라고들

하지 않던가. 사람마다 진정한 자신을 발견하는 방법을 찾아야 하고, 끝내 그것을 찾지 못한 채 죽는 사람도 태반이었다.

사채에 쫓기는 사람들, 이런저런 이유로 이 삶을 폐기하고 제2의 인생을 살고 싶은 사람들을 모아 문서 위조가 쉬운 중국이나 동남아에서 허위 사망 신고를 하고 새 삶을 선물했다. 정말 죽어야 하는 경우는 오히려 쉬웠다. 필리핀이나 캄보디아에는 백 불만 쥐여 주면 뭐든 하겠다는 열정적이고 의욕적인 청년들이 넘쳐 났다.

영호는 자신의 재능을 십분 발휘할 기회를 거머쥐며 성취감을 느꼈다. 세상은 계속 정교해졌고, 그러므로 영호도 시대와 호흡하며 변신을 거듭해야 했다. *그런 걸 진화라면 진화라고 할 수도 있겠지.* 공공 의료 강국 대한민국에서 병원 연계 작업은 필연적이었다. 영호가 직접 한국에 나와 작업을 세팅했다. 샌님으로만 살아온 의사들은 경영에 대해서 쥐뿔도 몰랐지만 재밌는 건 대부분 그게 별문제가 아니라고 생각한다는 것이었다. 무지와 오만은 호구의 자질이었다. 그들은 당하면서도 당하는 줄도 몰랐다. 빚이 있거나 늙고 지병이 생겨 더 이상 진료를 할 수 없는 의사들을 살살 꼬드겨 바지로 내걸고 진단서를 위조하는 건 식은 죽 먹기였다.

그의 모국은 또한 자살공화국으로 악명이 높았다. 2015년 기준, 대한민국에서 스스로 목숨을 끊은 사람은 1만 4000여명. 하루 평균 38명이 죽음을 선택했다. 38분마다 한 명씩 자살을 하는 셈이었다. OECD 국가 중 11년째 자살률 1위. 실로 경이로운 숫자였다. 영호는 이 경이로운 통계와 아버지의 죽음, 그리고 아서 밀러의 희곡에서 영감을 얻어 새 상품을 만들었다. 영호에게 많은 영감을 준 아름다운 이야기, 「세일즈맨의 죽음」은 1949년 발표됐다. 부제는 '어떤 2막의 사적(私的) 회담과 진혼가(鎭魂歌)'. 주인공은 한평생 세일즈맨으로 일해 온 가장, 윌리다. 윌리는 성실하게 일하면 반드시 보상을 받는다는 믿음으로 일평생을 삶에·헌신하지만 삶은 그의 신념과 다른 방향으로 치닫는다. 나이가 든 윌리는 어린 사장에게 본사 내근직 자리를 건의했다가 하루아침에 정리해고를 당한다. 그에게는 아직 갚아야 할 빚이 남아 있고, 두 아들은 제 앞가림도 하지 못하는데! 궁지에 몰린 윌리는 가족들에게 보험금을 남겨 주기 위해 늦은 밤, 자동차를 과속으로 달려 자살하고 만다. 인생은 덧없는 것이라고 상심하는 대신 스스로 보상의 길을 찾고, 남은 가족들에게는 인생의 2막을 선물한 것이다.

영호는 평범한 듯 보이는 사람들 속에서 '윌리'를 찾아내기 시작했다. 상상 이상으로 정교한 작업이었다. '윌리'를 자처하지만 그럴 수 없는 사람이 있는가 하면 잠재력을 깨닫지 못한 채 꾸역꾸역 살아가고 있는 사람도 있었다. 가장 안타까운 경우는 무용하게 죽어 버리는 사람들이었다. 삶은 간절히 원하는 사람들의 것이어야 했다. 죽지 못해 목숨을 연명할 뿐인 사람들은 삶을 누릴 자격이 없으며 자격이 없는 사람이 무대 밑으로 내려가야 하는 것은 당연한 일이었다. 그는 그런 사람들에게 강렬한 퇴장을 선물했다.

자살하려는 사람들을 상대하면서 자연스럽게 탈북자들에게 관심을 갖게 됐다. 현재 대한민국에 살고 있는 탈북자는 약 3만 명. 매년 2000명에서 3000명씩 늘고 있었다. 정착금은 감소했고, 국내 경제 상황과 노동 시장이 열악해지면서 탈북자에 대한 인식은 계속 안 좋아지고 있었다. 북에서 익힌 지식의 대부분은 여기선 무용지물이었다. 말은 통하지만 그외의 모든 것을 새로 배워야 했다. 탈북자 자살률은 세계 최고 수준이라는 한국인 평균 자살률의 3배였지만 그 이상이 될 것이 자명했다. 블루오션인 셈이었다. 김영광을 통해 그 어머니인 서점례와 손을 잡은 건 그 푸른 바다에서 노련하게 노를 저을 사람이 필요했기 때문이었다.

영호가 가장 좋아하는 건 교통사고였다. 과실인지 고의인지 구분이 어려운 틈을 파고드는 클래식한 매력이 있었다. 보험 심사 과정을 거치는 동안의 긴장감은 사건이 크든 작든 익숙해지지 않았다. 가장 좋은 것은 그것이었다. 매번이 위험했다. 밀고 당기는 점잖은 싸움이 계속되는 동안 그 어떤 곳에서도 느낄 수 없는 흥분으로 아드레날린이 분수처럼 뿜어져 나왔다. 입안은 바짝바짝 마르고 호흡은 가빠졌다. 절정에 다다르면 영호는 언제나 몸속에, 피와 뼈 안에 빠르게 만개하는 꽃의 이미지가 그려졌다. 상상력이 풍부하면 가만히 앉아서도 환각에 빠질 수 있었다. 재능이라는 게 있을지도 모른다는 생각이 드는 순간이었다. 태어날 때부터 이미 능숙한 것. 타고나기를 빼어난 것……!

영호는 그 익숙한 환각 속에서 눈을 떴다.

눈앞이 흐릿했다.

정희와 철식을 차로 칠 수 있는 기회를 놓쳤지만 경찰차를 불도저처럼 밀어 버린 뒤 좁은 비포장 도로를 빠져나왔다. 그는 밤안개가 자욱한 시골 도로를 정신없이 달렸다. 어디로 가야겠다는 생각도 없었다. 할 수만 있다면 스스로 머리통을 날려 버리고 싶을 만큼 끔찍한 두통이 머리 가죽에 들러붙어 있었다. 간단한 단어조차 생각나지 않았다. 그는 룸 미러로 자신의 모습을 확인했다. 유리 파편을 맞은 얼굴이 온통 피투성이였다. 마을 초입에 놓인 오래된 다리 하나를 통과하자 아스팔트가 깔린 4차선 도로가 나타났다. 동시에 백미러로 어디선가 나타난 경찰차 두 대가 보였다. 영호는 짓밟아 죽여야 할 끔찍한 것이 발밑에 있는 것처럼 이를 악물고 액셀을 밟았다.

산을 따라 조성된 커브 길을 돌 때마다 경찰차가 보였다 안 보였다 했다. 다시 직선 도로가 나타났다. 200여 미터 앞에 8차선 교차로가 보였다. 커다란 트럭 한 대가 영호가 보는 쪽을 기준으로 동쪽에서 서쪽을 향해 달려오고 있었다. 신호가 빨간색으로 바뀌었다. 하지만 영호는 속도를 높였다. 총알처럼 날아가 트럭보다 빨리 교차선을 통과할 생각이었다. 경찰차와 어느 정도 간격을 벌리고, 운이 좋으면 완전히 따돌릴 수 있을지도 몰랐다. 영호가 속도를 높이자 트럭이 클랙슨을 눌러 댔다.

그가 마지막으로 기억하는 것은 급정거를 시도하며 깜빡이던 트럭의 전조등이었다. 영호는 가까스로 충돌을 피하고 안도했다. 하지만 트럭에 트레일러가 매달려 있었다. 멍청한 트럭 기사가 갑자기 브레이크를 밟으면서 핸들을 꺾었고, 기역자로 휘어진 트레일러가 믿을 수 없이 빠른 속도로 그를 향해 날아왔다.

말도 안 돼.

그는 비명을 질렀다. 그러자 더 말도 안 되는 일이 벌어졌다. 쿵! 하는 굉음과 함께 그의 차가 동전처럼 휙, 뒤집어진 채 날아간 것이다.

대체, 이게 무슨 일이지?

보이지 않는 거대한 힘이 그에게 정통으로 철퇴를 날렸다. 영호는 도무지 납득할 수 없는 야만적인 상황에 큰 충격을 받고 실신했다.

"아무리 강조해도 지나치지 않습니다. 인생은 절대로 만만한 것이 아닙니다!"

어디선가 익숙한 목소리가 들려왔다. 그는 소리가 나는 쪽으로 의식을 집중시켰다. 그러자 어둠 속에서 한 남자의 얼굴이 조금씩 밝아졌다. 산산조각 나며 사방으로 튀었던 의식이 조금씩 반짝이는 남자의 얼굴 쪽으로 모여들었다.

"언제, 어디에서 무슨 일을 당할지 모르기 때문에, 전천후 공격에 대비해야 합니다. 느닷없이 큰 병에 걸릴 수도 있고, 사고를 당해 반신불수가 될 수도 있으며 아무것도 예감하지 못한 채 돌연 죽음을 맞이할 수도 있죠."

남자는 자신 있는 어조로 말하기 시작했다.

"그 빌어먹을 우연에 대항하고자 고안된 것이 바로……."

"보험입니다."

영호가 남자의 말을 받아 대답했다. 눈에 초점이 좀처럼 맞춰지지 않아 남자의 얼굴이 보이지 않았지만 영호는 알 수 있었다. 저 남자는 자기 자신이었다. 그는 진작 알고 있었던 사실을 인정하지 않을 수 없었다.

사람이 죽음에 가까워졌을 때 주마등을 본다는 것은 사실이다.

보험(保險). 지킬 보, 험할 험. 험한 것을 지킨다. 어떻게? 돈으로. 돈으로 행복을 살 수는 없지만 불행은 막을 수 있다. 행복을 사는 것과 불행을 막는 것은 엄밀히 말해 동의어가 아니지만 평범한 인간은 별 차이를 느낄 수 없다. 그래서 미국 스포츠 스타 중에서도 가장 수입이 많다는 무패 복서, 플로이드 메이웨더 주니어가 말했다. "돈이 인생의 전부는 아니지만 돈만 한 게 없다." 영호가 정말 좋아하는 말이었다.

꼬박꼬박, 보험금을 부어 가며 대비했지만 아무런 일도 벌어지지 않는다면 본전 생각을 하게 되는 것이 인지상정이다. 보험의 가치를 한마디로 정의한다면 One for all, all for one. 한 사람은 모두를 위해, 모두는 한 사람을 위해. 은밀하게 그 한 사람이 되어 보자는 생각을 하는 게 *왜 나쁜가?* 작업 대상은 개인이 아니었다. 보험회사나 국가를 기망하는 것이었다. 구체적인 대상이 없으니 죄의식도 희박했다. 대중교통 무임승차를 하면서 혹은 소소한 탈세를 저지르면서 괴로워하지 않는 사람이라면 잠재력이 있다고 보면 됐다. 은밀한 쾌감이나 성취감을 느낀다면 소질이 다분하다고 봐도 무방했다.

하지만 엄밀히 말해 실제로 손해를 입는 것은 보험회사

도 국가도 아니었다. 보험회사는 손실을 메꾸기 위해 보험료를 인상했다. 결국 현재 및 미래의 보험계약자, 그러니까 국민 전체가 손해를 입는다고 해도 과언이 아니었다. 그래서 미국에서는 보험 범죄를 '고요한 대재앙'이라고 불렀다. 이보다 흥분되는 일이 어디 있겠는가. 태풍과 지진에 버금가는 **재앙**을, 아무도 모르게 저지를 수 있는데!

오래오래, 이 일을 하는 것만이 영호의 꿈이었다. 그는 독거(老)인들을 상대로 한 생명보험 전매 사업을 준비하고 있었다. 독거 인구가 계속 늘고 있었다. 보험금을 받을 가족도 없으면서 생명보험에 가입하는 미련한 사람들이 허다하다는 뜻이었다. 영호는 사람들에게 일정 금액에 보험을 사고 그들이 죽고 나면 보험금을 수령하는 사업을 구상했다. 당장 쓸 돈이 필요한 가난하고 외로운 사람들은 기꺼이 스스로를 팔 것이다. 염치없이 너무 오래 사는 사람에게는 염치를 알게 해 줄 생각이었다.

그는 독거노인들을 효과적으로 통제하기 위해 실버타운을 짓기로 하고 외진 시골 마을을 샀다. 노인들은 영호에게 보험을 팔고 실버타운에 입주하게 될 거였다. 그러자고 구입한 곳으로 정희를 끌고 갔고, 철식을 잡아 오라고 지시했던 거였다. 그가 가장 잘할 수 있는 일이 목전에 있었다. 그런데, 그런데 왜! 영호는 충격적인 낭패감을 느꼈다. 갑자기 고통이 밀물처

럼 밀려왔다. 영호는 손을 뻗어 벨트를 풀어 보려 했지만 손
가락 하나 까딱할 수가 없었다.

오, 찰리!

영호는 다이아몬드처럼 반짝이던 지애의 눈동자를 떠올렸
다. 그는 이 일을 하면서 성취감과 만족감을 느꼈지만 그것만
으로는 충분하지 못했다. 무엇으로도 채울 수 없을 것 같은
공허한 순간들이 있었다. 그럴 때 그는 누군가를 죽이고 싶었
고, 가끔은 반대로 누군가에게 살해당하고 싶었으며, 죽고 싶
은 충동이 들기도 했다. 정신과 의사는 이 세 가지 욕구가 함
께 만나면 자살을 하게 된다고 했다. 어쩌면 그것이 자신의
최후가 아닐까, 절망적으로 또 얼마간은 이해할 수 없는 환희
속에서 생각했다. 하지만 지애를 만난 뒤 그는 더 이상 그런
생각을 하지 않았다. 그녀를 만난 뒤 마음의 골짜기마다 지뢰
처럼 숨겨져 있던 깊고 어두운 크레바스가 눈 녹듯 사라졌다.

지애가 그의 삶에 나타난 뒤, 그의 삶은 점점 더 완벽해졌
다. 지애는 스스로를 특별하다고 믿었고, 영호는 그 믿음을
지켜 주고 싶었다. 그렇게 해 줄 수 있는 사람은 영호 혼자여
야 했다. 사랑하는 아내와 아이에게는 그가 필요할 것이다. 그
러니까, 지금 이 상황은, 뭔가가 잘못된 것이 분명했다.

이건 아니야.

깨진 창문 밖에서 기름 냄새가 흘러 들어왔다. 영호는 기

울어진 밤하늘을 올려다봤다. 어떤 생각. 찰나의 감정. 뭐라 이름 붙일 수 없는 장면들이 다급하게 그를 할퀴고, 때리고 지나갔다.

저리 가! 꺼지라고!

그는 아까부터 자신의 주변을 어슬렁거리고 있는 죽음에 대고 명령했다. 갑자기 시야가 환하게 밝아지며 뜨거운 것이 훅, 그의 얼굴을 덮쳐 왔다. 영호는 진저리쳤다. 그는 전력을 다해 그에게 닥친 운명을 거부했지만 소용이 없었다. 환청처럼 윙윙거리던 사람들의 웅성거림과 사이렌 소리가 점점 더 크게 들려왔다. 119 불렀어? 왜 이렇게 안 와? 잠깐만요, 함부로 건드리면 안 돼요. ……. 그가 마지막으로 들은 것은 귀가 찢어질 듯한 폭발음이었다.

37

점례는 다급히 오피스텔로 향했다. 만약의 경우를 대비해 모아 둔 현금이 오피스텔 금고에 있었다. 대강 짐을 꾸려 도망칠 생각이었다. 어디로? 어디로든. 그녀는 영호의 사고 소식과 함께 리홍식이 인적이 드문 도로에서 관절이 다 부러진 채 발견되어 병원에 실려 갔다는 소식을 들었다. 철식과 경찰이 어디까지 알고 있는지 알 수 없었지만 그녀가 드러나는 것은 시간 문제였다. 정신없이 오피스텔로 향하던 점례가 멈칫했다. 오피스텔 앞에 낯선 남자와 여자가 서 있었다.

"서점례 씨?"

미영이 먼저 점례를 향해 다가갔다.

"경찰입니다."

필호가 신분증을 보였다. 점례는 재빨리 뒤돌아 달리기 시작했다. 필호와 미영은 점례를 쫓았다. 복도 끝까지 정신없이 달리던 점례는 방향을 잘못 잡았다는 것을 깨달았다. 엘리베이터나 계단 쪽으로 갔어야 했다. 이쪽은 막다른 길이나 다름없었다. 그녀는 난간을 잡고 올라갔다.

"서점례 씨!"

필호가 소리쳤다.

"진정하고 내려오세요."

점례는 아래를 내려다봤다. 3층이었다. 무턱대고 뛰어내리기엔 애매한 높이였다. 필호와 미영은 조심조심, 조금씩 더 가까이 점례 쪽으로 다가갔다.

"김영광 씨가 아드님 맞죠?"

미영이 조심스레 물었다.

"김영광 씨 때문에 왔습니다."

아들. 내 아들이 왜. 점례는 미영을 노려보다 소리쳤다.

"허튼소리 하지 말라."

"알았어요. 우리가 물러설게요. 일단 내려오세요."

필호가 미영과 함께 물러섰다. 점례는 난간 안쪽과 바깥쪽을 번갈아 노려봤다. 난간 아래 잔디밭이 있었다. 어제 비가 왔던가? 난간에서 손을 떼며 점례는 잠깐 그런 생각을 했다.

"서점례 씨!"

필호와 미영이 동시에 소리쳤다. 땅에 떨어진 순간, 점례는 찢어질 듯 비명을 질렀다. 땅에 박혀 있던 돌에 오른쪽 엉덩이뼈가 부딪혔다. 점례는 일어서 보려 했지만 생각뿐이었다. 사람들이 웅성거리며 모여들었다.

"구급차 불러. 빨리!"

먼저 밑으로 내려간 필호가 소리쳤다. 점례는 낭패감을 느끼며 눈을 감았다. 이대로 깊은 잠에 빠졌으면. 그녀는 생각했다. 그리고 눈을 뜨면 모든 것이 제자리에 있었으면. 하지만 그런 일은 생기지 않을 것이다. 척추에 차가운 칼이 쑤셔 박힌 것 같은 끔찍한 통증이 그녀에게 분명하게 알려 주고 있었다.

*

필호가 이선영의 일기장에서 발견한 에스디 카드 메모리는 훼손되어 있었다. 급한 대로 복원 프로그램을 돌려 봤지만 소용이 없었다. 필호는 휴대폰이나 메모리 카드 복원 작업을 전문으로 하는 업자에게 에스디 카드를 맡겼다. 돈과 시간을 들여 복원을 할 만한 가치가 있는 일이냐 묻는다면 필호는 선뜻 대답할 수 없었다. 복원해 봐야 판단할 수 있는 일이었다.

메모지에 적힌 김영광이라는 이름 옆에 지워진 번호는 세 개. 이론적으로 천 가지 경우의 수가 가능했다. 그마저도 중

간에 번호를 바꿨다면 소용없는 일이었다. 필호에게 쪽지를
건네받은 미영이 사이버 족적을 찾기 시작했다. 비워진 번호
를 그대로 두고 김영광이란 이름과 연결해 검색하거나 김영광
과 이선영의 이름을 함께 검색해 본 것이다. 그러자 몇 가지를
알 수 있게 됐다.

1. 김영광은 어머니, 여동생 둘과 함께 탈북한 탈북자다.
2. 김영광과 이선영은 결혼을 약속한 사이였다.
3. 김영광은 범죄 기록은 없었지만 실종 신고가 되어 있
었다.
4. 김영광은 실종 신고 후 얼마 되지 않아 사체로 발견되
었다.

김영광의 실종과 사망이 이선영의 정신 상태에 어떤 영향
을 미쳤을 것임이 필호와 미영의 추측이었다. 남은 퍼즐을 맞
춰 보기 위해 필호는 김영광의 어머니, 서점례와 통화를 시도
했지만 그녀는 전화를 받지 않았다. 결국 두 사람은 서점례의
집을 찾았다. 정부에서 탈북자들에게 제공하는 임대 아파트
였다. 그녀는 집에도 없었다. 필호와 미영은 경비원과 구청 사
회복지사를 통해 그녀가 운영하고 있는 컨투어 메이크업 숍
의 위치를 알아냈다. 도심에 위치한 고급 오피스텔이었다. 오

피스텔 문에 숍 명패가 붙어 있었으나 안에 사람이 없었다. 메모를 남기고 돌아가려는 순간, 서점례로 짐작되는 여자가 나타났다. 그런데 그녀가 두 사람을 발견하자마자 도망치기 시작했다. 정확한 이유를 짐작하긴 어려웠으나 안심시키기 위해 신분을 밝힌 것이 경계심을 갖게 한 모양이었다.

서점례가 의식을 차렸다는 연락을 받고 필호는 즉시 병원으로 그녀를 찾아갔다. 엉덩이뼈가 골절되어 한동안 병원 신세를 져야 한다고 했다.

"말씀드렸듯이 저희들은 김영광 씨 일로 찾아갔었습니다."

필호는 품 안에서 사진과 에스디 카드를 꺼냈다.

"혹시 이 여자분 누군지 아세요?"

점례는 필호에게 전해 받은 사진을 내려다봤다. 아들이 낯선 여자와 함께 서 있는 사진이었다. 두 사람은 나란히 서 있을 뿐이었지만 점례는 아들과 여자가 서로 사랑하는 사이임을 알 수 있었다.

"처음 보는 여잡니다."

점례가 대답했다. 필호가 사진 속 여자, 이선영에 대해 설명했다. 그녀의 쓰레기 더미 같은 집에서 발견된 에스디 카드에 대해서도.

"훼손되어 있어서 복원해 봤는데 안에 사진과 음성 파일이 있더군요."

필호는 음성 파일을 재생했다. 점례는 긴장했다. 곧 아들의 목소리가 흘러나왔다. 점례는 아들이 중국에서 마약을 들여오고 있었다는 것을 알게 됐다. 아들은 탈북 과정에서 알게 된 조선족과 중국인들에게 한약과 함께 필로폰을 항공 택배나 화물선, 밀입국자들을 통해 인편으로 받았다. 그리고 그것을 제때 넘겨받길 희망하고 지시하는 남자의 목소리는…….

"잠깐만요. 거기 다시 한번 들어 보지요."

점례가 말했다. 녹음 파일이 다시 재생됐다. 미스터 킴이 확실했다.

"이게 김영광 씨가 사고를 당한 날의 통화 내역인 것 같습니다."

그날, 아들은 목포항에서 필로폰을 받아 미스터 킴과 만나기로 약속했다. 아들은 미스터 킴에게 '할 이야기가 있다'고 했다.

"아드님이 통화하고 있는 상대가 누군지 아시겠습니까?"

"모르겠습니다."

점례는 거짓말을 했다.

"아드님은 다시 북으로 돌아갈 생각이었던 것 같습니다."

필호가 말했다. 점례는 잠자코 있었다. 그녀가 아들의 실종 신고를 하지 않은 것은 그 문제로 몇 차례 언쟁을 했기 때문이었다. 아들은 다시 북으로 돌아가자고, 몇 번이나 점례를 설득했었다.

"여게는 돈이 수령입니다."
"뭐야?"
"내가 무슨 짓을 하고 다니는지 알기나 합니까?"
점례는 대답 없이 영광의 얼굴을 봤다. 그는 며칠 전부터 한쪽 다리를 절뚝거렸다. 한 달 전에는 팔목에 깁스를 하기도 했다. 하지만 무슨 일이 있느냐고 물을 때마다 주머니에서 불룩한 현금 봉투를 내려놓으며 대답을 회피한 것은 영광이었다.
"어머니 뜻이 그렇다믄 둘이라도 가갔습니다."
"둘이라니? 뭔 소리니?"
아들은 사랑에 빠졌다고 했다. 점례는 차마 못 들을 말을 듣기라도 한 것처럼 인상을 찌푸렸다.
"기래서 지금 에미랑 동생들을 다 버리고 가갔다는 거니? 그거이 제정신이니? 북조선까지 따라가갔다는 그 정신 나간 에미나이는 누구니?"
"인사는 하고 가갔습니다."
하지만 그게 끝이었다. 점례는 아들도, 아들이 사랑에 빠졌다는 여자도 만나 볼 수 없었다.

"일단 중국으로 넘어가서 다시 북으로 들어갈 생각이었던 것 같습니다. 통행료로 쓰기 위해 필로폰을 빼돌렸고, 이 통화 속 남자를 협박해 돈을 요구했습니다. 가족들에게 줄 돈 1억, 그리고 자신이 가지고 갈 돈 5000만 원. 그렇지 않으면 그동안 자신이 해 온 일을 모두 폭로하겠다고요."

통화 내역을 녹음해 따로 가지고 있었던 건 일종의 보험이었을 것이다. 미스터 킴 밑에서 일하는 사람들은 정도의 차이가 있을 뿐 비슷한 것을 가지고 있었다. 점례는 이후 미스터 킴이 어떻게 했을지 쉽게 짐작할 수 있었다. 그는 영광을 만나 약을 먹이거나 스턴 건으로 기절시킨 뒤 영광이 탄 차를 저수지로 밀어 넣고, 시간이 충분히 지나기를 기다렸다 차명으로 구입했던 중고 BMW를 도난 신고했을 것이다. 영광과 BMW는 보름 뒤에 발견됐다. 물속에서 부패한 영광의 시신에 타살의 흔적은 사라지고 없었다.

점례는 그간 아들이 사랑했다는 여자가 최백화라고 생각했다. 아들이 가족을 버리고 다시 북으로 돌아가겠다는 어처구니없는 결심을 하게 한 여자. 아들은 그 어처구니없는 결심을 지키려고 무리하다 죽었다. 그래서 점례는 그 여자를 자신의 손으로 죽였다. 그런데, 그게 아니었다고?

"이 여자애는 지금 어딨습니까?"

점례가 물었다.

"그게……."

필호는 어디서부터 어디까지 설명해야 할지 알 수 없었다. 그는 이선영의 옷에서 나온 필로폰이 김영광과 이선영, 두 사람이 입북하는 데 통행료로 사용될 예정이었을 거라고 생각했다. 그러니까 어쩌면 이선영은 함께 북으로 가기로 약속한 김영광을 계속 기다리고 있는 것이다. '이쪽' 세계를 놓아 버린 채로. 필호는 시간이 걸리더라도 차근차근, 전부 설명해 보기로 했다. 필호는 어쩌면 서점례가 이선영이 다시 현실에 발을 붙이는 데 도움을 줄 수 있을지도 모른다고 생각했다.

하지만 그는 준비한 이야기를 시작하지도 못한 채 병실에서 쫓겨났다. 검찰이 병실로 서점례를 찾아왔기 때문이다. 필호는 김영호가 이정희를 기절시킨 뒤 통화했던 "여사님"이 서점례였다는 것을 알게 됐다. 그녀가 "경찰"이라는 말에 다짜고짜 도망부터 쳤던 게 북에서 남은 트라우마 때문이 아니라 단순한 도주의 시도였다는 것도.

38

정희가 처음 자살 시도를 했을 때 의사는 그녀에게 중증 우울증 진단을 내리면서 본디 내성적이고 소극적인 성격이 '힘든 시간'을 견디면서 피학적 성향으로 발전된 것 같다고 말했다.

"고통스러운 상황을 피하는 것이 아니라 적극적으로 찾아가는 것이죠. 일부 대형 참사의 생존자들이 겪는 트라우마와 비슷합니다. 고통받을 때 비로소 살아남았다는 죄책감에서 벗어나는 겁니다."

정희는 귀밑이 뜨거워지는 것을 느꼈다. 벌어진 상처를 헤집고 소금물을 퍼부어 가며 죽음 충동과 싸우고 있다는 것이 아닌가. 아파! 아파! 그러니 살아 있어도 좋아! 하고 스스로 면죄부를 주면서. 의사는 그것이 정희의 본능이고, 무의식이라고 했다. 정희는 다시 얼굴이 붉어졌다. 그렇게까지 해서 살아남겠다고 발악을 하고 있다고? 그게 내 본심이라고? 수치스럽고 구차한 마음은 감정적인 이죽거림으로 튀어나왔다.

"내가 변태라는 건가요?"

"번데기가 나비가 되는 과정을 그렇게 부르기도 하죠."

농담인지 진담인지 갈피를 잡을 수 없는 대답이었다. 의사의 표정에선 아무것도 읽히지 않았다. 정희는 "하!" 하고 혀를 찼다. 그다음부터는 '그럼에도 삶은 계속되고 산 사람은 살아야 한다.'라는 지루하지만 모범적인 위로가 이어졌다.

의사의 말은 반은 맞았고 반은 틀렸다. 그녀는 피학적 상황을 찾아다니며 쾌락을 느끼진 않았다. 정말 조금도. 단 한순간도. 고통은 고통이었다. 할 수만 있다면 피하고 싶었다. 하지만 살기 위해 발악하고 있었다는 것만은 사실이었다.

정희에게 희망은 대체로 괴로운 것이었다. 그녀가 꿈꾸는 것은 대부분 이뤄지지 않았다. 기적처럼 성취된 것들은 기대했던 바와 달랐다. 결국에는 또 다른 좌절감을 안겨 줄 뿐이었다.

그래도, 그래도……

정희는 끔찍한 오늘과 다른 내일에 대해 상상하는 것을 멈출 수가 없었다.

정희는 병원 침대에 누워 자다 깨기를 반복했다. 그리고 잠깐씩 깨어날 때마다 절절한 고백과도 같은 깨달음을 곱씹었다. 이렇게 죽고 싶진 않다고. 아니, 살고 싶다고, 너무나도 살고 싶다고……

"그래요, 살았어요. 걱정하지 말아요."

정희가 웅얼거리고 있을 때, 누군가 정희의 손을 잡아 줬다. 온몸이 조각조각 난 것 같은 끔찍한 고통으로 눈가에 눈물이 진물처럼 고여 있었다.

"병원이에요."

간호사였다.

"이제 괜찮아요, 이정희 씨."

"네."

정희는 대답하고 눈을 감았다. 이번만큼은 의사나 간호사의 말에 이죽거리나 신경을 곤두세우고 싶지 않았다. 말로 다 표현할 수 없는 깊고 따뜻한 안도감이 밀려와 그녀를 감쌌다. 다시 잠이 쏟아졌다. 잘 수 있을 때 푹 자 둬야 한다. 그녀는 깊은 숨을 토해 내며 생각했다. 이런 단잠이 언제나 찾아오는 것은 아니기 때문이다.

＊

　2005년, 미국에서 잡힌 연쇄살인범 데니스 레이더는 체포 당시 한 교회의 목사였으며 지극히 정상적인 생활을 해 오던 가장이었다. 그의 아내는 남편이 스스로 BTK(Bind, Torture, Kill: 묶고 고문하고 죽인다)라는 별명을 지어 언론의 주목을 끌어 온 연쇄살인범이라는 사실을 짐작조차 하지 못했다. 아내뿐만이 아니었다. 과거에 그와 사귀었던 한 여성의 아들은 CNN에 출연해 말했다.

　"어머니가 레이더는 자신이 만난 남자 중 가장 착한 사람이었다고 말했어요. 어머니는 그를 못 잊어 동생의 이름을 그의 이름을 따라 데니스라고 지었죠."

　지애는 기숙사에서 룸메이트와 함께 그 뉴스를 봤다. 스페인에서 온 룸메이트는 "어떻게 그럴 수가 있지? 말도 안 돼!" 비명을 질렀다. 지애는 특별한 감흥이 없이 아이스크림만 퍼먹었다. 실감을 하지 못했기 때문이다. 자신과는 완전히, 영영 무관한 일이라고 생각했다.

　영호는 건강한 사람이었다. 도덕적으로 옳다거나 윤리적인 사람이라는 뜻이냐고 묻는다면, 지애는 대답할 것이다. 그는 (그런 쪽으로는 특히) 유연한 사람이었다고. 그리고 그녀는 영호의 그런 면을 좋아했다. 영호는 말 그대로 튼튼한 사람이었다.

늙거나 죽지도 않을 것 같았다. 그런 인상을 줬다. 그래서 좋았다. 그는 적당히 악했고, 언제나 여유가 있었으며 정확하게 금을 밟고 서서 중심을 잡을 수 있는 사람이었고…….

……다른 누군가를 설득할 말을 찾을 필요는 없다.

누가 뭐래도 영호는, 적어도 지애에게만큼은 좋은 남자였다. 누구에게나 여러 개의 얼굴이 있고 그중 하나쯤은 선한 얼굴일 수도 있다. 영호는 지애에게 그 얼굴만을 보여 주고자 애썼다. 그 얼굴이 그 사람의 전부가 아니라는 것쯤은 지애도 알고 있었다. 하지만 그는 노력했고, 그건 그가 지애를 사랑했기에 가능한 일이었다. 그녀는 그렇게 믿었다.

가끔 억지로 웃는 것 같다는 생각을 할 때도 있었다. 속내를 들키지 않기 위해 애써 센 척하는 남자들의 내면에는 틀림없이 상처가 있고, 그 상처는 자신만이 어루만져 줄 수 있다는 감정에 도취되어 은근히 즐긴 것도 사실이다. 그는 지애에게 다루기 어려운 남자를 다루고 있다는 우월감을 선사해 줬고 특별한 사랑을 하고 있는 특별한 사람이라는 기분 좋은 착각을 만끽하게 해 줬다.

그러니까, 그녀는 지금 울 자격이 있다.

아무도 그를 위해 울지 않는다고 해도, 그녀는, 그녀만큼은 울어야 했다.

무슨 이야기부터 꺼내야 할까. 병실로 찾아온 지애 앞에서 정희는 어색함을 넘어 당혹감을 느꼈다. 너무나 많은 일들이 있었다. 어떤 이야기부터 해야 하는 걸까.

"나는 화냈어요. 정말 많이 화를 냈어요. 진짜 줄 알았으니까."

불편한 침묵을 깨고 지애가 먼저 입을 열었다. 그녀는 성훈과 백화의 이야기부터 시작했다.

"정말 그 둘이, 그런 줄 알았어요. 그래서 언니한테 그래서는 안 된다고 오빠한테 화를 냈어요. 그런데 찰리가,"

지애는 말을 멈추고 감정을 추슬렀다.

"찰리가 그러더군요. 오빠가 스스로 정리할 시간과 기회를 줘야 한다고. 우리가 오빠를 도와줘야 된다고."

당신은 거짓말에 서투르니까 혹시 처남댁한테 연락이 오더라도 피해. 영호가 지애에게 부탁한 것은 그것 하나뿐이었다. 지애가 전화기를 꺼 놓고 병원에 숨어 있었던 건 그래서였다.

"입원까지 하는 건 좀 지나치다는 생각도 들었지만 찰리 뜻에 따르기로 했어요. 내가 자궁에 문제가 좀 있어요. 유산으로 벌써 아이를 두 번이나 잃었어요. 정말 고생 끝에 갖게 된 아이예요."

지애는 그새 더 불룩해진 배를 두 손으로 감싼 채 잠시 감정을 추스르고는 말을 이었다.

"이번에는 꼭 낳고 싶었어요. 그것 외에는 아무것도 생각하지 않기로 했어요. 찰리가 다 잘될 거라고 했고, 나는 그 말을 믿었어요."

지애는 가여운 오빠 부부의 가정을 지켜야 한다는 사명감에 사로잡혔다.

"……언니가 병원으로 찾아왔을 때 얼마나 놀랐는지 몰라요. 에피펜, 그건 정말 실수였어요."

"알아요."

"그리고 오빠랑 나는……."

지애가 얼굴을 일그러뜨리며 울기 시작했다.

"그만해요."

정희는 지애의 말을 잘랐다. 불온한 남매의 이야기 같은 건 예전에도 그랬고 지금은 더더욱 별로 듣고 싶은 이야기가 아니었다.

"아뇨. 들어요."

지애는 정희의 의사와 상관없이 이야기를 계속했다. 법적인 문제와 상관없이, 사실이나 진실의 문제와 상관없이 두 사람은 남매였고, 가족이었다고. 그렇게 알았고, 그렇게 자랐으며, 그러므로 계속 그렇게 살 생각이었다고. 성훈에게도 그랬겠지만 지애에게 이란성 쌍둥이라는 건 정체성을 형성하는 데 중요한 키워드였다. 그걸 부정하는 건 생각보다 복잡한 일이었다.

"오빠가 언니한테 말하지 않은 이유는 굳이 말할 필요가 없었기 때문이었을 거예요. 나도 그랬고. 게다가 찰리는 결벽증이 있어서……."

정희는 고개를 돌려 창밖을 쳐다봤다. 이런 얘기가 대체 무슨 소용이 있단 말인가.

"미안해요."

지애가 고개를 숙였다.

"……출산 예정일은 언제예요?"

정희가 물었다.

"2주쯤 남았어요."

정희는 작게 고개를 끄덕이고는 다시 창밖으로 시선을 돌렸다. 더 이상 하고 싶은 말도, 듣고 싶은 말도 없었다.

"난 언니가 오빠를 너무 미워하지 않았으면 좋겠어요."

"……."

"사람을, 그것도 사랑했던 사람을 미워하는 건 힘든 일이잖아요. 언니가 너무 오래 힘들어하지 않고, 편해졌으면 좋겠어요."

다정한 말이었다. 정희는 지애의 말이 진심임을 느낄 수 있었다. 어쩌면 스스로에게 하는 말일지도 몰랐다. 하지만 정희는 그런 식의 평안을 구하고 싶지 않았다. 성훈은 잘못된 선택을 했고, 바보 같은 방법으로 책임을 지려 했다. 그나마도 제대로 책임지지 못한 채 끝나 버린 삶……. 정희는 그 삶을 연민했고, 그의 죽음이 아프고 슬펐지만 그렇다고 모든 것을 납득하고 용서하지는 못할 것이다.

"한치 두치 세치 네치 뿌꾸빠뿌꾸빵 한치 두치 세치 네치 뿌꾸뿌꾸빵빵"

정희의 가방에서 전화벨이 울렸다. 정희와 지애는 잠시 가만히 있었다. 정희는 깨달았다. 지애에게 큰 유감은 없었다. 지애는 악의 없이 무감한 구석이 있었다. 지애에 대해 유난스럽게 생각한 데는 정희가 예민한 탓도 있었다.

"전화 받아요."

지애가 정희의 가방에서 휴대폰을 꺼내 건네줬다.

"여보세요?"

"몸은 좀 괜찮습니까?"

철식이었다.

"……반가워요."

정희가 대답했다. 엉뚱한 대답이었지만 가장 하고 싶은 말이었다.

"네."

그가 대답했다.

39

정희와 철식은 경찰에게 성훈과 록혜가 맺었던 '불온한 계약'에 대해 모두 털어놓았다. 서점례는 자신이 최백화를 살해하고 김성훈이 살해한 것처럼 꾸몄다는 점을 인정하고 검찰 수사에서 김영호가 자신의 아들을 살해했다는 사실을 먼저 밝혀 줄 것을 요구했다. 리홍식 역시 김성훈을 병원으로 유인해 스턴 건으로 기절시킨 뒤 창문 밖으로 던져 버렸다고 자백했다. 그는 그간 영호의 지시 사항이 문자와 음성메시지로 남아 있는 자신의 휴대폰과 성훈이 병원으로 찾아오던 날 사용했던 대포폰을 증거로 제출했다. 하지만 두 사람 모두 죽은 김영호의 지시에 따랐을 뿐이라고 말했다. 고용주의 명령에 따랐을 뿐, 악의는 없었다고.

유가인이 목격했다는 두 사람이 바로 표철식과 김성훈이었다. 그녀는 자신이 칼을 맞고 쓰러지는 바람에 사건이 완전히 엉뚱한 방향으로 흘러갔다는 사실에 몹시 흥분했고, 최백화의 사망 추정 시각, 성훈이 철식에게 붙잡혀 있었다는 철식의 자백을 입증하는 가장 적극적인 목격자가 되어 줬다.

새날의원에 압수수색영장이 떨어졌다. 영호는 죽었고, 죽은 자는 말이 없었지만 조 원장의 명의를 빌려 실질적으로는 영호가 운영하고 있던 병원에서는 증거들이 계속 발견됐다. 정희가 재스민 화분 속에 숨겨 두었던 보이스 펜 역시 증거로 채택되었다.

철식은 검찰에 송치되어 구속 수사를 받고 있는 점례를 찾아가 물었다. 대체, 왜 그랬느냐고. 점례는 리홍식이 어떤 모습으로 발견되었는지 알고 있었다. 그녀에게는 아직 앞길이 창창한 두 딸이 밖에 있었다. 그녀는 철식이 마음만 먹으면 얼마든지 쉽게 망가뜨릴 수 있는, 그녀의 목숨 같은 딸들을 생각했다.

"첨부텀 그럴 생각은 아니었다."

그녀는 철식에게 솔직하게 털어놓기로 했다.

"나도 록혜를 좋아했다."

딸과 여동생 사이 어디쯤에 록혜가 있었다. 그래서, 록혜에게 모든 걸 털어놓았던 것이다. 세상에 딱 한 사람쯤은 마음을 온통 뒤집어 보여도 좋을 '내 편'이 있었으면, 록혜라면 그런 게 가능하지 않을까, 해서. 하지만 점례가 영호와 손을 잡고 하고 있는 일에 대해 이야기했을 때 록혜는 경악했다. 너무나 끔찍한 것을 바라보는 듯한 눈빛에 점례는 상처 받았다. 록혜가 수용소에서 보위원에게 끔찍한 일을 당했다는 고백을 들었을 때 점례는 그런 식으로 록혜를 손가락질하지 않았기 때문이다.

록혜는 수용소에서 쫓겨나 탄광으로 끌려간 보위원이 탈북을 시도했다는 소식을 접한 뒤 불안해했다. 점례는 은밀히 손을 써 록혜와 여자 수용자들을 성적으로 학대하다 당에서 제명 조치된 전직 보위원 리홍식을 찾아냈다. 그리고 리홍식에게 록혜의 연락처를 전해 줬다. 록혜는 자신이 당했던 일이 누구에게도 알려지지 않길 바랐고, 동시에 철식에게 숨기는 것이 있다는 사실에 괴로워했다. 점례는 리홍식에게 그 두 가지를 파고들라는 팁을 줬다. 리홍식은 말귀를 잘 알아듣는 교활한 놈이었다. 결국 점례는 아무도 모르게 목돈이 필요해진 록혜를 자신의 일에 끌어들일 수 있었다. 록혜는 더 이상 그녀를 비난하지 못했다. 점례는 그것으로 만족했다.

"글티만……."

맹세컨대 그때 점례가 원한 건 록혜의 죽음이 아니라 그런 식으로 다져지는 끈적한 동질감이었다. 일종의 공범 의식. 같은 선택을 한 사람들끼리만 느낄 수 있는 내밀한 친밀감. 록혜가 죽은 뒤 점례는 리홍식을 남한으로 불러들였고, 곁에 두고 제대로 입막음했다.

"록혜는 너도 모르길 바랐다. 나는 그것만큼은 지켜 주고 싶었다."

정신없이 말을 이어 가던 점례는 돌연 말을 멈췄다. 모든 말이 다 변명처럼 들렸고 그 변명조차 전부 허망하게 들렸다.

"미안하다……."

그녀는 고개를 떨궜다.

*

눈썹 리터치를 받기 위해 점례를 찾아갔던 선주는 오피스텔이 잠겨 있는 것을 발견하고 돌아갔다. 그녀는 며칠 뒤 보안과 형사를 통해 점례의 소식을 들었고, 며칠간 어안이 벙벙했다. 선주는 뭔가, 잔혹하고 끔찍한 것이 아슬아슬하게 자신을 스쳐 지나갔다는 것을 깨달았다. 그녀는 보안과 형사에게 사정을 설명하고 록혜의 남편, 철식의 연락처를 받았다.

철식은 연락을 받고 집 근처의 카페로 찾아온 선주를 만났다.

"한번 찾아봐야겠다고 생각은 했는데, 늦어서 미안합니다."

선주가 말했다. 철식은 잠자코 그녀의 이야기에 귀를 기울였고, 그녀가 록혜가 이따금 말했던 '동생'이었다는 사실을 알 수 있었다.

"보안과 형사님 말이, 우리 같은 탈북자들은 보통 세 번의 죽을 고비를 겪는다고 하더군요. 북에서 억압받을 때, 탈북 과정에서, 그리고 여기 정착하면서."

철식도 들어 본 적이 있는 이야기였다. 어떤 의미에서도 세 번째가 앞선 두 번의 고비보다 수월하거나 만만하다고 말할 수 없었다. 일상적으로 감당해야 할 우울감이 상당했다. 매일 매일, 마음의 가장 여린 부분부터 조금씩 깎여 나가는 것 같은 좌절감과 싸워야 했다.

"거의 매일 밤, 악몽에 시달렸어요."

선주가 말했다. 무사히 도망쳤다고, 그러니까 이제 자신과는 무관한 일이라고 생각했던 일들이 다시 생생하게 반복됐다. 악몽은 여러 갈래로 뻗어 나가다가 결국은 헐벗은 채 토끼장에 갇히는 것으로 끝났다. 리홍식은 토끼사 당번으로 여자 수용사들을 두 명씩 지명했다. 토끼의 사료를 챙기고 토끼들을 지켜보는 일은 둘이 달려들어 해야 할 만큼 어려운 일이 아니었다. 덕분에 그녀는 삭막한 수용소에서 처음으로 누군가와 대화를 나눌 수 있었다.

선주와 함께 지목된 여자는 태어나자마자 수용소로 끌려와 줄곧 그곳에서 자란 성록혜였다. 성록혜는 선주보다 다섯 살이나 많았는데도 세상 물정에 어두워 동생 같을 때가 더 많았다. 함께 보내는 시간이 많았지만 우정 같은 게 쌓일 순 없었다. 낮이고 밤이고 리홍식이 '토끼 고기'를 원할 때마다 서로에게 치욕적인 장면을 보이거나 목격해야 했기 때문이다. 리홍식과 비슷한 시기에 다른 수용소로 이감된 선주는 중국으로 도망쳤다. 그리고 우연히 록혜 역시 탈북했다는 소식을 듣게 됐다. 어렵게 연락이 닿았을 땐 왠지 모르겠지만 눈물을 펑펑 쏟을 만큼 반가웠다. 성록혜는 리홍식이 그녀에게 연락해 온다는 소식을 전해 줬다. 수용소에서 있었던 일을 남편에게 말하겠다며 돈을 요구한다는 것이었다.

"죽여 버릴 거다."

마지막으로 통화했을 때 록혜는 그렇게 말했다.

"내가 그 새끼를 죽여 버리갔어. 그러니까 너는 아무 걱정 말고 들어오라. 알았니?"

하지만 얼마 뒤 그녀는 성록혜가 자살했다는 소식을 들었다. 중국에서 동남아를 거쳐 탈북하는 동안 선주는 성록혜에 대해서도 리홍식에 대해서도 모두 잊고 있었다. 대한민국이 아닌 제3국으로 갈 수도 있었지만 말도 글도 낯선 곳에서 새롭게 적응할 자신이 없었다.

"아직 북에 동생들과 어머니가 계셔서 사실상 선택의 여지
가 없었지요."

고개를 숙인 채 조심조심 자신의 이야기를 털어놓던 선주
가 고개를 들었다. 사람들이 웅성거리며 두 사람이 앉아 있는
테이블을 힐끗거리고 있었다.

"괜찮아요?"

선주는 저도 모르게 몸을 앞쪽으로 기울이고 손을 뻗어
철식의 손을 잡았다. 철식은 참혹하게 일그러진 얼굴로 고개
를 주억거렸지만 울음을 멈추지는 못했다. 선주는 어찌할 바
를 몰랐다. 그녀는 눈앞에서 사람이 산산이 부서질 것 같은
비현실적인 두려움을 느꼈다. 곧 점원이 다가왔다.

"도움이 필요하십니까."

철식은 점원을 향해 손을 내젓더니 비틀비틀 걸어가 문을
열고 카페 밖으로 나갔다. 선주는 그를 뒤따라 나갔다. 철식
은 몇 걸음 걷지 못하고 바닥에 주저앉았다. 선주는 잠시 철
식의 뒤에 서 있었다. 단단하고 반듯했던 철식의 어깨가 푹
꺼져 있었다. 철식의 몸이 조금씩 떨리기 시작했다. 그녀는 외
투를 벗어 뒤에서 철식의 머리를 덮었다. 이 세상에 혼자 남
은 사람처럼 온몸을 들썩이며 우는 그에게 그녀가 해 줄 수
있는 것이 그것 말고는 아무것도 없었다.

40

수의사 김주연은 며칠 전, 동물 병원 주변에서 유기견 한 마리를 구조했다. 건물 틈에 낀 채 버려진 강아지는 너무 오래 굶어 가죽 안의 뼈가 눈에 보일 정도로 야위어 있었다. 가끔씩 지나가던 사람들이 창밖에서 병들고 야윈 강아지를 쳐다보다 가곤 했다. 얼마 전 죽은 개를 들고 왔던 남자가 갑자기 병원 문을 열고 들어왔다.

"안녕하세요."

주연이 인사를 건넸다. 하지만 그는 뭔가에 홀린 듯 곧장 강아지에게 다가갔다.

"저체온증에 탈수증……. 상태가 너무 안 좋아요. 안락사를 시켜야 할지도 모르겠어요."

주연이 혼잣말처럼 중얼거렸다.

"일단은 뭘 좀 먹어야 할 텐데······."

대꾸 없이 우두커니 개를 바라보고 있던 철식이 우리 안으로 성큼성큼 걸어 들어갔다.

"뭐하는 거예요?"

주연은 너무 놀라 비명을 질렀다. 철식은 아랑곳하지 않고 강아지 앞에 놓인 개 밥그릇을 들었다. 그리고 사료를 하나씩 집어 씹어 먹기 시작했다. 처음에는 아무런 맛이 나지 않았다. 나중에는 약간 비릿했고, 고소하기도 했으며 마지막에는 달게 느껴졌다. 철식이 와그작와그작 사료를 씹는 소리에 개가 눈을 들어 철식을 봤다. 철식은 개에게 사료를 한 줌 쥐어 내밀었다.

"어머, 어머."

주연은 철식과 개를 번갈아 바라봤다. 잠시 철식을 바라보던 개가 사료를 먹기 시작했다. 철식은 개 밥그릇에서 다시 사료를 집어 개에게 내밀었다. 그리고 다른 손으로는 손에 든 사료를 집어 계속 씹어 먹었다. 주연은 둘의 식사를 방해하지 않기 위해 조용히 블라인드를 내렸다. 그리고 문패를 'CLOSED'로 돌려 놓았다.

정희와 철식은 조금 떨어진 채 마포대교를 걸었다. 어둠이
내리기 시작한 이른 밤이었다.

밥은 먹었어?
잘 지내지?
*바람 참 좋다.**

정희는 다리에 적혀 있는 문장을 손으로 만져 봤다. 성훈
과 록혜도 그날 밤, 이 글들을 봤을까. 이렇게 말을 걸어오는
문구들을 스쳐 지나가면서 두 사람은 대체 무슨 생각을 했을
까……. 어쩌면 알 것 같기도, 영영 알 수 없을 것 같기도 했
다. 성훈 역시 이렇게 혼란스러운 마음이었을지도 모른다고,
정희는 생각했다.

"물어보고 싶은 게 있어요."

정희가 철식을 바라봤다.

"그때…… 왜 말도 안 된다고 했어요?"

성훈이 내연녀를 살해하고 본인도 투신자살했다고 했을

---

* 이하 기울임체는 모두 마포대교 생명의 다리에 있는 문구.

때 그는 분명히 그렇게 중얼거렸다. 말도 안 돼.

철식이 말도 안 된다고 생각한 것은 성훈이 누군가를 살해했다는 사실이 아니었다. 악마 같은 살인마들만이 사람을 죽이는 게 아니다. 사람은 누군가의 실수로도 죽는다. 질기고 질긴 것이 인간의 목숨이라고들 하지만 동시에 어처구니없을 정도로 연약한 것이 생명이기도 했다. 하지만 그는 성훈이 아내가 아닌 다른 여자를, 그것도 사랑해서 죽였다는 건 말이 되지 않는다고 생각했다.

"아주머니 남편은 아주머니를 보호하기 위해서 나한테 모든 걸 털어놓은 겁니다."

"거짓말을 털어놨죠."

"……"

거짓말이니까 더더욱. 의도가 있었을 것이다. 철식이 성훈을 협박할 수 있었던 것은 그가 아내를 사랑했기 때문이다.

"나는 잠든 그이 얼굴을 보는 게 무서웠어요. 아이의 마지막 모습과 너무 닮아 있었거든요. 그래도……. 무서웠지만, 그래도, 보고 싶었어요, 오래오래……."

성훈 역시 그런 거였을 거다. 오래 알아 온 여자, 함께 아이를 잃은 배우자에 대한 연민. 어쩌면 단순한 관성. 어떤 의미에서는 게으름. 하지만 철식의 말이 맞는지도 모른다. 그 역시 사랑이 아니라고 누가 말할 수 있겠는가.

"그쪽은요? 이제 아내를 용서했나요?"

정희가 물었다.

"그 남자와 도망가려고 했다는 건 오해였잖아요."

"모르겠습니다."

처음에는 협박을 당하고 마음을 졸이며 괴로워하면서도 그에게 아무것도 털어놓지 않은 록혜에게 화가 났고, 나중에는 스스로를 책망하는 마음이 생겼다. 그러나 마지막에 남는 것은 늘 그리움이었다. 그는 아내를 사랑했고, 그래서 그녀를 잘 안다고 생각했다. 하지만 시간이 지날수록 그것이 완전한 착각이었으며 그는 아내에 대해 아무것도 알지 못했다는 생각만 들었다.

두 사람은 묵묵히 걸었다. 오래전, 그들의 배우자들이 걸었던 것처럼.

오늘 하루 어땠어?

별일 없었어?

아, 바깥바람 쐬니까 좋지?

어쩌면 성훈은 이제 평안할지도 모른다. 정희는 그렇게 생각했다. 돌연, 천국이나 내세에 대한 믿음이 생겨서가 아니었다. 오히려 그 반대였다. 그는 이제 살아 있지 않다. 그러니까,

더 이상 뭔가를 이해할 필요도, 누구도 미워하거나 원망하지 않아도 될 것이다.

"얼마 전에 면접을 봤던 회사 면접관이 전화를 걸어왔어요."

그날 본 면접이었다. 성훈과 최백화를 종로 한복판에서 봤던 날. 정희의 눈물 앞에 시선을 피했던 면접관은 대뜸 전화를 걸어 자신을 기억하느냐고 물었다.

"회사를 그만두고 독립했는데 나랑 일해 보고 싶다고 하더군요. 아, 나 예전에 중고생 수험 교재를 만드는 회사에서 일했었어요."

전생의 기억처럼 아득하게 느껴졌다. 정희는 조심스레 자신에게 왜 그런 제안을 하는지 물었다. 여자는 자신의 이야기를 하기 시작했다.

"대학생 때 길을 걸어가는데 지나가는 차들이 모두 내 얼굴을 할퀴며 지나가는 것처럼 느껴졌어요. 비명을 지르며 쓰러졌고, 그 뒤로 1년 정도 집 밖으로 나올 수 없었어요. 내 삶에는 아무 문제가 없었어요. 그런데 그런 일이 벌어졌죠. 남편은 2011년에 후쿠시마에 있었어요. 여행 중이었고, 다친 덴 없었는데 귀국하고 한 달 동안 정신병원에 입원해 있어야 했어요. 자신이 영혼이 없는, 그냥 살(肉) 자루처럼 느껴졌대요. ……그러니까 내 말은, 누구한테나 그런 일이 벌어질 수 있다는 거예요. 나처럼 내 안에서, 아무도 몰랐던 문제가 폭발되어 나올 수도 있고, 내 남편처럼 사고나 테러를 당해 그렇게 되는 사람도 있고, 정희 씨처럼 겪기 힘든 일을 겪으면서 그렇게 되는 사람도 있겠죠. 아직 괜찮다면 운 좋게 피해 갔을 뿐이죠. 바꿔 말하면 운이 나빴던 것이고. 물론, 이런 식으로 다 설명할 수 없는 일들이었다는 걸 알아요. 인간은 모두 약하고, 지금보다 훨씬 더 약해질 수 있다는 뜻이라고 해 두죠. 그러니까, 정희 씨하고 같이 일하고 싶다고 한다면 설명이 될까요? 물론 이력서 다 살펴봤고, 지난 회사에서의 경력도 모두 참고하고 제안하는 거예요."

정희는 여자의 이야기를 들으면서 문득 하늘을 올려다봤다. 너무 오랫동안 어둠 속에서 살았다. 계속 그렇게만 살 수는 없을 것이다. 이제 그녀는 손으로 눈을 가리지 않고 빛 아래에서 사는 법도 기억해 내야 할 것이다.

"잠깐 그렇게 서 있다가, 좋다고 대답했어요. 고맙다고요."

철식이 정희의 팔을 잡아 멈춰 세웠다.

"잘했어요."

그가 말했다. 정희는 눈가를 훔치고 고개를 끄덕였다. 지형도 소식을 듣고 뒤늦게 연락을 해 왔다. 자신이 도와줄 수 있는 것은 무엇이든 돕겠다고. 그것이 최백화와 관련한 성훈의 누명을 벗기는 일이든, 단순히 잠이 오지 않는 밤, 이야기 상대가 필요한 것이든 상관하지 않고 뭐든 하겠다고. 정희는 그녀가 건네는 선의가 진심임을 느낄 수 있었다. 그래서 그러겠다고, 고맙다고 대답했다.

"오늘 아침에 검찰 수사관에게 그이가 병원으로 보냈던 화분을 전달받았어요. 원장 방에서 발견되었다고 하더군요. 카드에 아프지 말라고, 잘 살자고, 적어 뒀더라고요."

정희는 성훈이 왜 그렇게 바보 같은 선택만 한 것인지, 왜 그럴 수밖에 없었는지 원망스러웠다. 하지만 이해가 되는 부분도 있었다. 말도 안 되는 생각이지만, 정희는 성훈이 철식에게 말했던 '또 한 사람', **그날 밤** 성훈과 록혜와 함께 이 자리에 나타나기로 했다가 끝내 나오지 않은 또 한 사람이 자신일지도 모른다고 생각했다. 그런 생각을 하다 잠이 들면, 그날 밤, 강가 어딘가에 숨어서 성훈과 록혜, 두 사람을 지켜보고 있는 꿈을 꿨다. 그리고 성훈이 강에서 혼자 걸어 나올 때마다 안도감인지 실망인지 모를 서늘한 감정을 느끼며 깨어났다.

"미안해요."

정희가 어두운 강을 내려다보며 말했다.

"정말 미안해요."

정희가 또다시 작게 말했다. 철식은 잠자코 있었다. 사과도 용서도 두 사람의 몫이 아니었다.

"남편이 지키지 못한 약속은 내가 대신 지킬게요."

철식은 고개를 돌려 정희를 봤다. 선뜻 이해가 되지 않는 말이었다. 정희는 강에서 시선을 거두고 철식을 봤다.

"차차 알게 될 거예요."

정희가 앞장서 걸어갔다. 철식이 조용히 그 뒤를 따랐다. 밤이 깊어 있었다. 각자 집으로 돌아가면 쉬 잠들지 못할 밤이 이어질 것이다. 하지만 밤이 깊었으니 두 사람이 잠들지 못한다고 해도 곧 날이 밝을 것이다.

에필로그

동물병원에서 회복된 개를 입양하기로 결정하고 돌아오던 날, 철식은 퀵 서비스로 서류 봉투 하나를 받았다. 안에는 엑스레이 필름과 사망 진단서 한 통, 그리고 신문 한 장이 들어 있었다.

"이게 뭡니까?"

배달원에게 물었지만 그는 돈을 받고 배달을 했을 뿐, 누가 무엇을 보냈는지는 모른다고 대답한 뒤 오토바이를 타고 돌아갔다.

그때, 철식의 휴대폰이 울렸다. 모르는 번호였다.

"여보세요?"

"표철식 씨 맞습니까?"

"네."

전화를 걸어온 사람은 중국에 있는 브로커 장말자라고 자신을 소개했다.

"그냥 장 씨라고 부르세요."

나이에 상관없이 모두가 그녀를 그렇게 불렀다. 누군가 어려운 사람들을 돕는 좋은 일을 한다며 공치사라도 하려 들면 그녀는 먼저 적나라하게 말해 버렸다.

"그래 봤자 인신매매지요."

장 씨에게 의협심 같은 건 티끌만큼도 없었다. 장 씨를 움직일 수 있는 방법은 체제나 이념, 성별, 나이, 지위 고하를 초월해 모두에게 동일했다. 돈. 더 많은 돈. 그녀는 오로지 돈에만 충성했다. 돈이야말로 전지전능한 무소불위의 유일신이라는 광적인 간증도 서슴지 않았다.

"내가 보낸 것 받았습니까?"

"그쪽이 이걸 보낸 겁니까? 이게 뭡니까?"

철식이 물었다.

"얼마 전에 이정희라는 여자한테 전화를 받았어요."

장 씨가 대답했다. 그녀가 장 씨에게 록혜가 3년 전 보낸 돈을 남편에게 환불해 주라고 항의하는 전화를 했다고 했다.

"그런데, 환불은 안 된다는 게 내 원칙입니다."

철식은 무슨 소린지 알 수 없었다.

"3년 전, 성록혜, 그러니까 당신 처와 계약을 했습니다. 성록혜는 리홍식이라는 남자를 죽이려고 했어요. 나는 리홍식을 일단 필리핀으로 보내서 거기서 해치울 생각이었죠. 거기에 믿을 만한 놈들이 있거든요. 예. 내가 당신 처에게 살인 청부를 의뢰받았다는 이야깁니다. 이유는 모릅니다. 안 물어봤어요. 원래 난 그런 건 물어보지 않아요. 애초에 궁금하질 않으니까. 번거롭게 그런 건 왜 물어봐요. 전화 요금만 많이 나오지. 거래 조건만 맞으면 다른 건 아무것도 안 물어봐요. 그게 내 방식이에요. 그런데 거래가 성사되지 못했어요. 약속한 돈의 절반만 보내더니 연락이 두절됐죠. 이정희라는 여자가 그러더군요. 성록혜가 죽었다고. 하지만 아까도 말했듯 환불은 안 된다는 게 내 원칙이고, 그래서 이정희와 상의 끝에 나머지 절반의 돈을 주면 지금이라도 약속한 일을 이행하겠다고 했습니다. 돈값은 확실히 해야 한다는 것 역시 내 원칙이니까."

철식은 '하반신 마비 영구 장애'라고 적힌 엑스레이 필름 하단에 적혀 있는 이름을 봤다. 리홍식. 사망 진단서에 적힌 이름도 같았다.

"타깃이 교도소에 있어서 일이 조금 번거로웠습니다. 하지만 이것으로 성록혜와 내 계약은 끝난 겁니다. 알겠습니까."

철식이 대답하기도 전에 전화가 끊어졌다.

전주교도소 재소자 자살 기도 후 사망…… 관리 구멍*

40대 재소자 속옷으로 목매 자살 시도, 계단 아래로 떨어져 끝내 사망

잇 데일리/김가비 기자

20일 전주교도소에 따르면 지난 18일 오전 11시 30분께 탈북자 출신의 40대 재소자 이 모 씨가 교도소 내 3층 계단에 속옷으로 목을 매 자살을 시도했다가 계단으로 떨어져 의식을 잃은 것을 교도관이 발견했다. 이 씨는 머리와 척추를 크게 다쳐 전주 시내 병원으로 옮겨졌지만 끝내 사망했다.

이 씨는 당일 교도관을 따라 다른 재소자들과 함께 운동하러 가던 중 대열에서 이탈해 이 같은 행동을 한 것으로 전해졌으며 교도소 측은 정확한 경위를 조사 중이다.

이 씨는 사기 및 살인 등의 혐의로 구속돼 1심 재판이 진행 중이었으며, 특별 관리 대상이 아니어서 다른 재소자 5명과 함께 혼거방(단체실)에서 생활한 것으로 알려졌다.

이 씨의 유서는 발견되지 않았지만 함께 생활하던 재소자들에게 우

---

* 다음 기사를 참고하여 재작성. http://www.jjan.kr/news/articleView. html?idxno=1131553

울감을 호소했던 것으로 전해졌다. 사건 발생과 관련, 이 씨가 홀로 대열에서 이탈했는데도 인솔 교도관이 이를 파악하지 못했고, 계단에 폐쇄회로가 설치되지 않은 것으로 파악돼 전주교도소가 수감자 관리에 부실했다는 지적을 받고 있다.

참고 문헌

쯔키타리 카즈키요, 이홍무 외 옮김, 『보험과 범죄』(두남, 1997)

탁희성, 『보험범죄에 관한 연구』(한국형사정책연구원, 2000)

이병희, 『보험범죄론』(형설출판사, 2001)

강철환, 『수용소의 노래』(시대정신, 2003)

데이빗 호크, 이재광 옮김, 『감춰진 수용소』(시대정신, 2003)

강철환, 『아! 요덕』(월간조선사, 2006)

신동혁, 『세상 밖으로 나오다』(북한인권정보센터, 2007)

안명철, 『완전통제구역』(시대정신, 2007)

블레인 하든, 신동숙 옮김, 『14호 수용소 탈출』(아산정책연구원, 2013)

김재현, 『영화, 보험을 찍다』(새빛, 2015)

신의기, 『보험범죄에 대한 형사정책적 대안 연구』(한국형사정책연구원, 2015)

작가의 말

긴 원고를 꼼꼼하게 읽고 맞춤한 제목을 붙여 준 박혜진 편집자와 민음사 편집부 분들, 환상적인 표지를 만들어 준 최지은 디자이너에게 진심으로 감사드린다. 책을 만드는 일은 혼자 하는 일이 아님을 다시 한번 깨닫는다.

책은 각자의 운명을 가지고 있다는 말을 좋아한다. 소설에 대해서, 소설을 쓰는 동안 생각했던 것들에 대해서, 이런저런 사족을 붙이려다 그만둔다. 다만 누군가 필요한 순간에, 필요한 자리에 가 닿기를 간절히 바라본다.

2022년 7월

김보현

오늘의
젊은 작가
37

가장 나쁜 일

김보현 장편소설

1판 1쇄 펴냄 2022년 7월 15일
1판 6쇄 펴냄 2024년 4월 29일

지은이 김보현
발행인 박근섭·박상준
펴낸곳 (주)민음사

출판등록 1966. 5. 19. 제16-490호
주소   서울시 강남구 도산대로1길 62(신사동)
             강남출판문화센터 5층(06027)
대표전화 02-515-2000 | 팩시밀리 02-515-2007
홈페이지 www.minumsa.com

ISBN 978-89-374-7337-1 (04810)
ISBN 978-89-374-7300-5 (세트)

* 잘못 만들어진 책은 구입처에서 교환해 드립니다.
* KOMCA 승인필